龍

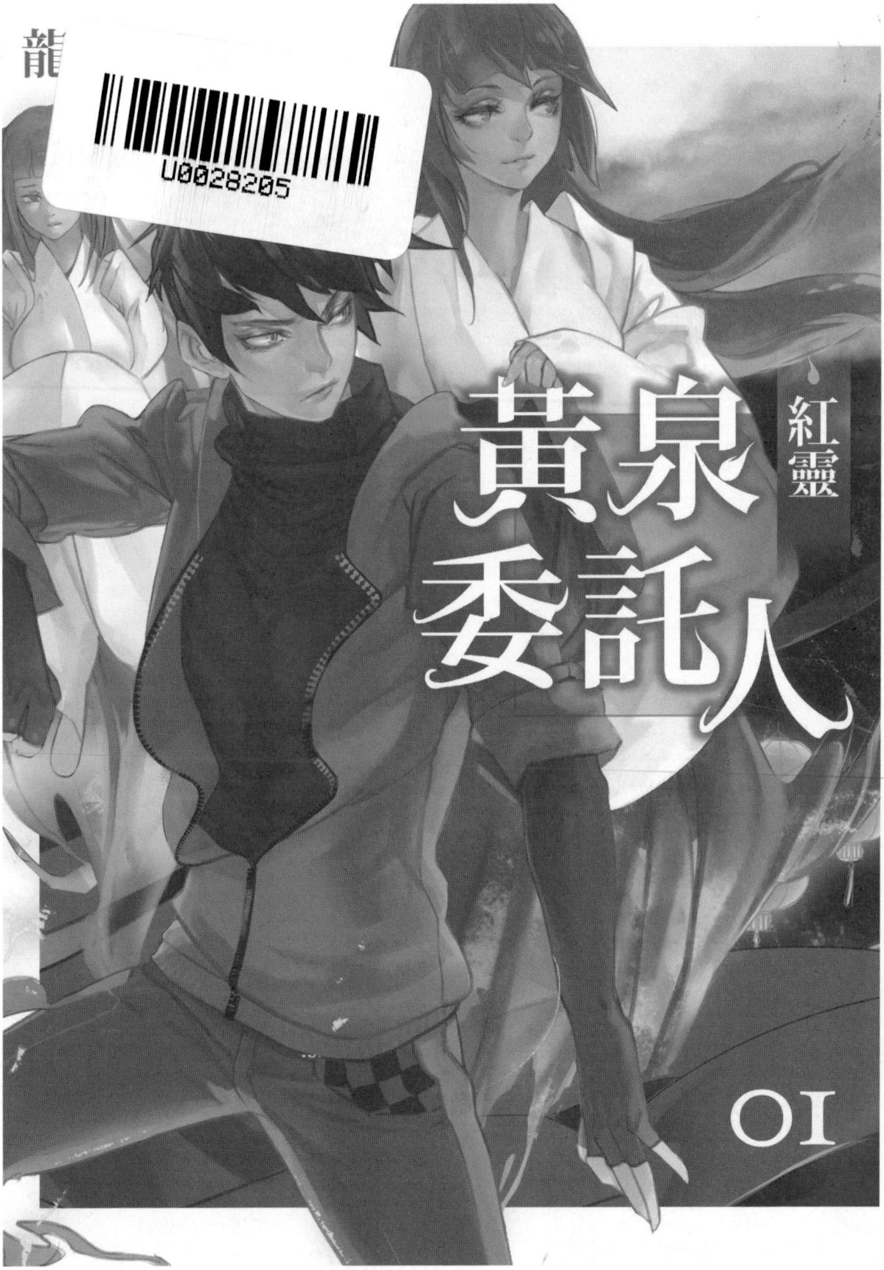

黃泉委託人

紅靈

01

黃泉委託人

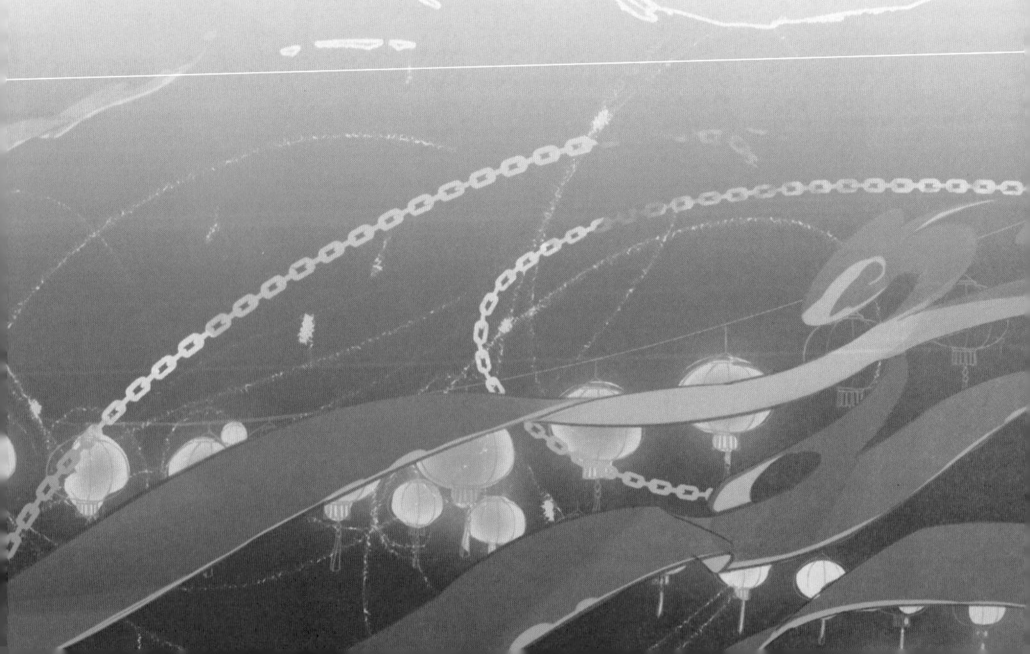

紅靈

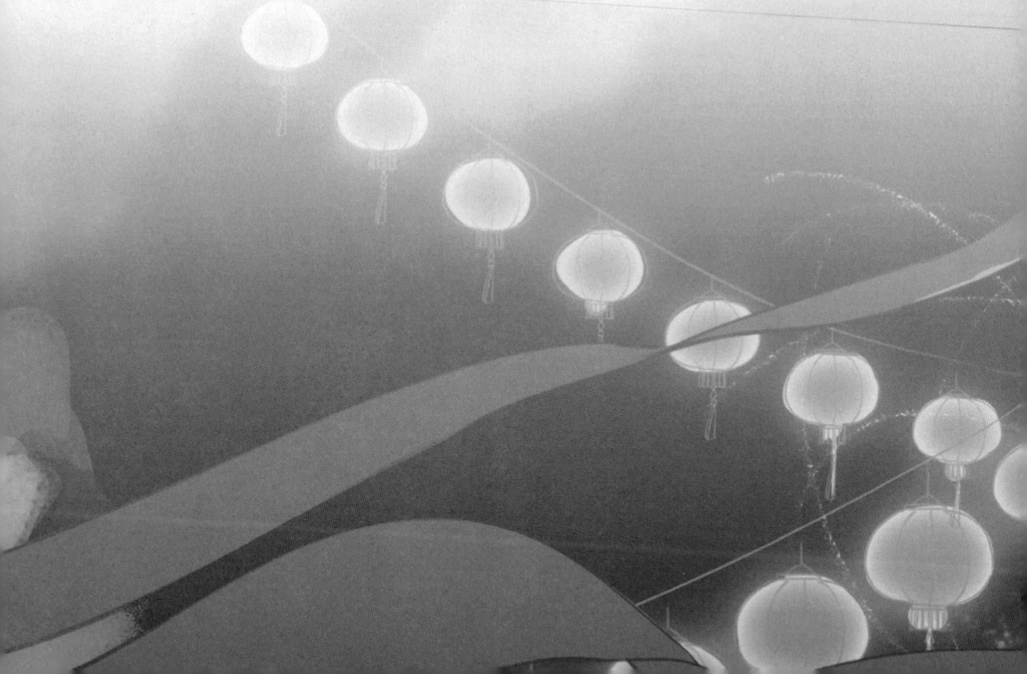

人物簡介

謝任凡

26歲。人世間的職業為無業遊民的他，在黃泉界卻有著響噹噹的名號——『黃泉委託人』。替鬼辦事，收取報酬。不擅長與人交往，與鬼卻能稱兄道弟。擁有兩個鬼老婆，卻沒有半個人世間的朋友。從小就有陰陽眼的他，因為命格的關係，註定了他剋死雙親的命運。為了化解此劫，被撚婆收養，在撚婆的照顧之下長大成人。

白方正

28歲。年輕有為的中生代警員。出身軍人世家的他，有著與名字一樣方方正正的規矩行為。嫉惡如仇、有正義感。雖然擁有壯碩的體格，卻十分怕鬼。雖然做事認真，操守中正，卻因為不夠圓滑，所以一直沒有辦法獲得重用。在認識了任凡之後，意外打開了一扇自己想都沒有想過的窗戶，見到了渾然不同的世界。

小憐、小碧

兩人現年約44歲，容貌則維持在18歲的死時模樣。被同一名凶嫌所殺，因此成為了凶靈的兩人，其凶狠的程度在黃泉界頗負盛名。見人殺人、見鬼殺鬼的她們，雖然在撚婆與任凡的合力收服之下，依然能夠頑強抵抗到底。最後在任凡拚命感化之下，化解了怨氣，一起成為了任凡的妻子，幫助黃泉委託人解決一件又一件的委託案件。

撚婆

選擇孤老終生的法師。在二十多年前與任凡父子相遇之時，得知了任凡不凡的身世與狀況，於是收他為養子，一手扶養任凡長大。對從小喪母的任凡來說，撚婆就像親生母親般重要。在任凡決定了自己要走的路之後，撚婆給予了不少協助，運用所學幫任凡披荊斬棘，建立了黃泉委託人的招牌。現在因為年事已高，拒絕了任凡的邀請，選擇獨自一人住在山區，過著簡樸的生活。

黃泉委託人

楔子

漆黑的夜裡，遠處搖曳著細微的燈火。

四周是一片死寂，只有從遠處茂密森林中傳過來的稀疏蟲鳴。

一個小攤子就擺在路邊，在這條鮮有過路人的路上。

遠處，一個男子的腳步聲，單調且規律地敲響了寂靜的夜。

攤子上面掛著一張簾子，上面用紙貼著「鐵口直斷」四個大字。

攤子的主人已經習慣這樣無人的夜晚，所以坐在攤子邊，用手支著頭打著盹。

整條街上沒有什麼照明的路燈，只有這間算命攤的小燈泡搖曳著光亮。

男子愈來愈靠近，腳步聲也愈來愈大。

算命師點了個頭，醒了過來，目光立刻被這腳步聲吸引。他上下打量了男子一會之後，嘴角緩緩浮出笑意。

生意來了！

「先生……」算準男子經過算命攤的時機，算命師對著男子幽幽地說道，「請留步。」

男子聽到算命師的話，停下了腳步，四周又回到了一片死寂。

「先生，請不要怪小的多嘴，不過，你的身後……」算命師抬起頭來，與男子四目相對，「跟著一個女人啊……」

聽到算命師這麼說，男子果然回過頭去，看了看身後。

但是整條街上除了男子與算命師之外，根本就沒有任何人。

「當然，你可能沒有辦法看到，畢竟……陰陽兩隔嘛。」

聽算命師這麼一說，男子側著頭，看著算命師。

「先生，」算命師用手比了比攤子對側的椅子。「如果你不趕時間，還是坐下來，讓小的幫你算算，看看能不能幫你化解化解。」

男子猶豫了一會，然後在攤子的另外一邊坐了下來。

「在開始之前，可不可以先請問一下先生您的姓名？」

「我叫……」男子看著算命師，嘴角浮現了一抹微笑，「謝任凡。」

算命師再度打量了一下任凡……

任凡不算高，身材適中，五官端正。聲音沉穩，目光堅毅。這些都有助於算命師推斷並選擇接下來所要說的話。

是的，這個算命師並沒有什麼天生的靈眼，也沒有什麼法力，他有的只是多年生活經驗所累積出來的看人眼光，與口若懸河的才能。

可惜，算命師這麼一點皮毛的本領並沒有讓任凡感到欽佩，因為如果他夠有經驗的話，他會先想想任凡到底為什麼會在無人的深夜裡，走上這鳥不生蛋、通往無人深山的道路。

但是他不但沒有想到這個層面，還不斷搬出壓箱寶，對任凡口沫橫飛地說著他背好的台詞。

「先生啊，這個可不好解決喔——」算命師臉上的五官幾乎都擠在一起，「看樣子這女人可能跟你上輩子的恩怨有關……」

冷冷地看著算命師好像在演舞台劇般，從聲音到表情互相應和的模樣，任凡卻心不在焉，只是偶爾回應個幾聲。

知道任凡沒有上鉤，算命師更加賣力地吹噓並恐嚇著任凡。

「唉——」

無視於算命師講到嘴角都冒出白泡，任凡嘆了口氣。

這是什麼反應？

從來沒有見過這種客人，會在自己說到一半時嘆氣的，算命師停下來看著任凡。

「你這也太糊塗了……」任凡輕聲地說。

「什麼？」

「不是我在說你，」任凡低著頭，緩緩搖了搖頭，「這傢伙的說詞閃爍，許多地方邏輯都不通，你怎麼會真的相信這樣的人呢？」

「先生，」算命師臉色鐵青，「你在說什麼？」

眼看著任凡似乎是來砸攤的，算命師整個背都拱了起來，好像一隻被抓傷的野獸般，雙眼瞪著任凡。

「抱歉，」任凡笑著對算命師說，「我不是在跟你說話。」

「什麼？」

「雖然你滿嘴胡言亂語，不過有件事情你說對了一半……」

算命師臉色鐵青，瞪著任凡。

「我的背後的確跟著女人，」任凡微微一笑，「不過不是一個，而是一對。」

任凡說著說著，還回頭看了一下，宛若真的有兩個女人站在他的身後一樣。

「你想唬誰啊？」算命師臉露不屑，「你以為這樣嚇得到我嗎？」

「我可不認為可以唬你，因為你根本就沒有什麼陰陽眼。我之所以知道是因為如果你真的看得到的話……」任凡將眼光轉像算命師的身後，「應該會先被自己背後『那群』給嚇死。」

算命師一聽，震了一下，差點就真的回過頭去看，不過才轉了一下，整顆頭就這樣定在半路，又不好意思轉回來，斜眼看著任凡。

差點就上了這小子的當，算命師在心中暗自竊喜。

就在算命師還沾沾自喜著自己保住了那薄弱到吹彈可破的面子時，任凡已經從口袋裡面掏出了一張照片。

任凡將照片放在桌上，冷冷地對算命師說：「你應該認識這個人吧？」

算命師看了一眼，然後臉色刷地一下變得怒氣沖沖。

「你！」

算命師跳了起來，從攤子下面掏出了一把寶劍。他手上握著這把平常作法用的寶劍，雖然劍鋒並不銳利，但是只要使力揮動，也是相當不錯的武器。

「說！」算命師氣急敗壞，「你是老王的什麼人！」

「我是他的委託人。」任凡依舊神氣自若地回答。

「什麼委託人？你是他的律師嗎？」

「不是，我沒那麼高級，就只是委託人而已。」

「你……」算命師用劍指著任凡。「你到底要怎樣？」

任凡微笑拍了拍自己的褲子，神色輕鬆地說：「你這些日子以來靠算命這行騙了不少人，前幾天王老來找我，只委託了我一件事情，就是要砸了你的攤子，讓你靠嘴吃飯的日子告一段落，如此而已。」

「什麼？你少在那邊胡說八道了，老王都已經死了兩年了！」

任凡似笑非笑側著頭看著算命師說道：「那又怎麼樣？你看不見……不見得每個人都看不見啊。」

算命師用劍指著任凡，心中已經打定主意，如果任凡敢靠過來，就不要怪他發狠了。

彷彿看穿了算命師的心思，任凡回過頭，對後方使了個眼色，然後又轉過頭來笑咪咪地看著算命師手中的劍。

突然，不知道哪裡冒出來的一股強大力量，從劍側撞了過來，算命師只感覺到虎口一痛，整支劍就從自己手中掙脫出去。

這突如其來的異象讓算命師駭然不已，只見那把劍竟然就這樣凌空飛起，然後朝著道路的另外一端筆直飛了過去。

「你到底是什麼人？」算命師一臉慘白。

「我？」任凡微笑著站起身來，「對你們這些活著的人來說，我什麼都不是。不過對你身後的那群傢伙來說，我可是有個連自己都不那麼喜歡的稱號……」

「我身後……」算命師感到一陣雞皮疙瘩，身子不停顫抖。

「他們叫我……」任凡微笑，「黃泉委託人。」

任凡剛說完，突然一陣狂風吹起，將算命師的攤子吹得左右搖晃了起來。

任凡收起笑容，惡狠狠地瞪著算命師說道：「如果你以後敢再繼續以算命騙人的話，我保證你會跟那張簾子接下來的命運一樣！」

任凡話才剛說完，狂風瞬間將算命師的攤子吹垮，而那張掛在攤子上寫著「鐵口直斷」的簾子，竟然就這樣凌空被撕成兩半。

算命師見到此等異象，雙腿一軟跪倒在地上。

「我不敢了！」算命師用力叩拜著，「饒我一命啊！我真的不敢了！」

「你應該覺得好運……」任凡蹲下來在算命師耳邊說，「你身後的那些傢伙沒有來找我，不然恐怕沒那麼簡單喔！」

丟下已經被嚇到六神無主、雙腿發軟的算命師，任凡頭也不回地踏上來時的路。

第1章

1

是夜。

大小不等的建築物沿著山坡蔓延下來，整片山坡一片黑壓壓，沒有任何的照明設備。

因為除了特定的日子之外，這裡就連白天都鮮少有人煙，也就沒有必要浪費資金去蓋照明設備。

這裡是墳場。

一個死人安息的地方。

而今晚，來了一個不速之客。

任凡一手提著一只塑膠袋，另外一手拿著鐵鍬，吹著口哨，一個人穿梭在墓碑之間。

對任凡來說，此時此刻的這裡，比白天的菜市場還要熱鬧。

與幾個曾經委託過自己的「客戶」簡單打聲招呼之後，任凡終於在山坡的西側靠近整個墳場邊緣的地方，找到了自己的目標。

在確認過這個墓碑就是自己的目標之後，任凡脫下外套，從塑膠袋裡面拿出一疊疊的紙錢，然後對著四周開始揮撒。

「各位兄弟，一點微薄的好處分給大家，希望大家口耳相傳，多多幫我推廣生意。」任凡口中唸著，「當然，好賺的再介紹來，不好賺的就不必啦。」

不過轉眼之間，任凡帶來的滿滿一袋紙錢就已經見底了。四周聚集而來的好兄弟們，拿了錢之後，也很識相地離開了。

任凡轉過頭來，笑著對王老的墓碑說：「王老，您的事情幫您處理完畢了。那麼不好意思了，我要來索取當初我們約定好的報酬啦。」

任凡等了一會，在確定四周都沒有王老的蹤影之後，繞到了墓碑後面，拿起鐵鍬，一鏟一鏟的開始挖起墳來。

約莫過了兩個小時，東方的太陽正從山頭的另一端開始慢慢露出曙光。任凡終於完成了這次委託最難的部分，將王老的棺材給挖了出來。

任凡憋住氣，純熟地將棺材打開來，一打開迎面就衝出一陣屍氣，任凡退了開，讓屍氣飄散之後，才重新靠近。

王老已經脫水的乾屍就這樣安詳地平躺在棺材之中。

「有啦……」

任凡微笑地看著王老頸子上那條純金的鍊子與手上那枚純金打造的戒指，就跟當初王老所承諾的一樣。

任凡小心翼翼地將鍊子與戒指從王老的身上取下，這時一道刺眼的光芒從身後投射過來。

任凡內心一驚，轉過身去，只看到一個年約四、五十歲的男子正拿著手電筒照著自己的臉。

兩人四目相接，雙方都愣了一下。

男子看到任凡一手扶著屍體，另外一手拿著金鍊子，立刻會意過來。

任凡正想開口，豈料男子竟然順手拿起任凡帶來的鐵鍬，朝任凡的頭上打了下去。

其中一隻手還扶著王老頭顱的任凡，來不及反應，就被這突如其來的鐵鍬打中了後腦。

任凡只感覺眼前一黑，整個人就這樣倒入王老的棺材之中。

2

頭部的激烈疼痛刺激著朦朧的意識，他只覺得全身的骨頭好像都散了。

背部傳來的不舒服感，似乎正提醒著自己，此刻躺在一個堅硬的平坦物品上面。

想要用手去舒緩自己疼痛的頭部，才發現自己的手似乎被什麼東西鎖住。

任凡張開雙眼，朝自己的手上看過去，是一副銀白色的手環，仔細一看，這才清楚知道那是常常在新聞電視上面可以見到的警用手銬。

「醒啦？」

耳邊傳來了陌生男子的聲音。

任凡轉過頭去，這才看清楚他所在的環境。

這是警局，而自己就好像一條被綁住的惡犬般，被鎖在牆上的鐵桿上。

手就那樣騰空吊著，整個人則是橫躺在鐵桿下的木製長凳上。

難怪全身筋骨都好像被人打散似的，對於自己能夠維持著這樣的姿勢而失去意識，任凡感覺到不可思議。

掙扎著從木凳上面坐起來。

「唉——」雖然身穿便服，但是一看上去還是散發出警察氣息的男子對任凡搖了搖頭，「真是不景氣啊，連死人都不放過的小偷，還真是大膽啊。」

任凡沒有回應，後腦傳來的激痛讓他十分惱火。

「難道你都不怕有報應嗎？」

任凡白了男子一眼，然後用手揉著自己的後腦說道：「事情不是你想的那樣……」

「廢話，」男子連看都沒看任凡，背對著任凡繼續整理桌上的文件，「每個小偷都有自己的背景。我看啊，你的故事也不會比較特殊啦，所以你還是省省唇舌吧。像個男人一樣，坦率地承認自己錯了，對你還是比較有利啦。」

任凡閉上眼睛，靠在牆上不再理會男子。

在這行做了那麼久，他還是第一次陷入這樣的窘境。

該怎麼辦？任凡在內心琢磨著接下來的情況。實話實說？有幾個人會相信自己的故事呢？可是一手捧著屍體的頭，另一手還拿著從屍體上取下來的金鍊……

想要隨便掰個故事搪塞過去似乎有點天方夜譚。

「你的犯人醒了。」

男子的聲音鑽進了任凡的思緒。

任凡張開雙眼，看見另外一個男人走了過來。

男人與任凡年紀相仿，大約二十來歲，有著粗濃的雙眉，似乎習慣性地眉頭深鎖。兩隻不算大的眼睛不時流露出凶狠的目光。身材壯碩，孔武有力。

白方正——是那個男人的名字。

這是任凡與方正的第一次相見。

當然此時的兩人，作夢也想不到，這一次的相見將會為兩人的命運帶來難以想像的改變。

3

一顆女人的頭顱就這樣安靜地躺在人行道的地磚上。

數十雙冷漠又無情的鞋子，不斷經過這顆頭顱，沒有任一雙腳駐留在這個頭顱前。

「好——痛——喔——」女人用那張因為扯裂而向外翻開的嘴唇悠悠地吐著呻吟，「有沒有人可以幫我啊——」

在這條人來人往的都市道路上，這顆女人的頭顱不知道躺了多久，連她自己都早就已經沒有時間的概念了。

屍身不完整的她，不要說投胎轉世了，就連想要移動，或者託夢給家人都沒辦法。

只剩下一顆頭顱的她，只能夠這樣無奈呻吟著，希望有一天那些無情又冷漠的雙腳可以為自己停留。

但是這個願望從來沒有實現過……

畢竟陰陽兩隔，這女人的幽鳴與頭顱根本就沒有人看得見，也沒有人聽得見。

現在是大白天，時間不對，磁場也不對，就連八字最輕的人想要看到她也不容易，這些冷漠的雙腳只存在於同一個空間但是不同次元的交界。

每天每夜聽著這些忙碌又無情的腳步聲，讓女人越來越怨恨這個世界。

這個世界對她並不友善，不管是在生前還是死後，都是一樣的無情冷漠。

她恨……

但是這些怨恨並沒有提供她足夠的動力去做任何的事情。

畢竟如果當初這股怨恨夠強烈的話，她也不會走上自殺這條道路。

所以現在的她，跟生前一樣，對任何人都無法造成任何傷害……

她能做的……只有等待……

鞋跟踏著石磚所發出的清脆聲響，就好像打擊樂團所演奏出的人間絕情曲，每每都讓女人感覺到心灰意冷。

真是好笑，沒有了身體也沒有了心，卻還是會感覺到哀傷。

就在女人這麼想的同時，一雙腳就這樣停在了女人頭顱的旁邊。

嗯？

那是一雙沒有穿襪子，細小的腳。

女人將目光向上拉，看到了這雙腳的主人正用那對圓滾滾的雙眼看著自己。

「姐姐，」小男孩稚氣未脫地問，「妳的身體呢？」

想不到在人世間竟然還有人會看得到自己。

女人一想到這個小男孩很可能就是自己的救星，淚水不禁注滿自己的眼眶。

「小弟弟，」女人哀求，「可不可以幫姐姐一個忙，求求你——」

女人絲毫沒考慮到自己那哀嗚很可能嚇死任何正常的人，毫不顧忌地就將那種久旱逢甘霖的哀求聲從嘴巴吐了出來。

想不到小男孩一點也不害怕，反而皺著眉頭一臉疑惑地問：「當然可以啊，不過我還是小孩喔，太難的我可做不到。」

女人想搖頭，可是失去身體的她卻沒辦法這麼做，最後只有眼睛代替那無法搖動的頭顱，快速地左右擺動說道：「不會的、不會的。不會太難，你一定可以做到……」

小男孩皺著眉嘟著嘴，等著女人說下去。

「姐姐的身體，」女人用眼神看著旁邊大樓。「在跳樓的時候，撞上了那邊的招牌，結果身體被卡在上面，頭卻掉了下來。想不到，警察他們都沒有找到我的屍體，所以姐姐的靈魂一直沒有辦法投胎。」

女人把事情原委一五一十的告訴了小男孩，然後請求小男孩去報警。

這個小男孩就是謝任凡。

從小就有陰陽眼的他，不是第一次幫助這種孤魂野鬼。

任凡幫女人報警之後，警方找到了屍體，讓女人恢復了全屍。為了感謝任凡，女人託夢給自己的家人，讓家人餽贈一筆金錢給任凡。

這是任凡第一次從這些孤魂野鬼身上得到回報。

而這也啟發了任凡決定以此為生的計畫。

十八歲時，當任凡在學校的課業告一段落之後，他便自力更生，開始了自己的事業。

這一切的靈感，都是來自於當初這個女鬼的求救。

4

「你確定……你要這樣寫你的筆錄嗎？」

在做完了這個荒唐的筆錄之後，方正皺著眉頭問任凡。

「是。」

任凡老老實實告訴了方正，自己以金鍊與金戒指為報酬，接受了王老先生的委託，在完成任務之後，理所當然地收取酬勞而已。

不是盜墓！

「好，就算你說的是真的，難道說他沒有其他付你錢的方法嗎？他不是有子女嗎？如果照你說的，那你跟他子女直接收取費用不就得了？」

「當然，這是我平時最常見的付費方式，不過我一向都是採取先付費後服務的方式，畢竟我遇過太多不肯乖乖付費的家屬了，所以後來我改用這個方法。這次是王老先生自己堅持，要用他的陪葬品作為報酬。」

「嗯，」方正不屑地白了任凡一眼，「聽起來跟詐騙集團沒什麼兩樣。好吧，沒有問題的話，就在下面簽字吧。」

任凡看著放在面前的口供，猶豫了一會之後，伸出左手拿起了筆。

「你是左撇子？」

任凡搖了搖頭。

「不是，我左右手都可以用。」

「這樣好了……」方正阻止了任凡，「你今天就先在這邊休息一下，我給你一點時間考慮，明天再問你一次。」

這並不是方正第一次處理這樣的案件。

在台灣現在這個社會，老是有一些人會以一些稀奇古怪的理由，來掩飾自己的真實犯罪。有個強姦犯，在被抓到之後，堅持自己是在進行靈修，幫那個被強姦的女人驅邪避凶。另外也有個殺人犯，在被逮捕之後，告訴警方自己是接受上帝的感召，替天行道。

總之，這些人都有一種共通點，就是企圖利用這種方法來減輕自己的罪刑。他們除了口中說著這些鬼話之外，多半都會裝作精神異常的模樣。

可是任凡卻不是這樣，說話冷靜平穩，就連心思都很縝密，一點都不像是想要為自己脫罪一樣。

相反的，用這種態度說出這樣的說詞，無疑是自掘墳墓，越陷越深。

每次方正以為抓到了一點他不合邏輯的說法，都被他轉了過去。就連方正自己都開始感覺似乎真有這麼一回事。

替鬼辦事，收取酬勞……

儘管荒謬，但卻似乎合情合理。

也就因為這個原因，方正決定讓任凡有一個晚上的時間可以考慮。如果他還要堅持這樣的說詞，那就任由他自生自滅吧。

以這樣的說詞想要通過法律的考驗，完全是癡心妄想。

方正希望他經過一個晚上的沉澱與考慮之後，可以知道自己的處境，並且改變說詞。

那晚，任凡就這樣被留在警察局的拘留室裡面。

5

那晚，任凡一個人被留在拘留室裡面。

任凡面對著牆，側躺在拘留室的地板上。

嗚——

幽幽的啜泣聲，傳到了任凡的耳裡。

一個身影慢慢從任凡身後的地板上浮了出來。

嗚——

那是一個年近中年的男子，臉上已經潰爛不堪，就連雙目都被遮蔽住了。

男子對著任凡哭著，希望任凡可以幫幫自己。

「你很白目耶！」任凡連看都不想看那男鬼一眼，「你看不出我現在是泥菩薩過江，自身難保了嗎？」

「嗚——」

「你怎麼哭都沒用啦！」任凡口氣煩躁，「你走吧，我不接你這個 CASE。」

就已經為了被逮捕這件事情煩躁不已的任凡，還遇到這樣白目的男鬼在這邊糾纏不清。心情整個惡劣到極點，就連語氣都很差。

「嗚——除了你這個黃泉委託人之外，就沒有人可以幫我了。」男鬼不肯罷休，「求求你——」

「幫你？」任凡說，「怎麼幫？你沒看到我現在的情況嗎？你還是去找自己的家屬吧。不要再來煩我了。」

任凡揮了揮手，要男鬼走開。

男鬼見任凡不願意幫忙，也不肯離開，就這樣杵在那裡只是哭泣。

「我死得好慘啊——」男鬼哭著說，「連被誰殺死都不知道，現在淪落到成了孤魂野鬼，無處可歸……」

心情煩躁不想聽這鬼哭鬼叫的任凡，用手摀住自己的耳朵，試圖想要無視男鬼的存在。

只是那男鬼愈哭愈哀戚，愈哭愈淒涼。

「你夠了吧！」任凡再也忍受不住，轉過來怒斥男鬼，「你會不會太白目了！我就已經夠倒楣了，現在被關在這三坪不到的拘留室裡面，還要在這邊聽你鬼哭鬼叫。」

被任凡這樣怒罵一頓的男鬼，竟然真的乖乖地安靜了下來。

任凡打量了一下男鬼，男鬼身上散發出來的光芒是白色的。這意味著它是屬於比較無害的鬼魂。

在任凡的眼中，一般鬼魂會散發出不同的氣息。這些氣息都有它們固定的顏色，每隻鬼都有，顏色均不相同。

藉由顏色，任凡可以大致了解鬼魂的屬性。

通常帶著哀傷的感情而死的人，靈魂會呈現藍色，而帶著強烈怨恨而死的人，靈魂會呈現黑色，也就是我們俗稱的凶靈。

另外紅色與黃色，都有著不同的情緒與需求。

而像這個男鬼一樣，死得莫名其妙，甚至有點糊塗不知道所以然的靈魂，就是呈現白色。

這種白靈，是最常見的一種鬼魂。

看到男鬼被自己一罵，就低著頭好像真的在反省一樣，任凡嘆了口氣。

「這裡是警局，」任凡皺著眉頭有點不解地說，「像你這種孤魂野鬼應該是避而遠之，你怎麼不怕呢？」

「因為這裡就是我生前工作的地方啊。」

「在這裡工作？你是警察？」男鬼畏畏縮縮的模樣，讓任凡實在很難想像他生前是個警察。

男鬼點了點頭。

「就只知道來找我幫忙，」任凡埋怨，「那我的規矩你清楚嗎？」

男鬼看著任凡，過了一會靜靜地搖了搖頭。

「那你又知道來找我？」

「我是聽其他……鬼說的，說有個『黃泉委託人』，專門幫我們這些鬼解決一些事情，所以我就……」

「所以你就冒冒失失地闖進來找我，連我現在是什麼情況也不管，就只知道要我幫忙？」

男鬼被任凡一說，又低下了頭。

實在很難想像眼前的男鬼生前是個警察。

「你聽清楚了，」任凡嚴肅地說，「沒有好處的委託我是不接的，最起碼你得要準備我可以用得到的酬金，這是我最基本的原則。再怎麼說，這也是我的職業，我還得生活，不像你們，可以整天飄來飄去，無所事事！」

男鬼低著頭沒有反應。

「你有準備給我的『報酬』嗎？」

男鬼猶豫了一會，才緩緩地搖了搖頭。

「唉，那就抱歉囉，就算我現在沒有被抓起來，我也不會接受你的委託。這是我的原則。」

男鬼失落地杵在原地。

「既然你生前是警察，」任凡說，「你可以託夢給你的同事，要他們幫你處理啊。」

男鬼嘆了口氣，搖了搖頭，然後好像突然想到什麼似的，抬起頭來對著任凡笑道：「那……如果我可以幫你躲掉這次的牢獄之災，你願意幫我嗎？」

任凡聽到男鬼的提案，臉上浮現了似乎行得通的表情。

「你真的有辦法？」任凡懷疑，「我要的可不只是逃獄而已喔，我要的是全身而退，不要有任何的紀錄與前科。」

畢竟如果只是要逃出這個拘留所，任凡不愁沒有辦法，可是如果真的這樣逃出去，自己卻被通緝，那就沒有意義了。

「不試試看怎麼知道？」

男鬼一臉勝券在握的模樣，慢慢又沉入了地板之中。

「等一等！」任凡叫道，「你還沒有跟我說你的委託內容啊！」

可是男鬼已經消失無蹤，完全沒有聽到任凡的叫喊。

「還真是個冒失鬼！說來就來，說走就走……」

在男鬼走後，任凡整晚無眠，一方面擔憂著自己不知道是不是真的能躲過這場劫難，一方面又擔心如果他真的出去了以後，那男鬼的委託內容會是什麼？

希望不要跟當初「那件委託」一樣困難就好了……

任凡看著自己的中指，心中默默地祈禱著。

6

白方正洗完澡之後，用浴巾圍住腰部，然後赤裸著上半身，在冰箱裡面尋找可以填飽肚子的東西。

沒有老婆與女友，一個人住的方正，一切從簡。

冰箱裡面全部都是冷凍食品與微波食物，而櫃子裡面則滿滿的都是泡麵。

雖然生活很簡單、隨性，但是方正絕對不邋遢。

生活習慣規律、整齊的他，就連櫃子裡面的泡麵都像是整齊排列的隊伍般，工整的堆疊在櫃子裡面。

就連冰箱裡面，那種很容易就雜亂的環境，也被他整理得一絲不苟，每一層由右到左，由大到小都整齊排列好。

或許是受到自己名字的影響，也或許是從小當軍人的父親家庭教育所影響，或者是自己所經營出來的生活環境，都是如此規律整齊。

方正從冰箱裡面拿出一盒微波食物，將它放到微波爐裡面，關上門，準備設定時間的時候，他赫然發現在微波爐的門上，反射出自己身後的客廳中央，正站立著一個男人。

「喝！」

方正猛一回頭，可是客廳裡面空蕩蕩的什麼人影也沒有。

難道是自己眼花了嗎？

方正看了一會，才緩緩回過頭，準備繼續微波爐的設定。

豈料一回過頭，原本應該放著冷凍食品的微波爐內，竟然滿滿地塞著一個臉上都是血的男人臉孔。

隔著一道玻璃門，方正與男子的四目相望，男子滿臉潰爛，就連雙目都已經被腐化不堪。

兩人就這樣隔著微波爐的玻璃門對望，方正整個人就好像被定住般動也不動。

過了一會，方正兩腳一軟，整個人就這樣暈倒在微波爐前。

男子的頭就這樣穿過了玻璃門，探出頭來看著倒在地板上的方正。

「真是沒用啊——」男子陰惻惻地說：「怎麼這樣就暈倒了？」

男子從微波爐裡面鑽出來，然後站在方正旁邊。

「本來還打算好好跟小白說的……」豈料男子才剛現身，「小白」就這樣暈過去了！

這要怎麼辦呢？

男子在方正旁邊來回飄著，考慮著到底該如何是好。

過了一會，好像想到什麼好辦法的男子，臉上露出扭曲的笑容，然後蹲下來，摸著方正的頭說道：「小白啊，我是以前很照顧你的張大哥。我有事情真的需要你的幫忙，但是想不到你一見到我就暈倒了，所以我只好託夢給你了，希望你不要介意嘿！」

張 Sir 說完之後，整個人就好像被吸塵器給吸進去般，鑽入了方正的腦子裡面。

第2章

1

整晚反覆難眠的任凡，終於在天快破曉之際，迷迷糊糊地睡著。

想不到好不容易才睡去的任凡，不到兩個小時就被人挖醒。

帶著惺忪睡眼被員警帶到偵訊室的任凡，一眼就看到了比他還狼狽的方正。

昨天見到的方正，梳著一頭整齊的髮型，就連衣服都燙得一絲不苟宛如新衣般。可是此刻的他，好像剛渡過台灣海峽的偷渡客般，鬍碴滿臉，頭髮蓬鬆混亂，就連衣服都是亂七八糟，紮進褲子裡面的襯衫還露了一半出來。

「你昨天去哪裡狂歡了？」任凡冷冷地問。

方正沒有理會任凡，示意要員警留下他們兩個單獨對話。

員警前腳才踏出去，方正就立刻撲上前來，一把抓住任凡。

「說！你是怎麼認識『張大哥』的！」

「你在說什麼啊？誰是張大哥啊！」

任凡拚命掙扎，但是此刻的方正卻好像在搏命般，死抓著任凡不放。

「你敢說你不認識？」方正將任凡整個人都快要舉了起來。「如果不是你指使的，張大哥昨天為什麼會來找我！」

「你……」

任凡被方正勒到快要窒息了，雙腳用力一踢，踢中了方正的腹部，方正這才鬆手。

任凡一掙脫開來，整個人立刻退到了牆邊。

「等等！」任凡伸手阻止想要繼續衝過來的方正，「你話說清楚一點！什麼張大哥？」

「就是兩年前被人謀殺的張樹清大哥！」

「兩年前被謀殺？」任凡用手揉著自己的脖子，「那干我什麼事？」

「你明明就指使他昨天來找我！」

「什麼？你不是說他被謀殺了嗎？已經被謀殺的人怎麼會『受我指使』去找你？」

「你敢說不是你？」方正一臉慘白。「你昨天自己承認你可以跟鬼魂溝通！所以你要他來找我，要我不要控告你！」

任凡愣了一下，立刻會意過來。

「喔——原來昨天那個冒失鬼就是你說的張大哥啊。」

「你看！我就知道是你搞的鬼！」

聽任凡承認，方正立刻又想要衝過來扁人。

「等等！」任凡立刻躲到另外一邊。「我可沒有指使他做任何事情。」

「如果不是你指使的，他會跑到我家來，還託夢給我說一定要放過你？你還跑！給我過來！」

兩人就好像小孩子玩捉鬼，繞著偵訊室的桌子打轉。

「你搞清楚一點！是他來求我幫他，不是我指使他的。」

「放屁！他人都死了，還有什麼好求你的？」

「這我怎麼知道，他連委託什麼都沒說，就冒冒失失地走掉了。」

「說不出來吧！我就知道，還跑！你這個騙子！」

「不然這樣好了！我們叫他出來對質！」

「什麼！」

一聽到任凡要叫張樹清出來對質，方正立刻臉色慘白，他可不想要再見到張樹清大哥了。

看到他一聽到張樹清要出來就怕得要死，任凡也停下腳步，隔著一張桌子對方正說：「昨天晚上，他來找我要我幫他，可是我說我現在是泥菩薩過江自身難保，幫不了他。結果他自己就說，要幫我解決這次的事件，當作委託我做事的報酬……」

方正驚魂未定，一臉狐疑地看著任凡。

「我真的——真的，沒有叫他去找你，我根本連他姓啥叫啥都不知道，他就冒冒失失地消失了，就連要委託我什麼事情都沒說一句。」

兩人微妙地在桌子的兩側對立對望著。

「張大哥到底要拜託你什麼事情？」方正回復冷靜。

「我不是說我不知道了嗎？你說他昨天託夢給你，難道他沒有跟你說嗎？」

「沒有……」方正拉了張椅子坐了下來，然後示意要任凡也坐下。「我從來沒有被人託夢過，他昨天託夢給我，夢裡面，他滿臉潰爛……就跟他死的時候一樣，他求我放過你，我對他說，你一手提拔我的，應該知道我的個性，只要有人『作奸犯科』，我一定不會放過他的。」

方正雙眼惡狠狠地瞪著任凡，等於是在說他口中的「作奸犯科」就是他這種人。

「我告訴他，我不可能放過你，他卻抓住我的手，要我一定要答應他，還拿我們多年的情誼來懇求我，說除了你之外，沒有人可以幫他了。我本來也不打算答應他，可是我們就這樣僵持了不知道多久，我無法醒過來。我想逃，但是在夢裡我無處可逃。最後在不得已的情況下，我答應了他。他知道我的個性，只要我答應過的事情就不會反悔。但是我認為，我醒來之後可以把它當成一場夢，誰知道他一聽，就說要在我身上『做記號』……」

方正伸出手，捲起袖子，赫然出現了五個黑色的指痕，就這樣留在他的手臂上。

「所以你一醒來，就認定整件事情是我搞的鬼？」

方正把袖子放下來，對著任凡點了點頭。

「張大哥是我考上警察之後的第一位上司，他幫了我很多忙。」方正說。「如果真的他在死後有什麼困難，我一定會幫他的。我不是那麼頑固的人，我知道這世界上有很多東西不能用科學來解釋，不過，如果最後被我知道你是要我的，我保證不但會讓你重新回到監獄，而且還會讓你罪加一等！」

任凡本來想說：我還沒有說要幫你那個張大哥……可是轉念一想，如果不幫，就等於自己得要乖乖去坐牢。

「如果你真的可以幫到張大哥，」方正嚴肅地說，「那盜墓這件事情，我可以相信你說的故事，放你一馬。」

看樣子這次的委託，自己是不接不行了……唉。

任凡輕輕地嘆了一口氣。

2

「就是前面這裡了……」任凡指了指前面。

方正探出頭去，任凡所指的地方，根本是一處荒廢多年的建築用地，哪裡是什麼住家啊？

「你在這邊放我下來就可以了。」

方正瞪了任凡一眼，然後找了個地方把車子給停了下來。

「你該不會是要跟我上去吧？」

「當然！」方正說。「我說過我會盯著你的。」

「那也不用跟著我吧？」

「怎麼？你怕了嗎？」

「你……隨便你。」

任凡下了車，方正跟著，兩個人走到了建築用地所搭建成的鐵皮圍牆邊。在鐵皮圍牆的盡頭，有著一扇給建築工人用的小門。

任凡走進門內，方正猶豫了一下之後也跟了進去。

「你不會跟我說你住在這個工地裡面吧？」

「你才住工地咧。這裡是我的家，如果你不喜歡，你可以不要跟過來啊。」

方正看了一下四周的環境，這根本就是不折不扣荒廢多年的建築用地啊！

眼前兩棟還沒有完成就已經荒廢的大樓，不但大部分的水泥牆都沒有貼上壁磚，其中比較矮的一棟，連最上面的部分都還有鋼筋外露。

被夾在兩棟建築物之間的中庭，叢生的雜草都快要跟人一樣高了。

在任凡的要求下，他們中途路過一間香火店時，買了一些金紙、銀紙，此刻就看到任凡對著草叢撒著金紙銀紙，口中還唸唸有詞。

「你撒這些東西是什麼？」方正皺眉，「你嘴巴在唸什麼啊？」

「這裡又不是只有我一個人住……」任凡冷冷地說，「偶爾幫『它們』帶點東西回來，不然『它們』要是鬧起來就連我都會感覺頭痛……」

「它們……」

該不會這個地方也有那個東西吧？

眼看著任凡撒完之後，轉頭就朝其中一棟建築物走去，方正感到不安，趕緊跟了過去。

兩人爬上了水泥階梯，一層一層向上走去。

「我說你啊，在這種地方住，有沒有獲得地主的許可啊？如果沒有的話，你可是會被控告擅闖私人用地……」

任凡回過頭指著自己的鼻子說：「我就是地主，你說呢？」

「你就是地主？」

「是啊，需不需要拿土地證明給你看啊？」

「既然你是地主，那為什麼不讓工程完成？一塊地荒廢在這裡……」

「誰說這裡荒廢了？這些建築物在我拿到這塊地的時候就有了，我又沒錢蓋或拆。而且現在一點也不荒廢啊，住了那麼多傢伙，可熱鬧的咧……唉唷，」任凡突然對著樓梯口叫道，「黃伯，你的頭怎麼又不見啦？」

這什麼對話啊！

方正整個人愣在原地，只見任凡對著空無一人的樓梯間角落說著。

「它們又把你的頭拿去踢啦？這些死小鬼……別找啦，等等我再幫你跟它們要回來。」

任凡說完，整個人側過身去，就好像要跟人擦身而過般的讓了開來。

可是……樓梯間除了方正與任凡之外就沒有別人啦。

看到任凡這樣，方正一臉慘白，只好乖乖學著任凡，也跟著側著身子彷彿真的有什麼東西要擦身而過似的。

「你在幹嘛？」

看到方正的蠢樣，任凡用死魚眼白了方正一眼。

「不是……有好兄弟要過去嗎？」

「你又看不到，裝什麼樣子啊！」

「你做我跟著你做啊，這叫做入境隨俗好不好。我可不想要得罪這些好兄弟。」

任凡搖了搖頭，不理會方正，朝著樓上走去，方正見狀也跟了上去。

兩人就這樣一路到了較矮的這棟大樓頂樓，頂樓連圍牆或者牆壁都沒有，只有地板。

「你不會睡在這裡吧？」方正看了看四周，空蕩的地板上什麼都沒有。「沒有落魄到這種地步吧？」

任凡沒有回應方正，來到了可以遙遠望見另外一棟大樓的邊緣，朝著對面大樓吹了一聲口哨。

過了一會，一條紅色的地毯從對面的大樓延伸了出來，直直朝著兩人所在的大樓伸展過來，就好像一條橋樑般橫跨在兩棟大樓之間。

「走吧。」

不理會已經被這奇景弄到目瞪口呆的方正，任凡頭也不回地踏上紅毯，走向對面去。

方正猶豫不已，看了看樓下的光景，這裡至少有六層樓高耶，這摔下去可不得了。

可是眼看著任凡越走越遠，方正牙一咬，用腳試探了一下地毯。

硬硬的，就好像水泥地一樣。

方正慢慢把身體的重量移到踏在地毯上的腳，然後確定平穩之後才踏出另外一步。

地毯的兩側就是可以讓人摔到只剩半條命的六層樓高度，方正只覺得一陣頭暈目眩，小心翼翼地踏著每一步，朝對面走去。

3

怎麼想也想不到，同樣是廢墟的這一棟大樓裡面，竟然會有布置得如此典雅的房間。

跨過那條紅地毯，來到對面同樣看起來荒廢已久的大樓，正對著地毯的竟然是一扇大門。

從樓下和外面絕對想像不到，在這樣的荒廢大樓裡面，會有著裝潢布置過的空間。

在大門的兩端拉著一條紅色的繩索，任凡將繩索解開，打開大門，領著驚訝到目瞪口呆的方正走入屋內。

首先迎面而來的是客廳，然後到後面的廚房以及臥室，根本就是整個裝潢好的住家。

任凡一回到家，將外套脫下後，整個人就癱坐在沙發上。

「這裡……就是你家？」

「不然咧？」

原本還以為任凡是因為落魄不堪，所以只好闖進人家荒廢的私有地，棲身在這樣的荒廢大樓裡面，誰知道情況跟自己想像的完全不一樣。

看這精心布置過的房間，典雅的吊燈與幾乎快要跟豪宅相當的格局，都讓方正感覺到不可思議。

「你真的有這塊土地的所有權狀？」

到現在方正還是不敢相信。

「你很煩耶。」

任凡站起來，走到房間裡面。過了一會，任凡走出房間，將土地的所有權狀丟在桌上。

「拿去看個過癮。」任凡感到厭煩。「真的沒見過像你那麼會追根究柢的人，你一分鐘不當警察會死嗎？」

方正雖然一臉不以為然，可是還真的把權狀拿起來好好研究了一番。

「這塊土地是你從雙親那繼承的嗎？」

在確認了土地權狀之後，這是方正所能想像到的唯一解釋。

「當然不是，我爸媽什麼都沒有留給我。」任凡回答。「這塊土地是其中一個委託人給我的報酬。」

「什麼？」

「這塊地因為產權的問題，兩邊的主人都不願意退讓。兩人從生前爭到了死後，就連死後做了鬼，兩方都還在鬥來鬥去。其中一方委託我，卻讓我捲入差點連小命都送掉的風波。不過還好最後雙方都很滿意，兩人都同意把這塊地送給我。」

「可是……人都死了怎麼送啊！」

「方法當然很多啊！你就不要問那麼多了，總之，那次委託我差點連命都沒了，所以後來我絕對不接牽扯到兩隻鬼魂恩怨的案件。」

「說得不清不楚的，真的很可疑……」

「你現在是在查我，還是要幫你往生的上司？」

聽任凡這麼一說，方正才想起此行真正的目的。

「你打算要怎麼幫張大哥？」

「怎麼幫？當然是先把他找來，好好問個清楚，到底他要委託的是什麼事情啊。」

任凡回答完後，不理會方正，逕自朝著通往後面的走廊而去。

「把他找來？」方正一臉狐疑。「難道鬼也有帶手機之類的東西，隨傳隨到嗎？」

4

一走進布置得像辦公室的房間裡面，最先吸引方正目光的，是那貼在辦公桌後面，兩張宛如對聯般的條文。

在辦公桌右邊的牆壁上面寫著：

・沒有酬勞或利益的工作不接
・牽扯到雙鬼之間恩怨的工作不接
・抓替身、找替死鬼的工作不接
另外一邊的牆壁上面寫著：
・會因此惹禍上身的工作不接
・破壞天理循環、傷風敗俗的工作不接
・與黑靈打交道的工作不接
在這六個不接的原則之中，大部分方正都不難想像，可是只有最後一條裡面所寫的「黑靈」方正不了解。詢問的結果卻只得到「你是想當我的接班人嗎？不是的話問那麼多幹嘛？」這種答案。
「好啦，」任凡在辦公桌後面的椅子上坐了下來。「在開始之前，先要搞定你。」
「搞定我？」
「當然，」任凡面無表情地說，「不先搞定你，我自己跟他溝通的話，你不但會囉嗦問一堆問題，又會懷疑東懷疑西的。」
方正一聽，臉上立刻寫著「我才不是這樣的人咧」的表情。
「所以我必須讓你也見到他，」任凡起身走到後面，打開藏在畫像後的保險箱，「當然最好的方法就是帶你去觀落陰，或者是去招魂上身。可是這些都太花時間了，而且又要進行好幾次，如果真的讓你纏著我那麼久，那我就算不去坐牢，也會被你煩死。」
任凡口氣稀鬆平常，可是每一句都讓方正臉色一會藍一會綠，一會想抗議，一會又恐懼。
「所以……只能用這個了。」

任凡轉了回來，手上多了一只透明的小瓶子，瓶子裡面裝著隱約散發出綠光的液體。

「那是什麼鬼？」

「這可是好東西，」任凡眼神發光似地看著瓶子，「我累積了很久，才存了這麼小一瓶。」任凡白了方正一眼，「想不到居然要浪費幾滴在你這傢伙身上。」

任凡將瓶子放到了桌上說道：「只要點兩滴在你的眼睛裡面，就可以暫時擁有陰陽眼，不需要透過鬼魂的力量，就可以看得到鬼了。你不點的話，到時候白天陽氣太旺的時候，見不到鬼了，我又得被你懷疑半天。」

「什麼？」方正一臉狐疑。「真的假的？」

「你點了不就知道了？」

「你瘋啦，誰知道你那是什麼東西，如果把我弄瞎了怎麼辦？」

「不敢點也行，」任凡伸手去拿瓶子。「只是你到時候不准問我一堆問題。誰教你那麼膽小……」

一聽任凡這麼說，方正一把搶過瓶子。

「點就點，少在那邊故弄玄虛。」

方正將瓶子打開，猶豫了一會，轉過來就看到任凡一臉看好戲的模樣。

如果不點就會被這男人瞧不起。

衝著心中不願意被任凡看輕的怒氣，方正仰起頭，將裡面的液體各滴了一滴到雙眼裡。

液體碰到眼睛之後，有一股冰涼的感覺，但是除此之外，方正沒有覺得什麼不同。

「這樣就可以了嗎？」

方正眨了眨眼睛，想要把眼眶裡面多餘的水分擠出來。誰知道越眨眼睛，那股冰涼的感覺就越強烈，甚至有點癢癢的。

「你確定這不會傷害我的眼睛嗎？」

方正用手揉著自己的眼睛，可是那股冰涼的感覺就好像放了薄荷在眼睛裡一樣，又冰又灼痛。

「很痛！」方正叫了出來。「你到底拿了什麼給我點？怎麼會痛呢？」

「不要那麼緊張……」任凡聲音平穩。「一下子就好了，真受不了你。」

果然，在任凡這麼說後，刺痛的感覺慢慢消失，雖然還是感覺冰涼，但是總算可以慢慢張開眼睛了。

方正眨著眼睛，擠出自己因為刺激所流出來的淚滴，然後模模糊糊的視線越來越清晰。

首先方正辨識出任凡的那張辦公桌，然後將視線慢慢向上抬，看到了任凡正似笑非笑地看著自己……然後，他看到了兩個不知打哪來的女人，就站在任凡的身後。

「喝！」

方正被這兩個女人嚇了一跳，這兩個女人雖然面容姣好，五官端正又美麗，可是其中一個脖子上面開著一條裂縫，身穿著白紗也都沾滿了血跡。另外一個則是腹部插了一把刀子，大片的血漬就這樣攀附在她所穿的T恤上面。

方正看著兩人，而兩人也正惡狠狠地瞪著方正。

「你看到了嗎？」

「啊？」

被兩人嚇傻的方正，一時還無法會意過來，等到任凡再重新問一次，方正才笨拙地舉起手指著任凡身後。

「她、她們……」

「你終於見到她們了嗎？」任凡笑道，「她們兩個是我的助手，小碧跟小憐。請不要介意她們的外貌，她們還在生你的氣，所以才會故意給你看到恐怖的模樣。」

「生、生我的氣……」

「對啊，昨天你把我關進拘留所之後，她們曾經上你家去找你，本來想嚇嚇你，誰知道……」任凡調侃方正，「有人早就搶先一步把你嚇暈在微波爐旁了。今天早上聽你說才知道，原來人家不是去嚇你，而是去拜託你的……」

被任凡這樣說，早就已經嚇到不知該如何氣憤的方正，也不知道該怎麼回應了。

一整天下來，刺激太多，見識太廣。

現在的方正只感覺自己這些年來建立出來的世界，正在一步步崩毀。可是這又能怪誰呢？畢竟是他自己找上門的。

「好啦，妳們兩個就不要再用這副模樣嚇他了。」任凡笑著對小碧、小憐說道。

兩人不甘心似地又瞪了方正一眼，然後用手在前面一揮，那些淌血的血腥裝備瞬間消失無蹤，只剩下兩位面貌俏麗，宛如畫中仙女的少女。

任凡看著方正身後，然後笑著說：「既然委託人也來了，那我們就趕快進入主要的話題吧……」

「委託人？」

方正聽到任凡這麼說，才將眼光轉到任凡臉上，然後看到任凡正看著自己身後，方正也順著看了過去。

那張潰爛不堪的臉孔就這樣出現在自己的眼前……

連尖叫聲都還來不及從喉頭冒出來，過度的驚恐讓方正瞬間震懾住，一口氣提不上來，眼前一黑，又軟倒了下去。

「你第一天當鬼啊，」任凡看到方正又被嚇暈了，皺眉責備起張樹清，「你不知道這樣嚇人，會把人給嚇死嗎？昨天才嚇暈他一次，現在還來。」

「我怎麼知道，這小子平常做事正大光明的，怎麼會那麼怕鬼……」

「這跟那有什麼關係，又不是不做虧心事，你們這些做鬼的就不會靠近。還愣在那邊幹嘛，幫我把他搬去沙發吧。」

任凡嘆了口氣，這就是為什麼他不喜歡跟活人打交道的原因了。

第3章

1

「醒啦？」

張開雙眼，映入眼簾的又是任凡那似笑非笑的表情。

這男人還真是討人厭。

方正從沙發上坐起來，這時才想起張大哥的事情。

「啊！張大哥——」

四處看了一下，除了任凡跟自己之外，什麼人都沒有，就連那兩名跟在任凡身邊的女鬼也不見蹤影。

那藥效過了嗎？

「他怕他又嚇暈你，所以他直接把要委託我的事情先告訴我了。」

「他這樣熊熊出現在別人後面，當然會嚇到啊！」

「可是像你如此迅速又確實地暈過去的人……也不多啊。」

「你！」

方正心想，如果不是你早就習慣有陰陽眼的話，你又是能多大膽？

不過糗了要忍，方正也沒有那麼不乾脆，只是被這個男人連續數次瞧不起，內心非常不是滋味而已。

「我們還是回歸正題吧……」任凡蹺著二郎腿。「張老委託我的事情有兩件，一個是找出殺他的凶手，讓他可以去枉死城報到；另外一件事情是，幫他找他的未婚妻，看看能不能冥婚。」

第一個委託，方正還能夠想像，可是第二個委託……就有點強人所難了，要是對方不答應，任凡又能如何呢？

想不到任凡開口卻說：「第二個委託，我自然有我的辦法，不過第一個委託，就得要你幫忙了。張老生前是個警察，我相信在他這樣死後，你們警方應該也有展開調查吧？」

「當然，當時這件事情鬧得很大，我雖然不是專案小組裡面的成員，但是因為張大哥生前很照顧我，所以我也非常關注這個案子的發展，可是調查後來掉入了死胡同，也就不了了之了。可是，張大哥自己也不知道凶手是誰嗎？」

「他說他是被人從後面襲擊的，從後面將一大桶的硫酸潑到他身上，等他轉過身來的時候，硫酸已經侵蝕掉他的雙眼，他根本連看都沒看到是誰下的手……」

想不到連張樹清自己都不知道凶手是誰，難怪當時專案小組偵辦不出來。

「今天已經晚了，明天我們約個時間，你把你們警方那邊可以調得出來，關於張老被謀殺的資料全部弄出來。很晚了，你也早點回去休息吧。」

任凡的話裡，隱約流露出不可違背的威嚴，連方正都只能點頭稱是。

看著方正走了出去，任凡向後仰，閉上了雙眼，陷入了沉思。

乍看之下，這樣的委託可以說合理，也可以說十分不合理。

不要說冥婚，這種就連死後都想要有所歸屬的希望，不要說張老，這根本是所有孤魂野鬼共同的期許，也是任凡接到最頻繁的委託之一。

可是……找凶手這件事情，就非常不尋常了。

一般來說，像張老這樣的人被謀殺了，如果不知道凶手是誰，不能進去枉死城，就算遊蕩人間也沒什麼不好的。

這樣鑽牛角尖的要抓出凶手，多半都含有報復的心態。

然而如果有這股情緒，就不會成為像他這樣散發出白色光芒的白靈，而會是帶一股黑氣，擁有暴力與血腥的黑靈……

在聽到張老的委託時，任凡已經強調過了，只負責幫他查凶，找到凶手之後，除了報警，任凡不會幫他對那個人做任何其他的事情。

張老也允諾了，甚至不要求報警，只要知道凶手是誰就好了。

但是，只聽說過有人拚了命想逃出枉死城，像張老這樣拚老命想要進去的還真是少見。

一種不好的預感浮現在任凡的心頭，非常非常不好。

2

「我為什麼會那麼聽那小子的話咧？」

「叫我去調資料我就點頭，叫我回家我也點頭。」

方正滿腦納悶，感覺自己就好像變成任凡的手下般，對自己有點生氣。

方正走出了大門，眼前那條充當兩棟大樓的紅色地毯橋樑，早就已經橫跨在兩棟大樓之間。

方正向前踏出一步，朝樓下一看，整個人就好像被電到似的，定格在原地，兩隻眼珠子就好像要掉出來般地直愣愣瞪著樓下。

只見原本應該荒廢無人的建築用地，此刻下面正密密麻麻，到處都是……鬼。

有些鬼聚集在樓層中圍成一圈，不知道在幹嘛，有些鬼聚集成群飲酒作樂，遠處還有一堆鬼在看另外一堆鬼表演，不時還有歡呼叫好的模樣，下面的草叢之間，有著許多未成年的鬼魂在追逐嬉戲。

方正只感覺自己的寒毛直豎，雙腳發軟，深怕自己一個暈過去，會直直墜下樓去。方正趕緊退後兩步，靠著大門不停喘氣。

將視線拉正，對面的大樓屋頂，他看到了一堆小鬼，正拿著一顆球，在互相傳接嬉鬧。

只是詭異的是，竟然有個身形比較高大的人也在這堆小鬼之間，跳著想要接那顆球，可是……那是個沒有頭的人啊！

「啊——」

方正赫然想到，在來的時候，任凡曾經對角落說過的話。

「黃伯，你的頭怎麼又不見啦？」

定睛一看，果然那顆球根本就是一顆人頭啊。

原來這一切，都不是任凡虛構的……

後悔的情緒立刻浮出方正的心頭。

方正想到自己之所以會看到這些鬼，都是因為剛剛點的眼藥水的關係，方正用手揉著自己的眼睛，想要這樣揉去藥效。

他可不想要像任凡那樣，隨時都可以見鬼。

可是不管怎麼擦，對面大樓玩球嬉鬧、欺負老人家的孩童鬼影，依舊清晰可見。

不行，一定要叫任凡把自己的眼睛恢復原狀。

這麼一想，想要回去找任凡的方正，猛一回頭，一張滿臉是血的男人臉孔就這樣跟自己幾乎快要撞在一起了。

「啊！」方正發出了連自己都難以想像的尖叫。

一回頭正想要逃，瞬間，所有在活動中的鬼魂全部都停下來了。

所有鬼魂都用那對早就不屬於人世間的眼睛，不約而同看著方正。

方正只感覺一陣頭暈目眩，整個人一口氣提不上來，視線一黑，雙腳一軟，整個人就這樣倒了下來。

3

「二十四小時之內暈了三次，你是想創金氏世界紀錄嗎？」

看著被小憐帶回來的方正，任凡白了他一眼。

「還不是你害的，給我點了那什麼鬼眼藥。」

「你又不是唯一一個點過的，其他人連一次都沒暈……」任凡冷冷地說。「算了，你今晚就在這裡過夜吧，那藥效還需要好幾個禮拜才會消，你這樣回去誰知道你要暈幾次才會到家。小憐，麻煩妳帶他去客房吧。」

不只任凡，就連小憐也一臉鄙視地看著方正。

這真是人生的谷底啊。

從來不曾像現在一樣，想找個地洞鑽進去。

方正像行屍走肉般洩氣地跟著小憐。

小憐領著方正來到了其中一個房間。

已經宛如驚弓之鳥，草木皆兵的方正朝房間一看，差點又要暈過去了。

這哪裡是什麼客房啊！

紅色的燈泡將整個房間的氣氛弄到很詭譎，不過這些都比不過那放在其中一面牆壁的香爐與牌位，還有大剌剌放在房間中央的棺材。

方正看到了從後面跟上來的任凡。

「我知道，你一定很不爽我昨天不相信你……」方正咬牙切齒。「可是你也不需要這樣耍我吧！就已經被你害到這樣了，你還讓我睡靈堂？」

「誰要你了啊！」任凡正色道。「我的客戶都是鬼魂，我準備床給誰睡啊！給鬼睡的這個客房不知道多舒服，那副棺材連我都睡過，裡面的枕頭跟護墊可是手工打造的，那副棺材不是為了安葬用的，可講究了。」

「可是……」

「可是什麼？要睡不睡隨便你，我這裡外面有朱紅索護著，孤魂野鬼闖不進來。這裡最安穩，如果你堅持要回去，就請自便吧。在這邊的鬼魂你大可不必理會，不過如果在外面遇到的，給你個建議，最好不要有任何反應，如果讓它們知道你看得見，纏上了你，可別來找我，我不接活人生意的。」

任凡說完不理會方正，自己一個人逕自朝走廊深處走去。

方正猶豫了一會，然後心不甘情不願地走進了房間裡面。

4

寧可打地鋪死也不肯睡棺材的方正，整夜在堅硬的地板上翻來覆去，徹夜難眠。

第二天早上，拖著疲憊的身軀回到局裡。在路上，他了解了一件事情。

大家都說白天不會見鬼，鬼都是晚上才出現的……根本就是——唬爛！

光是街頭上，找尋著自己斷肢殘臂的鬼魂就不知道有多少隻了。

還好在陽光的照射下，將方正那所剩無幾的勇氣給沸騰起來，否則昨天晚上如果真的賭氣自己回家，不知道會不會在開車途中被嚇死。

將車子停好，然後步入分局，看見門口的警衛，方正順手打了聲招呼。

在走過去之後，赫然才發現到一件事情……

剛剛跟自己打招呼的……那個警衛，臉上為什麼……兀自留下兩條血痕劃過臉頰？

方正緩緩回過頭，剛好門口的那個警衛正回過頭看著他。

那根本就不是什麼警衛，而是已經死了多年，還不知道自己已經死掉的孤魂野鬼。

「嗚哇——」方正連滾帶爬地衝進分局。

真是無言透了……

一想到昨天任凡說的，那個藥效還要好幾個禮拜才會消，方正就感覺到頭痛。

不過這也是沒有辦法的事，現在最好的辦法就是趕快解決張大哥的事情，然後跟那個小子永遠切割，老死不相往來。

分局的資料室在地下二樓，方正在裡面找到了當年偵辦張大哥命案的相關資料。

將可以參考的資料全部都拷貝一份之後，想不到一忙又快要忙到太陽下山，害怕一到天黑，情況可能更糟糕的方正，匆匆忙忙離開警局，回到了任凡的住處。

5

一個奉公守法、富有同情心與愛心、樂於助人且嫉惡如仇的濫好人，會有多少人想要幹掉他呢？

「那天晚上，張大哥因為加班的關係，一直到凌晨三點多才離開分局準備回家。可是一直到了第二天早上九點多，家裡的老婆都沒有見到他，所以才打電話回分局，這時大家才知道張大哥失蹤了。」

方正照著資料上面記載的唸給任凡聽。

「下午，有民眾報案說，在張大哥家附近的巷子裡面，發現了男屍。後來經過證實，的確就是張大哥。依照專案小組與法醫的推測，張大哥那天離開分局之後，兩個小時之內就遇害了。」

「你們警方不是已經調查過了嗎？」任凡皺著眉頭說，「有沒有比較可疑的嫌犯？」

「首先，專案小組第一個懷疑的是……張大哥的三個老婆，不，嚴格講起來應該說是三個同居人，他們還沒有結婚，所以不能算是老婆。」

「真不得了，」任凡吹了聲口哨。「三個同居人啊？還真是少見。」

「張大哥是個心地很好的人，以前在掃黃組裡面，他幫助了幾個被迫下海賣淫的女人。他不但提供她們住所，還幫助她們重新站起來。後來有三個女人，因為受到了張大哥的照顧，逐漸萌生感情，成為了張大哥的女友。不過張大哥在生前一直都沒有結婚，他跟這三個女人就這樣維持著關係。他沒有束縛她們，還跟她們說，如果有好的對象，可以找人嫁了。可是她們三個或許是因為真的愛上張大哥，都沒有結婚，一直都守著張大哥給她們的住宅。他們共同居住在一棟公寓中，當然三個人各有一戶。張大哥也把一個禮拜分成好幾份，輪流回三人的家。」

「他還真是濫情啊，也難怪會惹來殺身之禍了。不過，他們這樣四人行的生活應該也過了不少年吧？」

「嗯，我剛從警校畢業認識張大哥的時候，就知道他有三個老婆了，至少也有十年了吧。」

「既然這樣的關係都已經維持了十年，如果真的是為了搶一個男人而產生醋勁，應該不會隱忍十年才動手吧？」

「不，就我所知，當年她們三個人的確很有嫌疑，而且還不小。」

「喔？為什麼？」

「張大哥在二月的時候被殺，他原本預定要在三月的時候跟人訂婚……」方正說，「而且訂婚的對象不在這三個同居人裡面……」

聽方正這麼一說，任凡驚訝的表情全寫在臉上。

「這到底是什麼樣的好人啊！」任凡不可置信。「有了三個同居人，另外還要跟第四個結婚……這種人不被殺，反而比較不可思議吧？」

「你說話還真是缺德。」方正白了任凡一眼。「不過當時專案小組也覺得三人涉嫌重大，可是三人都有不在場證明。」

「嗯，」任凡沉吟了一會。「所以凶嫌就是這三個人？」

想想如果只有三個人要過濾的話，應該還不至於太難吧？

就當任凡這樣想的同時，方正搖了搖頭。

「什麼？還有別的？你不是說他是個濫好人嗎？一個濫好人會有那麼多人要他死？」

「接下來這個，可能間接關聯到你。」

「我？」

「嗯，當他找上你，要你幫他找出凶手的時候，我就想過了。雖然說沒錯，你有陰陽眼，又能跟他溝通，找上你最方便。不過，就算找不了你，找其他同事託夢之類的，應該也行得通。」

任凡點了點頭表示認同。

「所以我特別去調查了一些張大哥生前最後經手的案件，發現當時的張大哥，正在辦理一件調查我們警方內部的貪汙案件。」

「喔，所以也就是說，你們警局裡面很有可能就存在著殺害張老的凶手？」

「嗯，當時專案小組在這方面留下的資料比較少，畢竟再怎麼說，這種事情沒有真憑實據，留下紀錄總是不好的。」

這的確棘手，畢竟比起三個女人來說，警察同仁之間的內鬥，可能更加複雜也說不定。

「最後一個……」

「什麼？」任凡苦笑搖搖頭。「還有啊？」

「嗯，」方正點點頭。「最後這個是當初專案小組認定嫌疑最大的。張大哥以前曾經經手過一個黑社會老大的案件，並且把那個幫派的老大給送入了監獄。這個老大剛好就在張大哥死前一個多月出獄的，在他坐牢的期間，曾經對外放話過，等他出獄一定要張大哥不得好死。結果他真的出獄之後不到一個月，張大哥就遇害了。」

「嗯……」

「可是那個老大卻下落不明……」方正說，「專案小組一直到今天都沒有找到那個老大。」

三個女人、一個老大，還有不知道多少的同事……那麼多的嫌疑犯，到底要從何找起呢？

人在死後，跟生前一樣，會有許許多多的欲望與需求。

這就牽扯到祭拜的問題了。

一般來說，沒有親屬的人一旦死後，就很有可能成為孤魂野鬼，一整年飢餓難耐、流離失所。

可是，張樹清兩次現身並沒有讓任凡發現這樣的情況，這就代表著有人仍然固定祭拜著他。

有人祭拜、衣食無缺，現在就等自己的陽壽一到，就可以去報到準備投胎。

實在看不出來他為什麼要來委託自己。

整個委託看起來就十分不對勁……如果不是自己當初身陷牢獄之災，這個案件很明顯就是有問題，任凡說什麼都不會接。

第4章

1

「小白，你還真是有心啊。」梅夫人為兩人端上了咖啡。「想不到老張都死了兩年了，除了那些查案問案的警察之外，就只有你一個人來關心我。」

「哪裡，應該的。」

方正答得很心虛，因為自己跟任凡也是為了查案才會登門拜訪。

方正與任凡商量之後，決定先拜訪三人看看。

「請問一下，」在方正與梅夫人兩人交談甚歡的情況之下，任凡插了嘴進來。「張先生還有什麼其他親屬嗎？」

「沒有……」梅夫人皺了一下眉頭。「我印象中老張沒有什麼親人在台灣，聽說有個遠親在美國，不過沒有什麼聯絡。」

梅夫人雖然年紀已經接近四十，但是保養得很好，優雅的態度與親切的談吐，以前就一直都是張樹清三個同居人中，最像張樹清老婆的一個。

由於許多關於案情的部分，當年的專案小組已經問得相當清楚了，所以兩人只不過禮貌性的拜訪三人。

在喝完咖啡之後，兩人告別了梅夫人，然後走著樓梯下到七樓。

任凡對三人與張老的相處模式感到不可思議，張老將三個同居人全部放在同一棟公寓裡面。梅夫人住在頂樓，芬芳住在頂樓算下來第二層的七樓，而最小的碧珠則住在六樓。就這樣三人分住三個樓層，彼此都知道對方的存在。

「當警察收入可以那麼多啊？」

「怎麼可能？」方正回答。「這棟公寓如果我沒記錯的話，是張大哥的祖產。」

「嗯，」任凡點了點頭。「難怪養得起三個家庭……」

兩人來到了芬芳的門口，然後按下了門鈴。

芬芳給任凡的第一印象非常強烈，原來人跟名字的差異可以那麼大。

「你們警察真的很無能耶！」一聽到方正是警察後，芬芳立刻開始抱怨。「人都已經死了兩年了，你們竟然連個屁都沒查到。整天就只知道懷疑我們這些弱女子，過了兩年也沒見你們抓到個凶手。」

在方正再三強調兩人此行的目的並不是查案之後，芬芳才讓兩人進到屋內。

在訪談的過程中，芬芳不但一直唸著警察的無能，也一直罵著那個不知名的凶手，最後罵上癮的她，連老張也不放過。

「濫好人！」芬芳啐道。「我早就跟他說過了，好心沒好報。對人啊，還是有點懷疑比較好，不可能像表面那麼單純！他呢？就是不聽，如果聽我的，說不定現在還在爽咧。」

在舞廳當了三年舞小姐的芬芳，就連言談中都不難看出過去的職業病。

在芬芳的砲火無限蔓延的同時，兩人識相地在芬芳把矛頭指向兩人之前，趕緊結束這次的訪問。

碧珠給任凡的感覺又與前面兩位迥然不同。

看到了碧珠，任凡不得不在內心裡面佩服起張老來。

想不到這三個渾然不同，個性迥異的女人，能共事一夫超過十年。

碧珠給人的感覺很文靜，平常話也不多，對於所有事情似乎都有一種可以逆來順受的潛力。

長相也跟自己的個性一樣，乾乾淨淨、清秀文雅。

從碧珠身上，兩人可以得到的訊息少得可憐。

在結束了拜訪三人的行程之後，在任凡的提議之下，兩人來到了與公寓相隔兩條街的命案現場。

2

兩人進入了張老兩年前陳屍的那條巷子裡面。

「那天晚上，」方正站在巷子入口，指著對面的路邊，「張大哥的車子就停在那邊，接著就在這條巷子裡面被襲擊。」

任凡假裝是兩年前的張老，站在巷子中間。

「以陳屍的地點來看，張老應該是在這裡附近被襲擊。他應該是這樣一路走進來，然後凶手應該是躲在那邊。」

任凡用手指著倚靠在牆邊的大型垃圾箱。

「張老沒有注意，就這樣走進巷子裡面，然後經過了這些垃圾箱……」

方正假裝是凶手，從垃圾箱走出來，然後從後面做了個潑灑的動作。

「然後凶手就像這樣，從後面把強酸倒在張大哥的身上。」

「強酸立刻腐蝕了張老的皮膚，」任凡裝作渾身都被強酸淋到掙扎的模樣。「他當然會回頭！可是雙眼已經被強酸腐蝕掉了！他看不到！他很痛苦！他哀嚎！掙扎！最後不支倒地了……」

任凡不但配合著動作，演出當初張老可能的行為，連最後都真的像張老一樣躺在地上。

「你……」看到任凡誇張的動作，方正搖了搖頭。「在考演員嗎？」

任凡沒有理會方正的諷刺，反而是張大雙眼看著巷子盡頭。

任凡曾經聽撚婆說過，有一種被稱為神之眼的恐怖雙眼，可以看得到過去所發生的一切，好像叫什麼龍之眼之類的東西。

「真希望……有那種雙眼啊——」

如果真的有這種雙眼的話，就不需要像現在這樣，在這邊模擬凶案現場了。

更重要的是，如果有那對雙眼，就可以知道……躲在那堆垃圾堆旁邊的人，到底是誰了。

「你不覺得奇怪嗎？」躺在地上的任凡對著方正說。

「是很奇怪啊……你有必要這樣模擬嗎？」

任凡爬了起來，白了方正一眼。

「誰跟你說這個啊……」任凡朝巷子裡面走去。

在這兩棟大樓之間所隔出來的防火巷裡面，擺著許許多多大樓住戶們廢棄的東西。有少了一個輪胎的腳踏車，跟不知道從哪裡來的大木板等等廢棄物。

穿過這些雜物之後，朝更裡面走過去，竟然有一個小小的空間，不過一樣堆滿了許許多多廢棄物。而這裡，就是這條巷子的盡頭了。

任凡走到了這個小空間，回過頭對方正說：「這是條死巷耶。」

「然後呢？」

「如果說當初命案現場真的是在這裡的話……」任凡回過頭對著方正說。「那麼張老到底要去哪裡呢？」

方正這才驚覺，的確是如此，如果真的這是條死巷的話……張大哥到底要去什麼地方？當初認為這條巷子的方向就是回家的方向，卻沒有意識到這是條死巷子，所以如果張大哥要回家的話，不可能會經過這條巷子。

「丟東西？」看著四處被堆積出來的廢棄物，這是方正所得到的最佳解答。

任凡聳聳肩。「如果真的是這樣的話，那凶手又是如何知道他一定會來丟東西？」

「把他引進來？又或者是……把他挾持進來，然後才行凶？」

任凡沒有回答，只是靜靜地朝出口走去。

方正說的的確都是很可能的情況，不過真相只有一個，如果能夠解開這個謎，或許凶手就會浮現也說不定……

3

兩人離開了命案現場之後，在準備去拿車的路上，就著案情討論了起來。

「三個同居人、一個老大，然後再加上你們警察內部……」任凡看著筆記本喃喃自語。「老大下落不明，你們警察內部同仁那麼多……對了，他的未婚妻呢？」

「未婚妻？」

「我印像中好像叫做……月馨？」

「喔喔，我想起來了，當初專案小組當然也有查過，不過，她知道的事情非常少。」方正說。「張大哥似乎沒有把他跟那三個女人的關係告訴她，看情形張大哥似乎想在兩人結婚之前，自己處理掉他跟這些女人的關係。」

「嗯……」任凡思考了一會。「我這邊不分日夜監視那三個同居人，另外一方面，我還需要你幫我準備一下那個出獄老大的資料，我想我可以很快找到他。」

「怎麼找？」方正一臉狐疑。「專案小組找了一整年都找不到的人……」

「你們有你們的方法，我有我的方法啊。」任凡驕傲地說。「我找人比你們還要迅速確實多了，畢竟，大部分的人都只知道躲人……不知道要躲鬼啊。」

「可是我們警方這邊呢？」

「當然是你去調查啊！」任凡白了方正一眼。「警局這邊的我根本就沒有多少忙可以幫啊。你是警察，你要混進去很簡單，如果我在旁邊，不是反而礙手礙腳的嗎？」

「拜託一點，人家專案小組調查了一年都查不出個東西來，我怎麼可能查得出來？」

「你是不是搞錯了啊？」

「什麼？」

「我是叫你找凶手，不是叫你去抓犯人。」

「這有什麼差別！」

「差別可大了。找凶手，是去查到底是誰殺的，抓犯人講究的是證據。這也是你跟專案小組不一樣的地方，你搞清楚，專案小組是循著線索跟證據去抓凶手，我們可以完全憑直覺，我們追求的是找出凶手是誰。至於夠不夠證據讓他上法庭，那是你們警方的事情，不是我的委託。更何況，你還擁有專案小組所沒有的優勢。」

「什麼優勢？」

「專案小組看不到鬼啊！」

「這算什麼狗屁優勢！」

「你看得到鬼，自然有許許多多的優勢……」任凡搖搖頭。「你現在因為點了那個眼藥，可以看得到許許多多的幽靈。你就要利用這個優勢，不要老是拘泥在你過去的什麼科學辦案啦，蒐集什麼鳥不拉嘰的證據。我們只需要找到凶手，其他的事情我們一概不做，很多時候根本不需要證據也可以找到凶手。只要知道凶手是誰，那就夠了！」

方正張大了嘴，簡直不敢相信自己所聽到的話。

這是什麼邏輯啊？

不要證據？

找出凶手卻什麼都不做？

這算是哪門子的正義啊？

可是任凡又說得如此振振有詞，就連想要反駁都不知道從何反駁起。

「你不用這樣看著我……」任凡連看都不需要看就知道方正現在臉上的表情。「你要知道，首先我是忠於委託人。我又不是警察，更不是什麼正義使者，人家託我找凶手，我就找凶手給他。至於你那要讓某人得到什麼制裁，那是你人世間的事情。現在你雙眼已經可以看穿陰陽兩界的事情，怎麼視野卻還是只停留在人間？就算人間的法律制裁不了他，死後自然有人可以審判他。就算你們警方沒有能力將他定罪，死後自然有人可以讓他百口莫辯。」

眼看著任凡就好像在發表「黃泉委託人入行演講」般的無邊無際，方正趕緊伸手制止他。

「好好好，我們先不討論這個。」方正皺著眉。「講了半天也沒講到重點，你剛剛說我可以利用這個優勢，但我要怎麼利用啊？難不成你真的要我去問鬼說：『你們知不知道是誰殺了張大哥嗎？』」

「沒用，」任凡認真地搖了搖頭。「你的藥水只點了眼睛，又沒有點耳朵。就算人家真的知道回答了你，你也不見得聽得見。」

方正攤開雙手說：「那你自己說，我要怎麼利用？」

「你沒聽過一句話嗎？平時不做虧心事，半夜不怕鬼敲門。」

「有啊，但是這不是說鬼會回來報仇嗎？」

「當然不是！我們人都有陽氣，這個陽氣的量每個人都不一樣，而且也會隨著季節跟人的行為而有所不同。當你升官、鴻運當頭的時候，陽氣就會很旺。但是如果你時運不濟或者像我說的做了虧心事，陽氣就會很低落。」

「照你這麼說，」方正一臉不以為然。「那些殺人凶手或者什麼無惡不作的壞蛋，不就是陽氣低到不行？」

「我說的是『虧心』事，那些殺人凶手不見得認為自己做的是虧心事。虧心事當然是說，明知道理虧，卻還是不得不做。像這個案件裡面，如果凶手真的是你們警察裡面的同仁幹的，我不相信他可以心安理得。」

「可是這些都是理論啊，我到底應該怎麼做呢？」

任凡看了一下四周，然後對方正揮了揮手：「跟我來。」

任凡帶著方正到了一個十字路口，然後用手指著對面。

「你有沒有看到對面街上，有一個佇立在紅路燈旁的男人？」

方正朝著任凡指的方向看過去，真的有一個男人站在紅綠燈底下，然後緩緩地左右搖晃著。

「有。」

「嗯，那個男人就是當年死在這條街上的靈魂。」

「耶？」

沒聽到任凡說的，方正還真認不出來那個是鬼。

「由於死亡太過於匆促，導致魂魄潰散，讓他的靈魂還不知道自己已經死了。像這種死後魂魄不完全的，就是我們所稱的『浮游靈』。它們多半會重複做著相同的事情，不然就是日以繼夜的站在同一個地點。不過這種浮游靈也有著一般鬼魂相同的特點。它們沒有思考能力，純粹只是按照本性去移動。」

任凡看了一下紅綠燈，燈號慢慢轉變，對面有幾個路人匆忙著搶黃燈過馬路，從男子身邊快速通過。

「我們稍等一下吧。」

燈號轉變，準備過馬路的路人開始聚集在浮游靈附近，不過卻沒有人意識到浮游靈的存在。

方正看任凡一句話也不說，只是靜靜等待著，皺著眉頭問道：「你到底要我看……」

就在方正這麼說的時候，他看到那個浮游靈動了起來……不，應該說是飄比較合適。它朝著聚集在街口等紅路燈的人群而去，然後穿過兩三個手上提著包包的妙齡女子，最後停在一個正在講手機的男子身後。

浮游靈一動也不動地貼著那個男子。

「怎麼會這樣？」方正不禁為那個男子捏了一把冷汗。「他們之間有什麼過節嗎？」

「當然沒有。」任凡笑著說。「不過就是那個男人陽氣低落，陰氣旺盛。會朝陰氣旺盛的地方靠攏，幾乎是所有鬼魂的共通性。就像我的那塊地一樣，陰氣旺盛到許多鬼魂都把它當成家，盤據在其上，久久不離。這就是鬼的基本特性。浮游靈也是鬼魂，自然也會有這樣的特性。」

方正看那浮游靈幾乎就好像連體嬰一樣，死貼著那個手機男，而手機男卻一臉激動地講著手機，不禁感到雞皮疙瘩都浮出來了。

「像他這樣的情況，如果去了荒郊野嶺，凶靈出沒之地，肯定會撞鬼。」任凡口氣平淡。「不是被抓去當交替，就是被鬼當場宰掉變成小弟。」

這還得了！聽到任凡這麼說，方正幾乎就要衝去對面把這件事情告訴那個渾然不知的手機男。

「那現在呢？」方正緊張。「它會跟著他回家嗎？」

任凡沒有回答，只是用手指著紅綠燈，示意要方正看下去。

燈號轉換之後，等待的路人就好像開柵的賽馬般，紛紛踏上了馬路。

被浮游靈緊緊貼著的男子也跟著走過馬路，只見宛如連體嬰般的一人一鬼，到了路中間時，浮游靈突然停了下來，離開了男子的背。

過了一會，浮游靈緩緩向後飄，回到了自己原先佇立的位置。

「就像這樣，」任凡解釋。「浮游靈只會在自己的範圍之內，遵照自己的本性移動。你去把嫌疑犯找出來，然後去一個有浮游靈的地方，把張老的事情給提出來。只要他心中有鬼，浮游靈會給你一個很好的答案。」

第5章

1

「方正！」

才剛走進張樹清生前的小組，立刻有人認出方正來。

迎面走過來的是方正熟悉的面孔。

「阿德？」

「方正啊，好久不見啦！」阿德熱情地招呼方正。「今天怎麼會過來啊？」

阿德與方正兩人是警校的同期生，兩人畢業之後，就一起被調到張樹清大哥的組裡。

後來方正調職之後，因為公務繁忙，一直沒有時間回來看看。想不到阿德竟然還在張大哥的組裡，方正暗自竊喜著在這個組裡還有自己值得信賴的朋友在，這樣一來調查應該會輕鬆許多。

「上次見面的時候，應該是在張大哥的喪禮上……」阿德的話把方正拉回現實。「想想都快兩年了。」

說起來阿德當時就在張大哥的組裡面，他應該也算是嫌疑犯吧。

雖然方正一點都不認為阿德會是嫌犯，更不可能殺害張大哥，不過秉持著辦案的精神與習慣，當阿德問到關於方正這次的目的時，方正決定保留這一點。

「如果有什麼我可以幫忙的地方，你就說吧。」

「我這次是為了調查一件事情，我們那邊抓到一個煙毒犯，說了一些名字，似乎有貪汙的事情，所以長官派我來看看。」

「那是什麼時候的事情？」一講到貪汙，阿德臉色立刻嚴肅起來。畢竟這在警局裡面，是相當嚴重的事情。

「兩個多月前……不過那傢伙滿嘴胡說八道，還扯了一堆政治人物，所以我們也只是例行性的做了一些調查而已。」

「這樣啊……」阿德沉吟了一會。「我現在是這裡的組長，所以如果有什麼事情，希望你可以先知會我一聲。」

「當然。」

原來阿德已經接替張大哥的位置成為組長。

想想自己那麼不爭氣，還在當警員，同期的同事都已經……

雖然方正自己不知道，不過這對方正來說，可能是最理所當然的事。畢竟方正是一個處事不圓滑，又不會說話，老是直來直往的人，不管在同儕或是長官的眼裡，他都是一個不好相處的人，除了已經過世的張大哥除外。

從某個角度來說，張樹清跟白方正擁有許多共通點，一樣都是一條腸子通到底的人，不過張樹清的生活經驗豐富許多，處事比方正圓滑多了。這也就是為什麼張樹清會特別照顧方正的原因，對方正的包容也比現在的長官要多得多。

「如果可以的話，我希望你可以提供我你們這組人員的名單，這樣會方便許多。」

「當然，」阿德笑著說，「只要我能夠幫得上忙的，儘管開口。」

2

愛情是有保存期限的，就好像其他食物一樣。畢竟充其量愛情是用來解心靈的飢渴，所以跟食物一樣有保存期限，一旦超過了保存期限，就會走味、變質。

這是任凡看透陰陽兩界之後對愛情的看法。

有人死後，希望跟陽間的人結合……

有人死後，希望跟共赴黃泉的老婆分手……

有人死後，希望跟在陰間認識的伴侶結合……

是的，就像大家還在陽世間一樣，愛情有許多面貌，但是因為橫跨陰陽兩界，也因為陰間的時間比陽世間來得長，所以愛情的面貌更加多變。

任凡曾接過一個委託，是幫一名男鬼找到可以送給女鬼的定情信物。那可絕對不是一件簡單的工作。畢竟他們兩個人的年齡差距太大，所以想送一個讓那女鬼感動的東西可不容易。

再怎麼說，他們兩個年紀也相差六百四十二歲，不管是年代還是生活都截然不同，不過最後任凡還是在古董店裡面，找到了女方喜歡的東西，完成了這個委託。

任凡與方正分工合作之後，就帶著小碧、小憐，不分晝夜地監視著張老的三個同居人。

人的個性往往決定一個人的生活。

從這點來看三個人的生活似乎最能體現這句話。

豪邁帶點大姐氣息的梅夫人，三不五時就會找來三姑六婆到家裡摸幾圈。趁著她們在打牌的時候，任凡派了小碧、小憐去偷聽她們牌桌上的對話，不過並沒有聽到任何相關的線索。

至於最小的碧珠，則是每個禮拜都有三天請了一個女家教學習繪畫。文靜的她有這樣的興趣並不讓任凡感到驚訝。

可是個性潑辣的芬芳，在任凡跟監的這個禮拜之中都沒有出門，平常就很少出門的芬芳，似乎在張老死後更加封閉。

這天，任凡繼續著無聊的跟監，在接近夜晚的時候，任凡發現一個可疑的男子進到了公寓。小碧、小憐剛好不在身邊的任凡，無可奈何只好自己跟了進去。

他看到了男子通過六樓的碧珠住所，一路朝著樓上走去，最後停在七樓的門前。

為了防止男子看到自己，任凡躲在六樓到七樓的樓梯間，希望可以聽到什麼可靠的線索。

男子按下門鈴，樓梯間一片沉靜，就連一點風吹草動都可能暴露自己的行蹤。

這讓任凡不敢妄動，也不敢靠近，只敢繼續躲在兩樓之間側耳傾聽。

過了一會，開門的聲音傳了過來。

「是你啊，進來吧。」

芬芳的聲音清楚地傳進了任凡的耳朵。

想不到男子竟然是要找芬芳的……

兩人進屋之後，關上了沉重的大門，沒有小碧、小憐在身邊的任凡，此刻也只能望門興嘆了。只能在腦海想像著兩人關係的任凡，最後怕待太久，會被人發現自己的行蹤，只好認命撤退。

正當任凡下樓，準備離開的時候，想不到在六樓竟然出現了人影。

「你是誰啊？」開口的是一個女人。

任凡定睛一看，這女人有著一張清秀的臉龐，年齡約莫二十來歲，正是平常碧珠學繪畫的家教老師。

女人睜著大大的眼睛，不解地看著任凡問道：「這邊上去只有梅夫人跟芬芳姐的住家，你找誰啊？」

雖然不知道這女人到底對這三人的關係了解到什麼程度，不過任凡還是隨便掰了一個理由，希望可以搪塞過去。

「我是來收費的……」

任凡說完就打算穿過女子下樓去，想不到女子竟然將身體擋住了樓梯，不讓任凡過去。

「收什麼費用……」

想不到這女人竟然會這樣打破砂鍋問到底，一時慌了手腳的任凡皺了一下眉頭。

「第四台的費用。」剎那間閃過任凡腦海裡的就是這個答案。

任凡說完將身體向前一靠，希望女人可以讓開，想不到女人反而更加阻擋在前面。

「說謊！她們兩個人平常的家用都是碧珠在繳的，你說，你到底是什麼人？」

想不到自己的謊言會這樣當場被拆穿，任凡一心急，用力撥開女子，朝樓下快步走下去。

「你別走！」身後傳來女子叫喊聲，接著任凡聽到按門鈴的聲音，看來女人應該是要通報碧珠這件事情。

任凡不敢停留，頭也不回地出了公寓，朝自己跟監的座車方向前進。

可惡！

任凡內心對這次的失誤感到憤怒，果然跟蹤這種事情還是小碧跟小憐比較可靠。畢竟兩人就算緊黏著對象，跟在對方身邊，對方也察覺不出來，甚至還可以近距離聆聽兩人的對話。偏偏她們現在不在身邊，結果自己竟然搞出這樣的麻煩。

任凡心中推算這樣的失誤，會不會帶來什麼影響……

畢竟再怎麼說，對方也沒有見過自己，更不可能知道自己是什麼人，頂多把自己當成小偷之類的人。

另外一點，就算那女人把這件事情告訴芬芳，而芬芳真的聯想到自己，頂多只是讓整個案件更加難查而已。

經過這次的經驗，任凡也不打算親自去跟蹤了，以後就老老實實把小碧、小憐帶在身邊就好了。

不過真正讓任凡在意的還是那個男子。

「是你啊，進來吧。」

任凡想起了剛剛開門的時候，芬芳所說的話。

這代表著芬芳不但認識男子，還對男子的來訪不意外……

這男人是芬芳的什麼人呢？

情人？

就算是，任凡也不感到意外，畢竟張老都已經過世兩年了，另結新歡也是理所當然的事情……

任凡嘆了一口氣，隔著車窗看著外面出現的落日。

他還是不明白，為什麼張老會那麼執著要找到凶手？

3

兩人分頭行動已經過了兩個禮拜，任凡約了方正在自己的辦公室見面。

儘管先前已經來過了一次，但這次只有自己一個人要經過那被許多鬼魂當成遊樂場的中庭，還得穿過鬼來鬼往的階梯，最後還要走過凌空架起的紅地毯，方正還是感覺頭皮發麻，雙腳發軟。

好不容易來到了任凡的辦公室兼住家，只看到任凡一臉悠哉地躺在沙發上。

「你來啦？」

「我們不能約在別的地方嗎？」

「為什麼？」

「你不知道你這邊有多少會把人嚇破膽的鄰居嗎？」方正抱怨。「那個老伯的頭又被小朋友拿去玩了，突然看到一顆頭飛過你的眼前，有多恐怖你知道嗎？」

「你的藥效也差不多再過一兩個禮拜就要消了，」任凡聳聳肩，「都已經看了兩三個禮拜了，一般人早就習慣了。」

「屁！不要把你自己說成一般人！不是每個人都跟你一樣，可以跟這些傢伙做朋友。有些事情不管經過多久，都不會習慣的……」

「那你還是先做好心理準備吧，我已經請小碧、小憐去找張老了……說人人就到了。」

方正順著看過去，果然見到小碧、小憐帶著張大哥走了進來。

就好像自己說的一樣，雖然不至於暈過去，不過看著張大哥那張潰爛的臉，方正還是把五官都擠成一堆，看起來就好像自己的臉也跟著潰爛了一樣。

「這是我們的第二個優勢……」

任凡這麼告訴方正。

「我們跟專案小組不一樣，他們需要靠許多推理與猜測，我們可以直接把已經死掉的人叫來問。」

如果方正想要百分之百聽見張老說的話，意味著他必須要再點一次那個東西在自己的耳朵。

結果抗拒了半天，最後看在張大哥的份上，方正心不甘情不願地各點了一滴在耳朵裡面。

搞定方正之後，整個討論案情的過程才正式開始。

「所以……」聽完了張老的述說之後，任凡將身子向後躺。「你完全不記得自己為什麼走到巷子裡面囉？」

「嗯，」張老點了點頭。「我只記得我站在那條巷子裡面，不知道為什麼，然後正當我走在巷子裡面時，突然聽到從身後傳來一點聲音，我想要回頭，但是在那之前，我只感覺到頭上有異……」

張老聲音顫抖。「那種痛是像被火燒一樣，那火從頭上淋下來，然後慢慢爬遍我的全身，我可以感覺到自己正在潰爛！我回過頭，可是我的眼睛早就什麼都看不見了……」

方正伸手想要安慰這個曾經照顧自己的老長官，拍拍他的背，但是伸到一半，突然意識到這個曾經照顧自己的老長官已經是鬼了，手尷尬地停在半空。

任凡白了方正一眼，繼續問張老：「你心中有哪些嫌犯嗎？專案小組當初鎖定了幾個人，你聽聽看，有什麼意見或想法隨時可以分享給我們。」

張老點了點頭。

「首先，專案小組鎖定了你的三個同居人，我們知道你為了要跟另外一個女人結婚，所以想跟三人分手，專案小組認為，她們很可能因為這樣才對你下毒手。」

「不可能！」張老果斷地說。「分手的事情我去年就跟她們說好了，我把她們現在居住的房子都過戶給了她們，又答應讓其中幾個樓層的租金給她們，讓她們就算不工作也可以衣食無缺。她們也都坦然接受了，怎麼可能會？」

「三個人都坦然接受？梅夫人接受？碧珠也接受？芬芳——」

任凡一提到芬芳，張老臉色驟變。

「不要提這個了！」張老突然憤怒地打斷了任凡的話。「不是她們！」

對於張老的變臉，任凡先是一愣，然後隨即想到了……

「喔，」任凡笑著點了點頭。「看樣子你好像回去看過了。你是不是已經知道了？」

「知道什麼？」

「我監視了三人的公寓兩個禮拜，發現三人的作息都很固定，不過，在這兩個禮拜裡面，我曾經看過一個男人去拜訪芬芳，還開車載芬芳出去過。」

「不要提那個女人！」

「你有跟進去聽聽看他們是什麼關係嗎？」

「是你，你會跟進去嗎？」張老反駁，「光是想到她去找個年輕小夥子……」

「等等，」任凡苦笑，「你們不是已經分手了嗎？人家去找新歡也是理所當然啊。」

被任凡這麼一說，張老只能擺一張臭臉，卻沒辦法反駁。

不過任凡特別可以體會這些鬼魂的感覺，畢竟人死之後，總希望在人間留下一些什麼東西，可是卻沒有人可以避免被遺忘。

「總之，我繼續維持監視三人的行動，」任凡說，「然後一方面繼續追查那個出獄的老大。關於那個揚言要殺你的老大，你有什麼事情要補充嗎？」

一聽到那個老大，張樹清身體震了一下，可是過了一會搖了搖頭，什麼也沒說。

「你那邊的情況如何？」任凡轉過去對著方正說。

「我有聽說過，」方正將自己的筆記本拿出來，「你在……生前曾經調查過自己組員的貪汙案，所以我們也懷疑過你的手下。」

張老點了點頭。

「你那邊有什麼比較可疑的貪汙嫌犯嗎？」方正問張老。

「我想想……對了。我當時接到的線報是，在我們組裡面有人收了錢，我就開始著手調查，不過，我還沒來得及調查完，就……」

「那麼當時你知道是誰收了錢嗎？」

「我不清楚，不過消息是說確定是我們組裡面的人，所以我才希望在內部展開調查之前，自己先把那個人抓出來……」

「那你有特別懷疑的人嗎？」

張老想了一下，點了點頭說道：「有。」

「是誰？」

「洪韋立。」

方正一聽，點了點頭，將自己手上的筆記本攤給任凡看。
筆記本上面寫著一個方正懷疑是貪汙者的名字，正是「洪韋立」。
任凡看著方正，臉上寫著就是「你知道該怎麼做了吧」的表情。

第6章

1

在告別了任凡與張大哥之後，方正開著車在台北的街頭閒晃。

本來想說隨便找一個浮游靈就好了，可是這牽扯到兩個問題，如果在方正跟洪韋立對質的時候，有其他人來了，裡面只要有人陰氣比他重，說不定就黏過去了，這樣一來根本就沒有效果。

所以再怎麼樣也想找個沒什麼人的地方，然後把洪韋立給約出來，在那個地方跟他攤牌對質。

方正駕著車來到了台北郊區，然後沿著山線繞著石牌、北投跟天母等區。

想要在台北找到個無人的地方，又要有浮游靈，遠比自己想像中還要困難。

方正就這樣從早開到晚，卻仍然沒有找到任何適合的地點。

除了這樣裡想的地點難找之外，方正更沒有辨識浮游靈的能力，他不知道任凡是如何辨識這些浮游靈，更糟糕的是，如果不是死相太過於淒慘，方正根本就不知道他是人是鬼。

先前方正曾經在一座廢棄的建築物門前，找到了一個目標。由於該建築物位於那條本來就人煙稀少的道路末端，所以往來的行人很少。在這樣的地點被方正發現一個佇立在門前的男人，讓方正差點當機立斷、下定決心選擇這裡當最後與洪韋立對質的地點。

可是想不到在方正再三觀察之後，赫然發現那個男人不過就是一般的街友罷了。

就這樣在連眼睛所見到的是人是鬼都分不清的情況底下，著實花了方正不少時間。

夜幕低垂，兩旁的建築物閃爍著霓虹燈，點綴台北的夜。

方正將車子轉進了熟悉的街道，這是在北投著名的溫泉地區附近。方正兩年前為了偵辦一件凶殺案，曾經把這裡走透透，拜訪了大大小小不知道有多少店家與住家。

記得命案的第一現場就在這附近……

凶手在這邊殺了被害人之後，用自己營業用的計程車，載著被害人的屍體，在方正當時所在的分局轄區棄屍。

方正循著記憶，將車子轉了兩個彎之後，那棟命案第一現場的廢棄倉庫就出現在眼前。

方正將車子給停了下來，下了車，穿過街道之後，來到了那間廢棄倉庫。

方正腦海裡面出現了當初模擬現場的景象。

凶手以還錢當藉口，將被害人約到了這間倉庫來。

方正穿過了掛著鐵鍊的大門，朝裡面走去，就好像當年的被害人一樣。

原本以為凶手遲到的被害人，繞了一圈沒有見到凶手，拿出手機準備打給凶手。

方正朝倉庫走進去，這裡似乎仍然維持著兩年前的廢棄狀態，一切都跟當年的擺設一樣……

手機很快就撥通了，可是除了電話裡面傳來的鈴聲之外，一陣清脆又響亮的鈴聲就這樣從身後傳了過來。

方正熟練地穿過了內門，上了樓梯，只要再轉個彎，就是當年被害人被殺害的地點。

被害人想要轉頭，可是背後的凶手比他快了一步，他用槍連續在被害人的背後開了三槍，第一槍就直接貫穿了被害人的腦袋。

方正轉了個彎，映入眼簾的正是當時的命案現場。

果然……

方正吞了口口水，雖然早就做好了心理準備，但是親眼看見就是如此震撼。

就在當年的命案現場中央，被害人的靈魂就這樣佇立在原地……

「由於死亡太過於匆促，導致魂魄潰散，讓他的靈魂還不知道自己已經死了。像這種死後魂魄不完全的，就是我們所稱的浮游靈。它們多半會重複做著相同的事情，不然就是日以繼夜的站在同一個地點。」

任凡的話浮現在方正的腦海……

雖然對於眼前的靈魂，方正仍然難以消除自己從心中散發出來的恐懼感，卻同時有著更奇妙的感覺。

腦海裡面浮現自己當年押著嫌犯，到現場做模擬的時候，凶手跪在地上聲淚俱下地跟死者道歉的模樣。

——是的，我幫你抓到了殺害你的人了。

這或許是第一次，方正覺得身為警察的自己，有種不愧於天地的感覺。

就是這裡了！

方正下定決心，一定要在這裡，讓殺害張大哥的凶手無所遁形，就好像當年的嫌犯一樣。

2

「為什麼一定要約在這個地方呢？」

方正雖然不想欺騙這個昔日好友，但是他也不想因為說出這裡有一個浮游靈而遭來不必要的麻煩與懷疑。

「你確定他會來嗎？」方正用另外一個問題來逃避回答。

「我想會吧，他自己也有不少問題，你又留了那麼模稜兩可的話，他應該會很想弄清楚到底發生什麼事情……」

在阿德的協助之下，方正用匿名的方法約了洪韋立。雖然自始至終方正都沒有跟阿德說明，自己其實要找的是殺害張大哥的凶手，不過相信同樣身為張大哥手下的阿德，會諒解自己的行為。

兩人躲在角落，等待著這個不知道會不會前來的嫌犯。

不知道過了多久，遠處傳來了汽車引擎的聲音。

來了？

果然過沒多久，汽車的前燈光束劃破了倉庫大門前的黑夜。

方正與阿德在黑暗中互相確認了一下，兩人繼續隱身在黑暗之中，等待著那個人前來。

過沒多久，倉庫門的鐵鍊發出了聲響，那個人已經穿越了大門，正逐漸朝深處移動。

對方穿的皮鞋在黑暗中發出清脆的聲響，方正跟阿德屏住了氣息，等待著對方走過去。

對方穿過了兩人隱身的地方，踏上了樓梯，轉過了一個彎之後，方正給了阿德一個眼神，然後兩人一起從隱身的地方出來，追了上去。

「停！別動！」方正用手電筒照著那個人。

來者正是洪韋立，他用手遮住射向眼睛的光線，試圖想要看看是誰用手電筒照他。

「你是誰？留那種話到底是什麼意思？」

方正朝前面走了兩步，拉近了兩人之間的距離，也將手電筒給拿了下來。

「你是……白方正？你到底發什麼瘋啊！」

「現在是我要問你，不是你來問我。」

方正瞄了一眼在洪韋立身後的浮游靈……

那女人仍然在原地左右緩緩搖晃，沒有任何動靜。

難道說我真的誤會他了嗎？

不，應該是現在洪韋立跟本還不知道是什麼事情，所以才沒有反應。

方正決定再挖深一點，他相信只憑這種曖昧不明的說詞，不可能讓他產生罪惡感。

「你自己做過什麼你會不知道嗎？」

最近方正到組裡面問東問西的，所有同事都知道，他似乎在調查某一件貪汙案。

「你到底在那邊裝模作樣什麼？你如果有什麼證據，就直接跟你後面，我的上司說，不需要搞這種無聊的把戲吧？組長，這樣太沒意思了吧？」

阿德在身後聳了聳肩，表示無可奈何。

「韋立！張樹清這個名字對你來說有什麼意義？」

「張樹清大哥？他是我以前的上司啊，你提他幹嘛？」

「你自己說，張樹清大哥是不是你殺的！」

此話一出，不只洪韋立驚訝，就連站在方正身後的阿德也吃驚不已。

明明是一件貪汙案，怎麼又會跟兩年前過世的張大哥扯在一起呢？

「你把我叫到這裡來，就是因為你懷疑張大哥是我殺的？」

方正沒有回答。

因為就在他問出張大哥是不是你殺的這句話時，那個被當成游標的浮游靈女鬼真的開始慢慢移動了起來。

方正張大了眼睛，看著女鬼的行動。

只見女鬼一步步朝洪韋立飄近，越來越近……越來越近……終於貼到了洪韋立的身後。

方正用手指著洪韋立，怒道：「你還說不是你！明明就是……」

想不到方正話還沒說完，眼前的異象讓他完全說不出話來。

只見那女鬼就這樣穿過了洪韋立，直直朝著自己飄了過來。

怎麼會這樣……難道失靈了？

在方正還搞不清楚怎麼回事的時候，女鬼已經飄到了眼前。

不，正確的說法應該是，飄到了身邊。

方正緩緩回過頭去，把視線朝女鬼的方向移了過去。

那女鬼就這樣黏在阿德的身上，而這時阿德的視線也同時朝方正看了過來。

兩人四目相對，彼此的眼神都透露出自己內心最深沉的祕密……

方正不敢置信地看著這個與自己同期出道的好友，而他此刻的眼神竟然是如此冰冷，彷彿在說：你知道了我最不可告人的祕密了。

「我沒時間在這邊跟你瞎混！」洪韋立憤怒地吼著。「如果你有什麼線索，請你去找以前的專案小組，不要來騷擾我！」

韋立怒氣沖沖地離去，只留下尷尬對望的兩人。

「你是來調查張大哥的死嗎？」

方正笨拙地點了點頭。

「你是什麼時候知道的？」阿德苦笑。「知道當年張大哥所調查的貪汙案就是我……」

「剛剛……」

方正不知道該怎麼解釋，不過看來阿德也不想要聽他的解釋。

方正動了一下，想不到阿德見狀，快速地把身上的佩槍給拔了出來，指著方正。

「我不知道你怎麼想，不過當初大家都在說，內部的那個貪汙犯，就是殺害張大哥的凶手……」阿德雙眼直瞪著方正，透露出「你要是輕舉妄動，我一定會開槍」的眼神，「可是，我真的沒有殺害張大哥！」

「這不關我的事，」方正說。「當初你應該自己跟專案小組自首，你既然沒幹過，有什麼好怕的！」

「呵呵呵，」阿德苦笑。「你還真的是跟張大哥一樣，腦袋都是一根筋通到底，我承認自己收了錢，然後呢？我說我沒殺張大哥，那又如何？就算最後專案小組還我清白，我難道就沒事了嗎？是的，我很高興張大哥死了，我很高興不需要我自己動手就可以度過這次難關了。在那之後，我接了張大哥的位置，然後到今天為止，我都是個乾淨的好警察，一直到你出現為止！」

講到最後，阿德整個臉色扭曲，萬般憤怒地指著方正。

「那現在呢？」方正無奈地問。「你要殺了我？韋立已經看到你跟我在一起了，你該不會連他也要殺掉吧？」

「住口！」阿德怒道。「你把我當成什麼人了！我不過就是收了點錢，放走了一個人，為什麼！為什麼你們就是不肯放過我！」

阿德臉色因為痛苦憤怒而扭曲，方正知道他的內心正在面臨著前所未有的掙扎。

兩人就這樣無言地僵持著。

一陣清脆的鈴聲從方正的西裝口袋裡面傳了出來，那是方正的手機來電。

方正看著阿德，他知道現在就連阿德都不知道整件事情該如何收場。

「我必須要接這通電話……」方正對著阿德說。「我給你一個月的時間，如果你決定要越錯越大，那我等等轉身接這通電話的時候，你大可以從後面開我一槍，然後從此開始亡命的生涯。你也可以安安靜靜地離開，然後一個月之內自己主動自首，我會幫你找到殺害張大哥的凶手，起碼不會讓你承受其他不屬於你的罪過。」

方正說完，看著阿德，然後緩緩轉過身去。

方正拿起了手機，按了接通，然後將它放在耳邊。

「搞什麼那麼久才接電話……」電話裡面傳來任凡抱怨的聲音。「你現在在哪裡？」

「北投。」方正回答，但是卻側耳傾聽身後的動靜。

此刻身後靜悄悄的，一點聲音也沒有。

「我們見個面吧，我收到消息，找到那個失蹤老大的下落了，如果可以的話，我們兩個一起過去吧。」

方正簡短地回答著任凡，跟任凡約好地點之後，掛上了電話。

方正深呼吸一口氣，然後緩緩轉過身來。

身後空無一人，偌大的倉庫只剩下方正與那個無法離去的浮游靈。

3

方正並沒有把關於好友沉淪為罪犯的事情告訴任凡。

兩人碰面之後，就往台北郊區的山區開去。

「我想應該就是前面那些廢棄建築物了……」

經過了兩個小時有如無頭蒼蠅般亂開著車，任凡指著前面一堆看起來就好像因為產權有問題而遲遲無法完工的一整排建築物說道。

「真的是這裡嗎？」

「嗯，」任凡肯定地點了點頭。「張進平，外號鐵刀。在出獄之後，真的曾經計畫對你的張大哥進行報復，可是坐牢的這幾年，外面的世界已經跟他過去不太一樣，所以當他出獄之後，想要找回過去的幫派成員，卻到處碰壁。聽他的兄弟說，他曾經留下這裡的地址，要兄弟們如果決定幫他的話，就來這裡找他。」

「可惜這個社會是現實的？」

「嗯，聽說沒有任何一個人願意幫他……畢竟誰都不想為了一場過去的恩怨，再次捲入不必要的風波吧。」

兩人下了車，走到了建築物下方。

整條通往這裡的道路上，沒有半台車輛經過，就連在山區，這裡的山路也是人煙罕至。

方正抬起頭來就著月光看著這棟廢棄的建築物，如果真的要跟任凡的廢墟做比較的話，這裡的完成度比任凡那兩棟還要低。

只有骨架跟地板的樓層就這樣暴露在外，感覺只要站在對面那座山的山路，加個望遠鏡，就可以把裡面所有的空間都看光光了。

什麼樣的人會躲在這種地方呢？

「他一定很恨吧……」彷彿看穿了方正的心事，任凡在旁邊有感而發。「曾經是一個呼風喚雨的老大，卻因為你的張大哥，淪落到只能來住這種廢墟，整天想著如何對你的張大哥報仇……」

方正白了任凡一眼。

「你的意思是警察都不應該抓犯人囉？」

「當然不是，不過你要站在不同的角度去想啊。你看看，他在這邊除了想要進行報復之外，還有什麼樣的心情？」

「我沒你那麼八婆，還關心別人是什麼心情咧。」

「呿，」任凡啐道。「那是你沒有心。你想想看，一個落難的老大，在這裡除了想要報仇之外，當然還想要東山再起啊！可是，等待著弟兄回來團圓，卻沒有人來，那種心情，你可以體會嗎？」

被任凡這麼一說，就連方正都不禁同情起這個老大來了。

「走吧。」

任凡把手電筒交給了方正。

兩人拿著手電筒，走進第一棟建築物裡面。

四處看了一會，才發現這裡真的有人待過的蹤跡。

地上到處可以見到空的啤酒罐，還有一些泡麵。

任凡跟方正交換了一下眼色，方正掏出槍來警戒。

看樣子情報很可能是真的……

雖然看這些痕跡都不算最近留下來的，不過起碼證明這裡真的有人待過。

兩人循著痕跡，朝著建築物深處走去，然後繞完了一樓之後，踏上粗糙的樓梯，來到了二樓。

由於這一整排的建築物都只有骨架跟地板，有些牆壁還沒有建完，因此兩人可以輕易地跨過去到另外一棟建築物裡。

兩人就這樣搜完一棟，又直接從二樓跨越過去另一棟大樓。

就這樣，兩人一路來到了第四棟大樓的時候，方正發現了睡袋之類的東西。

方正見狀，給任凡使了個眼色。

在睡袋旁邊，有一個小小的隔間，方正示意自己要進去看看。

方正熟練地雙手交叉，一手持槍，一手持手電筒，槍口對準了光線照射的地方，這樣一來只要光線捕捉到的東西有任何不軌的行動，他的槍口也會對準那個東西。

方正輕輕地呼了一口氣，然後一轉身，將光線照向房間裡面。

牆壁上面，密密麻麻地寫著怵目驚心的紅色字眼。

張樹清！死！死！

整片牆壁都這樣密密麻麻地寫著張樹清的名字與死字。

方正倒抽一口氣，緩緩將光線掃過房間，光線就好像揭開舞台的布幕般，慢慢將房間裡面的景象給揭露開來。

任凡跟方正兩人在找的對象就在那裡……

一條繩索緊緊地繫在他的脖子上，從天花板上垂降下來，將他的身體吊著，就好像一個不會動的鐘擺般掛在空中。

方正想要發聲，一隻手從身後伸了過來，按住了方正的嘴。

方正掙扎一下，這才看清楚按住自己嘴的是任凡。

任凡臉色慘白，示意要方正不要出聲，然後將方正押到鐵刀陳屍的房間裡面。

兩人才剛躲好，一團黑氣籠罩著的男子，就好像正在捕獵中的野獸般，出現在房間的門口。

任凡一隻手摀住自己的口鼻，另一隻手摀住方正的口鼻。

那男子掃視了兩回，從男子的角度沒有辦法看到任凡兩人的身影。

雖然完全不知道來者是誰，也不知道對方為何讓任凡如此反常，但是恐懼感卻從心底浮現出來……

當男子的臉轉向這邊的時候，藉由外面的月光照射之下，方正終於看清楚來者何人了。

這男人，不就是懸掛在那邊的鐵刀嗎？

他已經變成鬼了……

鐵刀沒有看到任凡與方正，在門口張望一下之後，便朝著兩人前來的方向走去。

任凡跟方正在房間裡面待了一會，然後任凡才偷偷探頭出去看了一下。

四周都沒有看到鐵刀的身影，他才揮揮手要方正出來。

「剛剛那是鐵刀嗎？」方正細聲問任凡。

「當然，他媽的，」任凡輕聲咒罵，「這下我可不爽了，我規則訂得很清楚，我不接跟黑靈有關的 CASE！」

「他就是黑靈？」

「廢話！他滿懷仇恨地自盡，那種心情我不是跟你說過了嗎？像這種人死後怨氣不散，只會成為見人就殺的黑靈。所以我才說我不碰這種案件，遇到黑靈，就算是我也很有可能喪命。」

「那現在咧？」

「廢話，當然是溜啦！」

任凡指著與來時相反的方向，說道：「我們避開他，從後面出去。」

任凡帶著方正，快速地朝著這一整排建築物的後面走去。任凡一邊走，一邊注意四周的環境，注意鐵刀的靈魂有沒有靠近。

兩人就這樣快速通過了一棟又一棟的建築物，方正不敢大意，緊緊追著任凡的腳步。

想不到前面的任凡卻突然停了下來，緊緊跟著的方正差點就撞上了任凡。

「怎麼突然……」

方正話還沒說完，恐懼感就把方正的話給沒收了。

只見在距離兩人不遠的前方，一個渾身散發黑氣的男人就佇立在那裡。

「我們跟你，無冤無仇……」

任凡話還沒說完，突然轉過身去，一把抓住了方正，然後用力一拉，把方正整個人都給拉到前面去。

方正還搞不清楚狀況，正想開口問，結果看到了一雙手，就這樣凌空在他剛剛站的位置。

再往後一看，正是鐵刀的身影。

想不到剛剛還站在前面的鐵刀，竟然在一轉眼間就變到了自己的身後，還伸手要抓自己。如果不是任凡這一拉，自己肯定會被他那雙手給抓住。

方正嚇出一身冷汗。

任凡將手指伸到嘴邊，用牙齒咬破了自己的手指。

鐵刀伸出手，朝著任凡又是一抓。

任凡整個人向後一跳，然後用被自己咬破、冒出血來的手指在空中一比，兩個身影瞬間浮現在任凡的身邊。

這兩個突然出現的身影方正看過，就是常常跟在任凡身後的小碧與小憐。

「不准傷害我們老公！」小碧跟小憐異口同聲吼道。

「快走！」任凡拉著方正，沒命地朝後面逃。

小碧與小憐兩人撲向鐵刀，可是黑靈所聚集的怨恨遠遠不是一般鬼魂所能及。雖然小碧跟小憐過去曾經擁有這股力量，但是現在的兩人根本不是黑靈的對手。

只見鐵刀雖然被兩人纏住，可是沒一會工夫，兩人各身中一拳，立刻軟倒在地上。

「可惡！」

想不到小碧、小憐會這麼簡單就被打倒，任凡怒火中燒，轉過身來面對著鐵刀。

方正看到任凡停下來，也停了下來。

「不是要快逃嗎？他要追上來了。」

「他媽的，黑靈了不起啊！」

任凡一臉憤怒，伸出了右手對著鐵刀。

原本以為任凡有什麼法寶可以對付黑靈，正在期待任凡大顯身手的方正，定睛一看，整個人差點暈過去。

任凡竟然對鐵刀比出了中指……

「我暈！你對他比中指有個屁用啊！有沒有那麼孩子氣啊！」

沒有理會方正的抗議，任凡咬牙切齒地比著中指，就連比著中指的手都用力過度而有點顫抖。

鐵刀扭動自己的脖子，暴戾的雙眼盯緊了任凡，然後用迅雷不及掩耳的速度，直直撲向任凡。

任凡咬著牙，維持著比中指的姿勢，將手一縮，然後將中指直直朝鐵刀衝過來的方向戳了過去。

中指直直戳到了鐵刀，想不到鐵刀哀嚎了一聲，整個被彈了開來。

「哇塞……這中指屌啊！」

被眼前這一指神功給嚇傻的方正，還杵在原地。

「還愣在那邊幹嘛？還不快跑！」

任凡轉頭就跑，方正還搞不清楚怎麼回事，只聽到後面傳來鐵刀淒厲的哀嚎聲。

方正回過神來，趕緊跟著任凡朝反方向逃跑。

第7章

1

兩人沒命地逃到車內，發動車子，一路朝著下山的路線狂飆。

「這到底是怎麼一回事啊？」方正到現在還是一陣混亂。「如果那個人真的就是鐵刀，為什麼要追殺我們？他的仇人不是只有張大哥嗎？」

「那是生前的恩怨，」任凡從置物櫃裡面拿出紗布。「現在的他已經成為惡靈了，暴戾之氣極深，幾乎可以說是見人就殺。」

任凡咬著紗布，包紮著自己的中指。

方正看過去，任凡剛剛用來戳鐵刀的中指，現在已經潰爛不堪，而且還發出陣陣惡臭。

「哇靠！你那中指到底是怎麼回事啊？為什麼可以把鐵刀戳到唉唉叫？然後我們又為什麼要逃跑？」

任凡搖了搖頭，一邊包紮一邊解釋：「大約在八年多前，我接到了一個委託，誰知道一開始本來看起來很簡單的委託，最後竟然解決不了。於是我想要推掉這個委託，不過委託我的……鬼魂，不願意這樣罷休。那時候我剛出道沒多久，雖然盡可能都希望可以滿足所有客戶的要求，但是我也要捍衛自己的原則。在無法達成共識的情況底下，那個鬼魂百般糾纏，於是我們吵了起來，在吵到不可開交的時候，我給了他一個中指……」

「然後呢？」

「然後他就啪的一口咬下去……」

「他咬斷了你的中指？」

「不，咬著，就只是咬著，就好像烏龜一樣，咬住就不放了。」

方正想像著當時的畫面，任凡將中指比到了那個鬼魂的面前，然後那個鬼魂就這樣順勢啪的一聲叼住了任凡的中指。

「就這樣，他叼著我的中指死不肯放，而我也不願意放棄我的原則，更不希望立下壞榜樣，讓以後的客戶都跟他一樣胡鬧、死纏爛打。」這時任凡的中指已經被包成一團，有如蠶蛹一樣。「所以我們就這樣好像主人牽著狗一樣，不管我到哪裡，他都會叼著我的中指，就連我上廁所、睡覺都咬著不放。而我也就是在這個時候，學會了只用一隻手搞定生活大小事情。」

方正赫然想起當時任凡簽名的時候，的確是用左手。而平常看他做事情的時候，也真的是用右手。

方正聽了啞然失笑，心想這還真的是頑固到離譜的兩個人……不，一人一鬼啊。

「結果就樣讓他叼了三年多，在一次歪打正著的場合下，我竟然解決了他的委託。他好不容易才張開那張臭嘴，放過了我的中指。誰知道隔了三年多沒見過的中指，一直被他含在嘴裡，竟然已經潰爛腐敗到不堪使用了，就算去找醫生恐怕也只能淪落到被截肢的命運。」

就算是被一般的動物含了三年多，方正都不敢想像了，更何況是被鬼叼著……

看樣子這小子的膽量跟見識真的是超乎常人所能想像。

方正此刻也不知道是該佩服還是該取笑任凡……

「看到我怒火難消，又自覺理虧的那傢伙，除了支付我當初約定的報酬之外，額外送了我一個東西來修補我的中指。那傢伙生前是一位著名的寺廟住持，他把他收藏多年的鎮寺之寶給取出來，用來修補我的中指。也因為那是被供奉多年的靈體，所以我的中指有某種程度的抗靈作用，不要說對付那些白靈、藍靈，就連黑靈都會退避三舍。」

任凡完成了包紮，將其他沒有用完的紗布重新收到置物櫃裡面。

「這是我對付黑靈唯一的法寶，不管任何黑靈，只要我用了這隻中指，都能暫時讓他撤退，讓我安全逃出來。不過只要一經過使用，就必須要等待三個月才能康復，這段期間不但沒有力量，我的中指還會回復到潰爛腐敗的情況。」

「你中指的威力也未免太兩光了吧？用一次要等三個月……」

「廢話！我本來就不打算接任何跟黑靈有關的工作！」

「那我們現在該怎麼辦？」

「那還用說！」任凡怒道。「當然是先找人算帳啊！」

2

兩人回到了任凡的住所，任凡怒氣沖沖地要人去把張樹清給抓來。

過沒多久，張樹清就在小碧與小憐的帶領之下，再度來到了任凡的辦公室兼住所。

「張樹清！你這騙子！」

任凡一見到張樹清，整個就要衝過去打人。

「怎麼啦？發生什麼事了？」

「你不要在那邊給我裝傻！你早就知道他自殺變成怨靈的事情了，對不對！」

任凡此話一出，在場所有人與鬼都望著張樹清。

張樹清本來就已經非常潰爛的臉，此刻全部擠在一塊。

「不要這樣嘛，我不得不騙你啊……如果一開始就跟你說，這不但關係到兩個鬼魂的恩怨，又得跟黑靈打交道，你一定不肯接受我的委託。」

任凡目光如刃，直直瞪著張樹清，彷彿就是想要用目光把他的心給挖出來般。

「你不用去找他，跟他真的無關，我只希望你找到殺我的凶手，只要你能找到殺我的凶手，讓我可以去枉死城報到，我就不需要面對他了。」

「現在不只有你要面對他，就連我跟這個白癡都得罪他了。而且，你去枉死城報到，你認為他不會找上我們嗎？」

方正原本想抗議，但是一聽到鐵刀還會來找上自己，整個臉都綠了。

「我想你一定可以收服他的……畢竟你黃泉委託人收服了號稱最凶狠的雙怨靈……小碧、小憐，這故事在我們鬼界那麼出名……」

方正一聽到張樹清這麼說，轉過頭去看著小碧、小憐。兩人剛剛被鐵刀各打一拳之後，感覺整個形體又更加模糊了。可是即便如此，方正還是很難想像這兩個可愛美麗的女子，以前會跟鐵刀一樣是這麼恐怖的惡靈。

「你沒仔細聽那個故事嗎？最後我付出多少代價？我斷了兩次氣，在鬼門關前來回了兩次，這些你都沒有聽到嗎？你這自私的傢伙！竟敢違反我的原則！」

任凡再三敲著貼在牆壁上的鐵則。

張樹清低著頭，就好像做錯事情的小孩子般，不敢吭聲。

「你就等著再死一次吧！」任凡咬牙切齒，「像你們這樣的靈魂，在黃泉的世界被怨靈再殺一次的話，那可比下地獄還痛苦。我不會幫你的，不，我甚至會幫他找到你！」

張樹清一聽，整個魂體顫抖不已。

「竟然敢無視我的規矩！你也不去打聽看看，黃泉委託人是個怎麼樣的人！」

「求求你——我真的會被他殺掉的！」

「現在後悔也來不及了！如果你一開始跟我說清楚，我頂多不接你的委託，但是現在，你不但得要面對這個惡靈，還得要面對我這個黃泉委託人，我保證不管你逃到天涯海角，我都可以把你找出來！」

張樹清不敢辯駁，只能佇立在原地不住發抖，可是任凡卻仍然一臉嫌棄。

「滾吧……下次我們再見面，就是敵人了。」

方正看著兩人，張樹清仍然一句話也不敢吭，而任凡也是一臉怒氣難消的臉色。

方正嘆了口氣，然後走到任凡身邊，從後面的口袋拿出了手銬，突然就把任凡的手給銬住。

「你！」

還怒氣難消的任凡，突然手就被銬住了，抬頭一看，銬住自己的正是方正。

「我們當初說好的，你幫了張大哥，我就放過你一馬……」方正面無表情。「現在你沒幫成，所以我也要把你抓回警局。」

「你瘋啦！那個黑靈也不會放過你的！你以為他只害到我嗎？」

「我知道，但是你有你的原則，我也有我的原則。」

「哼，你可以把我押出我的地盤再說。」任凡冷笑。「你以為我身邊的這些鬼就好欺負嗎？如果你能活著走出這個地方再說！」

方正知道任凡所言不假，想想外面那滿山滿谷的鬼，如果方正執意要押任凡走，恐怕也沒那麼簡單。但是，就像方正自己所說的，他也有自己深信不疑的鐵則，絕對不會這樣放走罪犯。

兩人就這樣僵持不下。

看到此景的小憐跟小碧，先後走到了張樹清前面，然後面對任凡……兩人先後跪了下來。

「妳們兩個幹嘛？」

兩人互看了一眼，然後小憐開口對任凡說：「我們兩個想要求你幫幫他。」

任凡簡直不敢相信自己所聽到的，一臉震驚地看著兩人。

「妳們造反啦！怎麼會這樣胳臂向外彎！」

兩人慚愧地低下頭。

不可能！

任凡非常了解小憐跟小碧……

她們會為他求情，一定有她們的原因。

「這是在搞什麼！我是受害者耶！」任凡一臉無奈。

一開始原則就已經訂在前面了，自己又不是善心和尚，普渡眾生，這只是一門生意，為什麼有人不遵守規則，還害別人有生命危險，卻搞到現在好像錯都在自己一樣。

看著自己被銬上的手，然後看著跪在地上的小憐跟小碧。

任凡看著天花板，思緒卻異常的亂。

沉默了一會，任凡嘆了一口氣，對著小憐兩人說：「起來吧。」

兩人看著任凡，卻說什麼也不敢起身。

任凡伸手將兩人扶起來。

「先說妳們為什麼要幫他說話，」任凡一臉哀怨。「這不像妳們，妳們從來不會這樣……反對我。」

兩人一臉歉疚地看著任凡。

3

二十六年前……

台北的天空似乎也在為這兩個無辜的少女而哭泣，從早上就一直下著傾盆大雨。

張樹清，剛從警校畢業的新進警員，被上司指示第一時間趕到現場，想不到映入眼簾的卻是讓他一生難忘的景象。

泥濘之中，兩個女大學生全身赤裸地躺在其中。

兩人全身上下都沒有其他傷痕，只有臉部好像被人拿刨子刨過般，不但皮開肉綻，更是血肉模糊難以辨認。

到底是誰，下手竟然如此殘忍……

從看到兩位女性屍體之後，張樹清下定決心，一定要抓出殺害這兩名少女，人面獸心的禽獸。

這兩名可憐的女子，一個叫劉曉碧，另外一個叫朱緣憐。

兩個女大學生，在即將畢業之際，卻遇上這樣不幸的事件，全身赤裸地躺在被雨水沖濕過後的泥地上。

在應該享受著青春與歡笑的年紀，被可恨的歹徒殘酷地畫上了句點。

雖然在踏上這一行之前，就已經做好足夠的心理準備，將來自己要面對的很可能是泯滅人性的凶惡之徒。但是看著年輕少女的屍體，張樹清知道不管多少心理準備都嫌不足。

經過了一個月的徹夜調查之後，張樹清順利地逮捕到凶嫌，並且來到了兩個女大學生的靈前上香致敬。

這是張樹清成為警察後第一個經手的案件。

4

這大概就是所謂的因果吧。

任凡嘆了一口氣，想不到當年承辦小碧、小憐案件的員警就是張樹清，也難怪兩人會幫他求饒了。

聽完了小碧與小憐的解釋之後，所有人都看著任凡，等待著他的答案。

任凡又嘆了一口氣，抬起了手，示意要方正把他手上的手銬解開。

「你願意幫張大哥了嗎？」

「能不幫嗎？還不快解開？」

方正一聽樂得笑容滿面，幫任凡解開手銬。

「你爽什麼？又不是我想幫就一定可以對付他。」

「你一定可以想到辦法的，我對你有信心。」

「噁心死了。」

任凡厭惡地推開方正，走到了小碧、小憐面前。

小碧做了個鬼臉，小憐吐了吐舌頭，兩人跟著任凡多年，早就了解任凡不可能見死不救。

「妳們兩個別得意，妳們要跟我一起去見『她』。」

「見『她』？」方正問。

「問那麼多幹嘛？你以為你逃得掉嗎？你也要去，去了就知道了……」

說完任凡又是重重地嘆了一口氣。

小碧、小憐相視一笑。

見「她」當然對小碧、小憐來說不是什麼大問題，但是對任凡來說可就沒那麼輕鬆了。

她們兩個知道，「她」正是這個黃泉界出名的黃泉委託人唯一的死穴……

5

任凡帶著小碧、小憐以及方正，一起來到了位於郊區的一間小平房前。

後面一整片山坡林立著大大小小的墓碑，前面則是一面光禿禿的山壁。這個位於山區半山腰的小平房，與另外一面的小廟比鄰而居，就這樣孤單地坐落在遠離道路的一小片平地上。

兩人兩鬼還沒靠近，遠遠就傳來了一個女人的咒罵聲。

「臭小子！」

一聽到這個聲音，任凡整個肩膀都縮了起來，跟在後面的小碧與小憐相視而笑。

一個拄著拐杖的老太婆，從平房裡面跳了出來。

「臭小子！」老太婆用拐杖指著任凡。「快要整整一年沒來見你乾媽，你都不怕我就這樣孤單的往生了嗎？」

「我這不是來了嗎？」

「這是任凡的乾媽？」方正問了身後的小憐。

「嗯，」小憐點了點頭。「她就是任凡的乾媽，大家都叫她撚婆。」

「唉唷，乾媽，我們又不是一般人，妳往生了我也看得到妳啊，我們還是可以常常聊天啊。妳不是常常說妳關節痛嗎？只要往生之後，妳就不會痛啦。」

「唉呀，你這臭小子，真的想把我氣到往生嗎？不要跑！給我打一下！」

撚婆曳起了拐杖，呼的一聲就朝任凡身上打去，任凡跳了開來。想不到撚婆竟然真的追了過去，兩人就這樣一前一後的在平房前追逐了起來。

「這老人家還真是活潑好動啊……」方正失笑。

「嗯啊，這就是撚婆。」小碧笑著說。

只見兩人追了一會，撚婆突然停了下來，任凡見狀也停了下來。

撚婆突然臉色鐵青地對著任凡怒道：「凡兒！過來！把右手伸過來！」

任凡一臉慘了的模樣，畏畏縮縮地將包紮著中指的右手給伸過去。

撚婆將手拿到鼻下一嗅，果然聞到了中指腐爛的味道。

「你……真的要把我氣到往生嗎？」不比剛剛的嬉鬧，這次撚婆整個臉垮了下來。「你竟然去招惹黑靈？」

「乾媽，冤枉啊！我是被騙的！我是受害者啊！」

「哼！我上次就跟你說過了！你敢去惹黑靈，就不要來找我……」

「乾媽，妳真的要相信我啊，我還特別帶了證人來，不然妳也可以問問小碧跟小憐……」

撚婆轉過來看著小碧、小憐。

小碧跟小憐不敢開玩笑，認真地點了點頭。

撚婆見狀才稍微恢復平靜，輕打了一下任凡。

「你啊，不要老是這樣天不怕、地不怕的。小碧跟小憐是天生心地善良，不要以為你自己每天都可以那麼好運，乾媽年紀大了，有道行、沒功夫，不可能像過去一樣，幫你對付黑靈。」

「我是為了崇敬乾媽您，才會這樣天不怕地不怕的。」

「你又在那邊胡說。」撚婆白了任凡一眼。

「不，沒有胡說。」任凡認真地搖搖頭。「這普天底下，唯一會讓我敬畏的就只有乾媽您了。如果我對任何人產生恐懼的情緒，那就是不尊重乾媽您啊，怎麼可以讓別人跟您平起平坐。」

「哼，整天跟鬼打交道，難怪嘴巴淨會鬼扯。」撚婆雖然這麼說，但是臉上著實多了點笑意，「好啦，進來吧，跟乾媽說說這次是怎麼一回事。」

第8章

1

撚婆聽完了任凡加油添醋的故事之後，沉默了片刻，然後轉過頭來對任凡說：「這個可不好對付……」

「我也知道不好對付，」任凡聳聳肩，「可是看在那傢伙曾經幫小碧、小憐討過一次公道的份上……」

「嗯，」撚婆沉吟了一會，「就算是我也沒辦法保證可以收服他，畢竟我也一把老骨頭了。」

「不會吧，」任凡苦著臉，「可以的話，我真的不想再跟他說話了。」

「你還有選擇嗎？」撚婆白了任凡一眼。「現在已經遇到了，除了他還有誰可以對付怨氣那麼深的黑靈？你搞清楚，他在世的時候，就已經不是什麼善男信女了，現在死後恐怕只有更加凶狠。」

「唉。」

「你們之間到底發生了什麼事情？」撚婆問，「以前你們兩個不是很好的死黨嗎？」

「算了，見就見吧。」

看到任凡不想多說，撚婆也不多問，點了點頭要小碧、小憐跟她進去。

三人進去準備一會之後，小碧出來要任凡與方正兩人進去。

撚婆坐在祭壇後面，桌子上面擺滿了許多蠟燭與香爐。

任凡要方正跟他一起在撚婆對面坐下來。

撚婆見兩人坐定之後，拿起符籙在眼前揮舞，口中唸唸有詞。

撚婆唸完咒文之後，將符籙給點燃，丟到前面的瓷碗中，然後開始用手在桌子上敲。

叩叩叩……

「撚婆在幹嘛啊？」方正細聲問著任凡。

「請鬼上門啊。」

任凡才剛說完，原本低頭敲桌的撚婆突然抬起頭來，用男人的聲音對著兩人咆哮：「誰那麼大膽！竟然敢找本大爺！你們兩個小子！活得不耐煩啦！」

方正被這一叫，嚇到險些尿了出來，像個女孩子般地握住任凡的手。

任凡白了他一眼，甩開方正的手，對著撚婆說道：「看樣子下面的伙食不錯嘛，看你嗓門還挺大的。」

「呿，我還想是誰活得那麼不耐煩，連我這個鬼差都敢找，原來是你這個黃泉委託人啊……怎麼樣，生意還好嗎？」

「託你的福，還過得去。」

撚婆撇開臉去，看了一下環境，任凡也一樣，兩人真的就好像撚婆所說的，像一對吵過架的好友般鬧彆扭。

「你找我有什麼事？」

「我接到一個委託，惹到了一個黑靈……」

「你以為我很閒啊？還能幫你搞定惡靈？你不知道我們鬼差很缺人嗎？」

「找鬼當鬼差，每天陽間死那麼多人成鬼，你們會找不到鬼當嗎？」

「呿，你以為鬼差誰都可以當嗎？我們頭兒可挑了，必須像我一樣天性善良，奉公守法才夠資格……」

「別這樣嘛，花不了你多少時間的……」

撚婆將頭抬了起來，用目光打量了一下任凡與方正，考慮了一會。

「行！準備三兆、兩棟豪宅，然後……兩打女傭供我使喚！」

「三兆！上次拜託你帶個人也不過才一億……」

「情況不一樣啊，這次是你有生命危險，賺錢不趁此時待何時？你以為我有事情委託你，你會客氣嗎？你當我第一天認識你啊？」

「好好好……」任凡示意要方正記下來。「三兆、兩棟豪宅、兩打女傭。行了吧？」

「三兆是台幣還是冥紙啊……」方正細聲問任凡。

「廢話！」任凡還沒回答，上了撚婆身的男人變得粗裡粗氣地吼著，「我給你冥幣你可以用嗎？給活人台幣，給我當然是冥幣啦！」

「行啦，就這些？」

「記得女傭要燒波大一點的喔。」

任凡白了撚婆一眼。

「好啦，他今天晚上應該就會來找我們，你記得要過來收嘿。」

撚婆將手攤在眼前，就好像真的有本筆記本在手上般，翻了一下頁。

「行！我三點有空，那我們三點準時見囉。」

「三點？你以為他會照你的時程表嗎？我看他到十二點就會來了！這三小時你要我們怎麼辦？」

「你們自己看著辦，如果你們兩個不幸被他幹掉，我就三個一起收囉！」

「你……」

「好啦，我趕著去收魂，就這樣啦，三點見囉。」

任凡還想再說，只見撚婆頭一點，任凡知道他已經走了，嘖的一聲抓了抓頭。

撚婆緩緩抬起頭來，問道：「你們談得如何？」

「他說他要到三點才來收，那傢伙可能十二點就來了，這三小時要我們怎麼熬啊？」

「他肯來收你就要偷笑啦，人家又不是一定要幫你。」

任凡扁起了嘴，將頭撇向了一邊。

在撚婆的面前，平常冷酷的任凡真的就像個孩子般任性。

可是一想到自己的生命很可能在今晚就要結束了，方正說什麼也笑不出來。

任凡攤開雙手問道：「那這三小時我們要怎麼熬？」

「如果只是要躲三個小時，不被他發現的話，倒還有點辦法……」撚婆搓了搓手說。

2

夜半十一點半，任凡與方正才拖著疲憊的身軀回到任凡的住所。

半小時過後，已經成為惡靈的鐵刀就會登門來索命了。

現在兩人的生命，全都看在這些從撚婆那邊拿來的東西上面了。

「抹這東西真的有必要這樣全身脫光光嗎？」方正皺著眉頭問。

「沒差啊，你可以穿著衣服抹啊，到時候沒用再脫就來不及了。」

任凡已經全身脫得精光，然後開始在身上塗抹那些從撚婆那邊搬來的東西。

方正掙扎了一會，才把衣服全部脫掉，然後伸手到袋子裡面一抹。

冰涼的觸感瞬間從手上傳來，讓方正打了個冷顫。

將那東西拿到鼻前一聞，一股令人作嘔的味道撲鼻而來。

「這到底是什麼東西啊？」

「這東西俗稱『蓋棺泥』，」任凡將泥土平均地塗在自己的身上。「只要我們把它全部塗在身上，再加上乾媽給我們的『迷魂燭』，那傢伙就只能感覺到我們的存在，看不到也聞不到我們。」

方正一聽，整個臉都綠了。

「蓋棺泥」……不就是專門拿來埋在棺材上面的東西嗎？

這種東西拿來塗在身上，不要說難過了，就連皮膚可能都會起疹子。

「你不塗等等就不要唉唉叫！」看方正龜龜毛毛要塗不塗的，任凡在旁邊罵了幾句。「沒看過你這種怕鬼又逃得慢的，有法寶讓你用還被你嫌，被鬼抓又要唉唉叫。」

方正想要辯解，可是才剛把泥塗到手臂上，一股冰涼又不舒服的感覺立刻從手臂上蔓延開來。

旁邊的任凡已經快要塗遍全身了，可是方正連一隻手都還沒塗完。

這時樓下突然傳來一陣陣的哀鳴……

方正一愣，看著任凡。

任凡看了一下牆上的時鐘，顯示著時間正好十二點。

「他來了……」

方正一聽，哪裡還管什麼噁心不舒服，大把大把挖起泥巴，一股腦地就往自己的身上抹了下去。

3

原本還期望門口那條可以驅鬼避邪的朱紅索可以稍微抵擋鐵刀一會，好歹換來一點時間，但是鐵刀的魂魄踏入任凡的根據地時，只花了短短十分鐘不到的時間。

兩人互相在背上抹好蓋棺泥後，就看著門口，一見到鐵刀進來，兩人趕緊點燃迷魂燭。

兩人一左一右，靠在點著迷魂燭的桌子，靜靜地等待著。

「先用這個（蓋棺泥）塗滿全身，記得啊，一丁點的肉都不能漏，當然如果你想要減肥，或者是哪裡想要被抓，你就不要塗。」撚婆的話在方正的腦海裡面浮現。「只要塗滿這個東西，不管白靈還是黑靈都看不到你，接下來只要點燃這根迷魂燭，就可以蓋住你們的味道。這一根蠟燭可以點一個時辰，火千萬不能滅，一旦火熄滅了，就算看不到你們，他光是聞你們的味道，也會抓得到你們。」

鬼差要三點才會來，換句話說，兩人需要換三根迷魂燭，才能撐過這段時間。為了保險起見，兩人帶了四根回來。

可是……這真的會有用嗎？

就在這個時候，鐵刀的身影出現在門前，左右掃視了一會之後踏入了屋內。

方正感到一陣暈眩，頭重腳輕地差點又要暈過去，用手扶了一下桌子，桌腳跟地板摩擦，發出了一點聲響。

咯——

鐵刀發出一聲怒鳴，立刻把頭轉向發出聲音的方正所在地。

「用這個方法只能讓他看不到你、聞不到你，可是你們可千萬不能離開迷魂燭的範圍，也千萬不能發出任何聲音，不然他還是可以聽聲辨位抓到你。」撚婆把東西給兩人之後這麼交代過。

鐵刀朝著方正的方向緩緩走了過去。

方正一看，心一急，眼淚都快飆出來了，轉過頭看著任凡，任凡用眼神示意要方正過來。

方正一步一步小心翼翼地繞過桌子，朝著任凡那邊過去。

鐵刀朝著方正剛剛所站的位置揮了兩下，但是什麼也沒揮到……

他知道兩人就在這間房間裡面，可是他卻不明白，他們到底在哪裡……

一場漫長又恐怖的競賽就在這間房間裡面展開。

鐵刀繞行著整個房間，緩緩地走遍了房間每個角落。而另外一邊的任凡跟方正，只敢繞著點有迷魂燭的桌子遊走。

眼看著桌子上的迷魂燭越來越短，兩人額頭上冒出來的汗滴，就像沿著燭身緩緩流下的蠟油般，從臉頰滑落。

原來，想要不發出任何聲音繞著桌子移動，也是一件如此累人的事情。

好不容易終於熬到了第一根迷魂燭即將燒完，任凡跟方正為了保險起見，準備提前點燃第二根迷魂燭。

兩人趁著鐵刀走到房間另外一頭的機會，趕緊拿起打火機。

方正一轉動打火石，準備點火的時候，不知道從哪伸來一隻手，突然凌空一抓，朝著方正握有打火機的手上抓來。

方正一看，原本在另一頭的鐵刀，竟然已經出現在眼前，即使是像打火機般微小的聲音，也能引起鐵刀的注意。

「哇！」方正失聲叫道。

想不到這一叫，鐵刀整個人就這樣撲了過來，方正見狀趕緊向後跳開。

眼看鐵刀朝自己的方向撲過來，方正正準備要出聲，一隻手突然過來掩住了他的嘴，並且把他往旁邊一拉。

方正才剛被拉走，鐵刀立刻朝方正剛剛的位置過去，左右揮舞著雙手。

看到鐵刀過去，稍微平靜一點的方正，這才看到任凡一手摀住自己的嘴，另外一手竟然已經趁亂點燃了打火機。

任凡放開方正，用一手護著火，小心翼翼地回到了桌邊，重新點燃第二根迷魂燭。

雖然有點混亂，但總算是順利點燃了第二根迷魂燭，任凡看了一下時間，現在是剛過一點多，還有將近兩個小時要熬……

兩人維持著前一根迷魂燭時的行動，與鐵刀在這間不到十坪大的房間裡面玩著躲貓貓的遊戲。

兩人臉上都已經寫滿了疲態，神經與肉體緊繃的結果，讓他們都已經大汗淋漓。

不過雖然很痛苦，但是隨著第二根迷魂燭越燒越短，時間也一分一秒過去了。

準備換上第三根，也是最後一根迷魂燭的兩人，為了不重蹈上次的覆轍，計畫採用聲東擊西的方法來對付鐵刀。

猜拳猜輸的方正，心不甘情不願地退到房間與鐵刀相對的角落，與任凡用眼神溝通之後，輕輕地叫了聲：「啊。」

連續兩個時辰找不到人的鐵刀，此刻一聽到了方正的聲音，立刻撲往聲音的方向。

另外一邊的任凡，趁著方正喊出聲音的同時轉動了打火機，將第三根迷魂燭給點燃。

可是卻出現了讓任凡想像不到的局面……

當誘餌的方正退到房間角落，才剛發出聲音，想不到鐵刀的速度比方正想像的還快，兩隻手一架，就這樣把方正給關在了角落。

一場原本遊走房間四周的游擊戰，竟然在最後一個時辰的時候轉變成陣地戰。

只見方正就好像被無賴追求的女孩般，一個壁咚就被關在牆角出不來，任凡在另一邊也不知道該如何幫他解困。

看了看時間，已經過了兩點，距離三點就剩不到一個小時了。任凡只好將手指往嘴巴一比，要方正忍耐不要出聲。

不敢妄動以防發出任何聲音的方正，就好像雕像般動也不動。

不過短短五分鐘不到的時間，方正就感覺自己的雙腳好像開始發麻了，不但如此，大量從毛細孔分泌出來的汗滴，此刻就好像數千條在身上蠕動的蟲兒般，讓方正發癢。

實在受不了的方正，緩緩伸手擦了一下胸口不斷流瀉下來的汗水，卻萬萬想不到這一擦，竟然讓他身上原本就已經開始逐漸下滑的泥巴全部跟著汗水被抹去，露出了肉色的胸膛。

鐵刀雖然確定眼前有人，可是無奈怎麼找都找不到，這個時候，眼前卻突然出現了一片胸膛。一個晚上都找不到人的鐵刀見狀，兩掌毫不猶豫，朝著眼前的那一片胸膛狠狠地抓了下去。

完全不知道自己的胸膛已經見光，被鐵刀這突然的一抓，痛到哇哇叫的方正，朝著旁邊逃開。

想不到鐵刀的雙手就這樣緊抓著自己的胸膛不放，方正又痛又驚，朝著任凡衝了過來，想要他救命。

任凡正在想辦法要解救方正，可是方法還沒想到，方正連人帶鬼就這樣朝他衝了過來，才稍微退了一步，就這樣兩人加一鬼，撞成了一團。

任凡倒地之前，屁股撞到了放有迷魂燭的桌子，迷魂燭就這樣被撞到了桌下，火焰一碰到鋪在地板上的地毯，便開始慢慢蔓延開來。

好不容易在這一撞之下，胸口才從鐵刀的魔爪中解放，正想要揉揉自己被抓到黑紫的胸口時，一雙手就這樣朝著胸口又是一抓。

正想要大叫掙扎的時候，那一雙抓住胸口的手，突然朝上襲來，直直劈中了方正的喉嚨。

想要尖叫的聲音就這樣被打回腹中，可是喉頭的痛處卻讓方正飆淚。

那雙手打了方正的喉嚨之後，又回到了方正的胸口。

方正這時才看到抓著自己胸口的就是任凡，他的兩手正貼住方正的胸膛。

還搞不清楚怎麼回事的方正，突然看到一旁的鐵刀才恍然大悟。

原來在剛剛的一陣混亂中，鐵刀又失去了兩人的行蹤，為了怕方正的胸膛再度暴露出兩人所在的位置，任凡才會用手遮住他的胸膛。

眼看鐵刀一直望著兩人所在的地方，任凡不敢將手拿開，兩人一鬼就只能這樣僵持不下。

只要再熬過這最後不到一小時的時間就好了……

這樣的想法才剛從任凡腦海中掠過，一股奇怪的味道就這樣跑進自己的鼻子。

糟糕！迷魂燭！

任凡轉過去一看，桌子上的迷魂燭已經不知去向。

倒是地板上綻放出來的紅色光芒吸引住了任凡的目光，只見迷魂燭上的火已經點燃了地毯，整個火勢就這樣從地毯上蔓延開來。

不斷冒出的燒焦與煙味，朝著天花板上聚集在一起。

任凡順著不斷冒出的黑煙朝上一看，天花板上的那個白色圓筒也被包圍在煙霧之中。

糟了……

任凡在心中大喊不妙。

果然下一秒鐘，白色圓筒上的小紅燈真的亮了。

嗶嗶的警報聲瞬間響徹整個房間。

方正也被這一陣警報聲給驚動，正想問任凡的時候，頭上嘩啦的一聲，有如大雨般的水柱就這樣從天而降。

防火裝置的水柱瞬間就撲滅了地毯上的火勢，同時也洗刷掉兩人身上那保命的蓋棺泥。

兩人心知不妙，才想要逃，卻同時被鐵刀一手一人給掐住。

任凡看了一眼時鐘，顯示著兩點半。

想不到差半小時！

可惡啊……

兩人被鐵刀高高掐起，不管怎麼掙扎都無法解開那緊緊扣住自己脖子的手。

在空中掙扎了一會，任凡慢慢無力，雙手雙腳也逐漸停止了晃動……

就在這個時候，一條黑色的鐵鍊淩空出現，宛如一條鞭子般抽中了鐵刀的背。

鐵刀吃痛，鬆開了雙手，回頭一看，一個穿著黑色袍子的男子就站在身後。

看男子一手拿著黑鍊，一手拿著簿子與索命碟，立刻知道男子的身分。

鐵刀哀嚎一聲，轉身想逃，但是男子輕輕一揮，黑色的鐵鍊就有如有生命的蛇一般，朝著鐵刀撲了過去。

黑鍊纏住了鐵刀，男子一扯之下，就這樣把鐵刀給牢牢套住。

鐵刀不住哀嚎，男子將鐵鍊一扯一甩，就這樣把鐵刀甩了起來，轟的一聲鐵刀的身形瞬間消失，只剩下一條空鐵鍊。

地板上，死裡逃生的任凡與方正坐了起來。

「你要是真的三點才來……我就往生了。」

「你都已經看穿了生死，還那麼放不開嗎？」

「呿！」任凡掙扎起身。「你為什麼會早半小時來？」

「唉，輸了一屁股啊！誰知道今天那麼背，一直放槍。如果我不藉口趕快離開，說不定現在已經輸光了你要付給我的三兆。」

「他媽的……」任凡怒道。「我在這邊快被玩死了，你給我打麻將？」

想不到說漏嘴惹惱了任凡，男子心知不妙。

「不說了，我還有魂得收，記得我們的約定嘿，不然下次你再找我，我也不幫你了。」

男子說完，不管任凡還有話要說，揮了揮手上的鐵鍊，就這樣憑空消失無蹤。

4

經過了一夜的惡鬥，兩人休息了一晚之後，第二天就找來了張樹清，告知鐵刀被抓去陰府報到之事。

「當初你急著想要知道凶手是誰，就是為了想要逃入枉死城，躲避那傢伙的追殺。」任凡一派輕鬆。「現在那傢伙被解決了，你也不用急著進枉死城了吧？」

張樹清點了點頭。

「那你就遊戲人間吧，不需要我們幫你找凶手了吧？」

「怎麼可以這樣！」方正一聽，立刻抗議。

「為什麼不行？找凶手本來就不是我的責任。」任凡搖搖手。「現在我只需要完成他的冥婚，就算完成一樁委託了，如果真的執意要我找凶手也行，那就當成另外一次的委託。」

任凡敲了敲身後六項鐵則的牆壁。

「看到沒有，沒有酬勞或者利益的工作不接，如果要另外一次委託的話，這次請準備好實質上的利益。」

「你難道都沒有半點正義感嗎？」

「那是什麼東西？可以吃嗎？」

「你！」

「你什麼你？跟我提什麼正義感，上次黑靈出來的時候，你的正義感哪裡去了？最後還不是靠我的中指讓我們脫困的？」

「那是你有那個神奇中指，如果換作是我的，我不只戳退他，還一指戳死他！」

「好啊，那我下次遇到黑靈，就給它們你家住址，叫它們去找你。」

聽任凡這麼一說，方正立刻閉嘴。

「怎麼樣？」任凡搞定了方正，轉過來問張樹清。

張樹清點了點頭。

「好！上道！」任凡比了比大拇指。「那就留下你未婚妻的資料，我馬上幫你搞定。」

5

任凡與方正兩人，循著張樹清給的地址，來到了一棟公寓的門前。

按下門鈴之後，任凡不禁在腦海裡面想著，究竟是什麼樣的女人，會讓張老如此流連忘返，就連死了都想要跟她完成冥婚。

「來啦。」

門裡面傳來一個清朗的女子聲音，剎那間，任凡覺得這個聲音似乎在哪裡聽過……

門上的鎖轉了開來，一張俏麗的臉龐就這樣出現在兩人面前。

怎麼會是她！

任凡張大了嘴，不敢置信地看著女子。

女子一見到任凡，也是一臉驚訝的神情。

眼看著兩人都不知道為什麼一臉驚訝的方正，正想要開口詢問，突然後腦傳出強烈的撞擊。

一聲巨大的聲響從旁邊傳來，任凡將眼光從女子臉上移開，只見方正不知道為什麼整個人慢慢癱軟，然後倒在地上。

而在方正倒地的旁邊，一雙腳就佇立在那邊。

任凡將視線往上移，終於看清楚從後方襲擊方正之人的臉龐。

那是張意外，卻理所當然的臉龐。

所有的關聯就好像瞬間被串在一起……

張老走投無路的街道、被人從後面潑上強酸、動機、原因……全部都連在一起了。

也就在這個時候，任凡只覺得後腦傳來一陣震盪，接下來視線就彷彿被蓋上黑色的布幕，整個人也失去了控制，倒在方正的身上。

第9章

1

「別擔心。」

「可是，警察耶……」

聲音斷斷續續地傳到了腦海。

鼻子裡面聞到的是一股刺鼻的味道……

大腦在聲音與嗅覺的刺激之下，緩緩甦醒了過來。

任凡睜開雙眼，眼前是兩個女人的身影。

想要移動自己的時候，才發現自己被人牢牢地綁在椅子上。

掙扎的聲響讓兩個女子驚覺，同時轉過頭來看著任凡。

那是兩張蒙上白布的女子臉孔。

「他醒了……」女子跟另外一個女子說。

另外一個女子點了點頭，示意要她不要慌張。

喉嚨感覺到一點刺痛，但是嘴巴沒有被封住，所以任凡咳了兩聲，然後聲音沙啞地對著兩人說：「何必還用布遮住臉呢？我都知道妳們兩個是誰了。」

「你以為我怕你知道嗎？」看起來就像是帶頭的女子，眼神輕蔑地看著任凡。「遮住口鼻只是受不了這股嗆鼻的味道……而且等等還會更嗆。」

這時旁邊傳來了一個男人的聲音，打斷了兩人的對話。

「妳們到底是誰啊……」

說話的正是方正，被人從後面打昏，又被人五花大綁的他，到現在還是不知道到底發生了什麼事情……

「妳們把我們綁起來幹什麼？」

「哈哈哈哈，」女人大笑。「白警官，你怎麼比你身旁的這小子還不如，人家可是很清楚自己的敵人跟即將面臨的命運，怎麼你到現在還不知道發生什麼事情嗎？」

方正轉過去看著同樣被人綁在椅子上的任凡。

任凡搖了搖頭說：「她們兩個就是殺害你親愛的張大哥的凶手。」

「什麼？」方正轉過來看著兩人。「妳們！拿下妳們臉上的布！」

「不用啦，」任凡說。「你聽聲音還聽不出來嗎？他們兩個人，其中一個就是張老的三老婆，陳碧珠。」

「什麼？」

方正一臉驚訝地看著碧珠，碧珠側著頭眼神露出笑意。

「那另外一個呢？」

「你真的被敲暈了嗎？我們到底為什麼來這邊？」任凡受不了地搖了搖頭。「另外一個就是張老的未婚妻……劉月馨。」

突然被人叫了名字，月馨的身子顫抖了一下。

方正又轉過去看著月馨，可是腦子裡面卻是一團混亂，搞不清楚到底是為什麼這兩個人會湊在一起……

「除了張老的未婚妻之外，她還有一個身分，她就是每個禮拜都會去教碧珠繪畫的家庭老師。」任凡瞪著兩人。「如果我沒有猜錯的話，她們兩個應該還有另外一層關係……就是情侶。」

一聽到任凡這麼說，不只是一旁的方正一臉驚訝不已，就連碧珠與月馨兩人也非常驚訝地看著任凡。

「你……」碧珠眼神如刀，直視著任凡。「怎麼會知道的？」

「該怎麼說呢？正確來說應該是直覺吧。就在妳們剛剛打量我們之前，我才把這些關鍵點都連在一起。我當初最起疑的地方是，為什麼張老會走進那條死巷子裡？在考慮之下，我覺得最有可能的情況就是凶手有兩個人，一個人將張老引進去，而另外一個人從後面偷襲張老。」

看著兩個人的肢體反應，任凡知道自己的推理是正確的。

「我是不知道妳們為什麼想要殺掉張老，不過我想多半還是跟張老要跟妳分手有關吧……」任凡看著碧珠。

碧珠低頭不語，在後面的月馨見狀，立刻挺身而出。

「廢話！」月馨憤怒，「如果不是為了碧珠姐，誰會想要嫁給那個老頭？誰知道那老頭不知好歹，竟然還想跟碧珠姐分手！」

「這些話……」任凡冷冷地說，「妳敢當著張樹清的面說嗎？」

任凡說完，側著頭將目光轉到了月馨身後無人的地方。

月馨心一揪，轉過頭去看，那邊什麼都沒有。回過頭來看任凡，任凡的臉上掛著難以理解的笑容。

「跟他們廢話那麼多幹嘛？」碧珠冷冷地說。「他們是不會理解我們之間的感情，更不會認同我們的，就跟老張一樣。」

碧珠一說，月馨立刻退回去，不再搭理任凡。

碧珠將桌上裝有強酸的玻璃瓶端了起來，慢慢走向方正與任凡。

「妳……」方正聲音顫抖，「妳想幹嘛？」

「你說呢？」碧珠面無表情。「當然是如法炮製，讓你們去當老張的同伴。」

「他已經來了……」任凡笑著說，「就在妳身後。」

「哼！」碧珠一臉不屑，「你以為這樣就騙得了我啊！」

話才剛說完，身後卻突然傳來月馨的淒厲叫聲。

「啊——」

聽到了月馨的慘叫聲，碧珠猛一回頭。

只見一個熟悉的身影正用著雙手掐住月馨的脖子。

「為什麼？」那身影哀嚎。「為什麼——」

「老、老張？」過度的顫慄讓碧珠渾身發抖，兩手一鬆，手上裝滿強酸的玻璃瓶竟然失手掉到地上。

匡啷一聲，玻璃瓶爆裂開來，裡面裝著的強酸液體也立刻四濺開來。

一部分的強酸潑到了碧珠的腳上，雖然穿著褲子，但是強酸不但腐蝕掉衣服，連兩腳也難逃劫難。

兩個女人的哀嚎聲，此起彼落。

原本被五花大綁的任凡，這時已經被小碧給解開了，他站起身來，走到了張樹清身邊。

張樹清仍舊掐住月馨不放，口中仍然哀嚎著：「為什麼——」

「求求你——」身後傳來的是碧珠孱弱的聲音。「放過月馨……」

已經兩腳報廢的碧珠，對張樹清求情。

「看在這些年，我侍候你的一點回報……」

張樹清看著月馨痛苦掙扎的臉，身後仍然傳來碧珠的陣陣哀求。

過往的事情就好像走馬燈在眼前一掠而過……

張樹清緩緩鬆開手，消失在這團混亂之中。

2

方正逮捕了月馨與碧珠，將兩人移送法辦。

原本還以為這件事情告一段落的方正，卻意外接到了任凡的邀約。

「你帶我來墳場幹嘛？」方正的藥效還沒有消，一來到墳場看到四處走動的鬼魂，十分不安。

「別急，」任凡說，「我還約了另外一個人。」

過了一會，張樹清在小碧的帶領之下也過來了。

「你把大家都集合在這裡幹嘛？」方正又問了一次。

境。

「你以前不是來過這裡一次嗎？」任凡問方正，「你不知道這裡是哪裡嗎？」

被任凡這麼一說，方正愣了一會，原本都在顧忌著這些四處走動的鬼魂，沒有注意到四周的環境。

「這裡是……」方正轉過頭去，看著張樹清，「張大哥埋葬的墓場？」

任凡點了點頭。

「別急，我要你們看的東西馬上……說著說著就來了……」

任凡指著下面。

大夥看了過去，只見一台黑色的轎車上下來了一個熟悉的身影。

那人捧著一束鮮花，另外一邊下來的男人幫她提著一籃水果。兩人一看就是要掃墓的模樣。

「你第一次來找我的時候，我就非常疑惑，為什麼像你這樣沒人祭拜的孤魂野鬼，既不飢餓，也不悲慘。」任凡對著張老說。「一心想著要逃難，卻沒想過你做鬼這些日子，到底是誰如此祭拜著你，讓你一切無缺。」

張老這時已經知道來者是誰了，心情激動的模樣全寫在已經潰爛的臉上。

「我請小碧幫我上你的墳頭看看，果然找到了祭拜你的人，」任凡說，「你死後這兩年，我想，她至少每個月都會來一次。」

任凡說話的期間，那人已經走到了張老的墳墓前。

那張臉孔是在場每個人都見過的，就是張老生前第二個同居人——芬芳。

「你看，」任凡指著跟在芬芳後面的男人，「那個男人根本不是她的姘夫，而是她特別請來，每個月接送她上山來祭拜你的司機……」

張老難過的淚水此時已經有如忘記關上的水龍頭般宣洩而下。

「你啊，活著就已經是個瞎子了，想不到死後還是冥頑不靈……」任凡搖了搖頭。「不懂得珍惜自己身邊真正愛你的人，整天只想聽甜言蜜語。一輩子奉公守法，當個濫好人，獲得了大家的讚揚，但是對這個真心愛你，等待你一生的女人來說，卻是殘忍無比，連死後都一心只想著跟殺害自己的凶手冥婚，像你這樣的人啊，配不上這樣的女人……」

張老在任凡的責備之下，更加難過。看不下去的方正用眼神責備任凡，要他不要說得那麼過分。

「先說好，如果你想要冥婚的對象不是芬芳，請你另外找人委託吧。畢竟我不接的六大原則裡面，『不接傷風敗俗的工作』，就是我的第五原則，所以抱歉，如果你想要跟其他對象談情說愛，對我來說就是傷風敗俗，請你另請高明吧。」

張老的身體顫抖，淚水不斷從已經被息肉蓋住的眼睛中擠出來。

然後，張老的臉孔慢慢變形，那些被強酸腐蝕過後的臉孔，慢慢融解開來。

這是靈體的轉變，意味著這個靈體死後的情緒也跟著轉變。

不需要審判，更不需要長時間的坐牢來證明，這是靈體洗心革面的證明。

張老恢復了生前的臉孔，不怎麼好看，但總算是不會讓方正一見就暈的恐怖臉孔。

「不過，如果你想要彌補自己過去的過錯，我還可以接受你的委託……」任凡慈悲地對著張老笑了笑。

3

是夜。

過了凌晨十二點，當萬物沉靜，一場豪華又浪漫的喜宴，就在任凡家樓下的空地熱鬧上演。

除了站在前面擔任司儀的任凡外，所有受邀的來賓裡面，就只有方正一個人是人類了。

只見與自己同桌的人，沒有幾個是死相好看的……方正又不敢不理，只好掛上僵硬的笑容，與其他……鬼一起歡樂。

在一陣騷動之中，另外一個人類登場了。

穿著一襲新娘白紗的芬芳，原本潑辣的模樣此時已經消失無蹤，只剩下一張害羞的臉龐，在小碧與小憐的牽引之下，緩緩步上紅毯，朝著老張的身邊走去。

一步一步踏上幸福的紅毯，在白紗後面的芬芳此刻已經淚眼婆娑了。

等了十多年，無怨無悔地守在他的身邊。唯一美中不足的是，這個日子沒有早一點來臨，不過也算是修成正果。

除了與會的來賓與新郎都是鬼之外，這場傳統的婚禮並沒有什麼太特殊的地方。

在任凡的帶領之下，兩人終於正式成為了夫妻。

當然，冥婚不同於一般婚姻，任凡很體貼地把所有祭拜的規矩，以及冥婚要注意的事情一一交代給芬芳聽。

「當然，如果妳有了好的對象，也可以嫁人，畢竟冥婚與一般婚姻是不同的。不會硬性規定妳不能有另外一段人類婚姻……」此話一出，小碧與小憐同時惡狠狠地瞪向任凡，任凡見狀趕緊接著說：「當然，妳如果可以從一而終，那是最好不過了。不過不管如何萬萬不可以斷了祭拜。」

張老牽住了芬芳的手。

「以後，我可能沒有辦法每天都在妳身邊。」張老一臉歉疚。

「你以為我還不習慣嗎？」芬芳苦笑。「這些年來，我不是都乖乖等著你回來嗎？」

「真是笨啊……真正愛你的人卻不知道珍惜……」

張老現在才真正了解到任凡責罵他的話。

張樹清將芬芳摟在懷中，這一次，他不會再讓她傷心了。

兩人深情地相吻，就連一旁觀禮的小憐與小碧也跟著掉下了眼淚。

遺憾，永遠都是冥婚的另外一種面相。

不過就是為了補足這份遺憾，才會有冥婚的存在。

因為，人類就是這樣，總是要等到失去了才知道珍惜。

「乾啦！乾啦！」

整場婚宴之中，除了新娘之外，就只有方正與任凡兩個人是人類。

方正被一群鬼圍著，其中一個女鬼強迫方正跟她猜拳喝酒。

比酒力，方正一定會輸，因為對方喝下去的酒，沒多久就從腹部的缺口全部流了出來。不過還好在猜拳方面，方正擁有絕對的優勢，對方少了食指跟中指，光是剪刀石頭布，就少了剪刀可以出。

不過這位女鬼似乎半點也沒察覺自己不可能會贏，還一直稱讚方正「很厲害」。

而遠處，身為主人的任凡正在小憐與小碧的擁護之下，陪著新郎新娘跟大家敬酒。

這是第一次，方正覺得這些鬼，不但不可怕，還有點可愛……

或許是酒精作祟的關係吧……

4

趁著宴會的空檔，方正走出來透透氣，吹吹風。

赫然發現不遠處，任凡也站在那裡。

方正見狀正想過去跟任凡攀談，走到任凡身邊。

嗚嗚——

不知道從哪裡，幽幽地傳來了一陣嗚咽聲。

方正四處張望，突然一個鬼影就這樣出現在兩個人的面前。

「嗚啊——」即使剛剛還在一群鬼中喝喜酒，猛然看到新的鬼魂，方正還是免不了驚嚇。

「你們——」來的是一個女鬼，蒼白的臉孔寫滿了哀傷。「哪一個是黃泉委託人？」

方正用顫抖的手，猛指著身邊的任凡。

「求求你！」女鬼對著任凡磕頭。「幫幫我……」

「妳，」任凡側著頭笑著說，「知道我的規矩嗎？」

女鬼緩緩地點了點頭。

「請。」任凡笑著用手比著對面大樓他的住所。「我們到辦公室裡面好好詳談吧。」

紅靈

楔子

一條出殯的隊伍哀戚沉默地向前進。

不管在什麼時候，這樣的隊伍總是讓人避之唯恐不及。

一條年輕生命的殞落，不管對誰來說，都是場悲劇。

就在隊伍接近路口的時候，所有送葬隊伍的成員，不約而同地望向了同個地點。

那個地點對躺在棺材裡面的人來說，有個很深刻的意義。

在她因為腳部潰爛導致自己死亡之前，那個地點就是她日以繼夜佇立的地方。

而此時出殯的隊伍正準備經過那個地點。

就在出殯的隊伍推著棺木經過那個地點的時候，不知道哪裡來的強風，吹得送葬隊伍東倒西歪。

就在大家還不知道發生什麼事情的時候，原本躺在推車上面的棺材竟然迎風被吹了起來。

現場一陣驚呼，所有人都被這個異象嚇到魂飛魄散。

只見棺材重重地墜到地上，整個裂了開來。

原本安靜躺在棺材內的女人，就這樣滾了出來。

女人死不瞑目而睜大的那雙眼，依舊冷冷地望著這條路的盡頭，就好像她生前苦苦期盼的模樣一般。

尖叫驚呼聲此起彼落，所有人員慌成一團。

幾個膽子比較大的壯漢，走過去拉住了女人的手，想要把女人抬起來。

可是兩人再如何用力拉，女人卻宛如千斤重般，動也不動。

幾個壯漢的臉上除了驚慌之外，更寫滿了驚恐。

只見女人在這幾個壯漢的拉扯之中，不但動也不動，那雙眼睛更是不改初衷死命地瞪著那條路口。

那是一對充滿怨恨與不甘的雙眼。

一個小女孩就躲在路邊，親眼目睹了整個過程。

即便過了八十年，這個小女孩已經變成了另外一位小女孩的阿嬤，當時的情景依舊歷歷在目。

「以前這邊有個姐姐，就跟妳一樣站在這個地方等人。可是她等的人卻從來沒有出現過，所以這裡的在地人要等待家人回家，一定不會站在這兒，太不吉利了。」已經變成阿嬤的小女孩，這麼告誡站在一旁的孫女小娟。

「所以知道嗎？小娟要等爸爸不能在這邊等喔。」

年僅五歲的小娟根本不知道什麼叫做不吉利，只是睜大著眼睛看著阿嬤。

「那個姐姐等的人呢？」天真的小娟瞪大了雙眼望著老婦。

「為什麼不回來呢？」

「唉。」老婦深深地嘆了一口氣。「因為男人說的話都不能信。他一定是欺騙那個姐姐的。」

老婦垮著臉，也不管旁邊這個年僅五歲的小女娃到底能不能了解箇中滋味，自顧自地說著。

這時不知道從哪來的一陣強風，就好像當年出殯那天所刮起的大風般襲來。

祖孫兩人驚恐地抱在一起。

轟隆隆的聲音從地底傳了出來，老婦人順著聲音看過去，在道路旁邊的排水溝，原本應該流瀉著無色的水流，此刻竟然變成血般的殷紅。

旁邊的樹林也傳來騷動的聲音，原本安靜棲息在樹林之中的鳥群，也感受到這股不尋常的氣息，有如大難臨頭般從樹林裡竄出，各自逃命般地飛離。

這到底是怎麼回事？

難道——

一個恐怖的想法突然浮現在老婦腦海之中。

「她」還在這邊等待嗎？

即使死了，也不改初衷嗎？

活到了一大把年紀，今天才知道極度恐懼是什麼感覺。

老婦緊緊地抓著小孫女的手，宛如驚弓之鳥般逃回村子去。

就在她們祖孫兩人落荒而逃的同時，一個女人的身影若隱若現地出現在路邊，就在那個她生前苦苦等候的路邊。

是啊——

為了這個謊言，她守候在這條路口那麼多年——

為了這個謊言，她放棄了她的人生——

為了這個謊言，她犧牲了一切——

然而，如果這不是個謊言，他早該回來了，不是嗎？

聽著老婦人訴說著自己的故事，就好像一把刀在心上挖，挖出這些年的苦，這些年的恨。

等待到此為止——

女人決定不再等待，內心真的好不甘心。

她要獵殺那個負心漢，哪怕是要上窮碧落下黃泉，也在所不惜！

第1章・新的傳說

1

一場滅門血案，也許對所有透過電視而得知悲劇的人來說，不過是一則慘絕人寰的新聞，但是對於當晚必須要留守現場的菜鳥警官阿宏來說，除了為被害一家感到哀傷之外，心裡也蒙上了一層恐懼。

遠處不知道哪來的野狗，傳來陣陣的哀鳴。

命案現場本身是一間透天厝，一到了晚上整棟房子靜悄悄地，沒有半點聲響。

窗外投射在地板上的月光，又好死不死剛好映照在死者被殺害的地方，那灘血跡要阿宏不注意都不行。

空氣中飄浮著的血腥、淡淡的屍臭味，更點綴了命案現場詭譎的氣氛。

偏偏那個該死的凶手，還剪斷了電源，讓阿宏連想開盞燈都不行。

此時阿宏盡可能靠在大門邊，透過窗戶癡癡望著那條路口。

現在可以做的只有祈禱學長快點來了。

一想到等等可以見到那位傳說中的學長，讓阿宏提升了一點士氣，暫時遺忘自己身處在這恐怖的人間煉獄。

想不到第一次遇到這樣的命案就可以見到那位學長——

白方正。

在警校的時候就聽過這位學長的大名了，如果用演藝圈的術語來說，這位學長可能是警界「竄紅最迅速」的員警了。

不但在半年前，以一己之力破了當年由菁英部隊所組成的特調組所無法偵破的『張樹清警官謀殺案』，在那之後更是屢破奇案，一舉成為最炙手可熱的名警。

想不到自己可以那麼幸運，成為零距離觀察白學長辦案的幸運菜鳥，一想到這裡阿宏整個人又樂了起來。

如果可以再跟白學長學得一招半式，說不定自己才剛起步的警界生涯從此就會一帆風順、平步青雲了。

突然不知道從哪裡來的風，吹來了遠處哀鳴的犬嚎，也吹涼了阿宏好不容易萌生出來的勇氣。

腦海裡面再度浮現案發當時，宛如人間煉獄般的情景。

到底是什麼樣的禽獸，可以把別人全家都殺光？

就算有什麼深仇大恨，也不可能跟全家人都有仇吧？

雖然阿宏不止一次聽過滅門血案，可是他卻怎麼也不明白，同樣身為人類，為什麼有人可以狠到這種地步？

沒有外力介入的傾向，並過濾了幾位附近鄰居的證詞之後，凶嫌是誰目前還是完全沒有頭緒。

在媒體的壓力下，上層長官的著急程度可想而知。

於是，長官決定派出目前警界最有能力的白方正學長來現場勘驗、調查。

阿宏將眼光轉到月光下的那一灘血跡，腦海裡浮現了早些時候屍體還沒有被法醫領走之前的慘狀。

這時一道黑影突然飄至阿宏身後的窗口，但專注看著地上血跡的阿宏，絲毫沒有察覺。大門就這樣靜悄悄地滑了開來，那道黑影從身後慢慢接近阿宏。

「阿宏！」

被這突如其來的叫聲嚇到整個人猛然轉身的阿宏，一拳順手就朝黑影臉上揮去。

「哇啊！」

「唉唷！」

兩個男人同時叫了出來。

驚魂未定的阿宏退了一步，就著月光才看清楚那道黑影。來的不是別人，而是自己的同期同事，阿彬。

「你瘋啦！幹嘛沒事亂打人！」

「是你喔！阿彬，你不知道人嚇人會嚇死人嗎？你怎麼進來也不出個聲？」

「誰沒出聲啊？我不是叫了你一聲？誰知道馬上就被你扁了一拳。」

「你來這裡幹嘛？」

「幹嘛？」阿彬揉著自己的眼窩。「當然是想要來看看白學長辦案啊。不然咧？來看你喔？每天在局裡都碰得到，用得著特地跑來看嗎？」

「呿，」阿宏搖搖頭。「你要來也不早點來。半夜才來想嚇死人啊？」

「我又不是留守的，那麼早來幹嘛？」

「來陪我會死喔？」

「你是小女生喔，上廁所還要手牽手嗎？有什麼好陪的？」

阿宏瞪了阿彬一眼。

阿彬沒有理會阿宏，逕自就朝大廳走去。

「喂，你要去哪？」

「當然是先了解一下環境啊，這樣等等就可以好好看白學長表現了。」

「都不知道是不是真的，」阿宏搔搔頭。「你不覺得大家說的白學長有點……太神了嗎？」

一聽到阿宏批評白學長，阿彬立刻轉過頭來。

「哪會！白學長的能力是真的！」

阿彬走回來，一臉認真地看著阿宏。

「是真的，」阿彬一臉嚴肅。「我就親眼看到過。」

「喔？」

「你記不記得前陣子在我們管區有發生過一件『殺夫案』？」

「嗯。」阿宏點了點頭。

「那個案子我在場，原本我們因為現場的一些跡象，推定凶手是外面的人。原本都好好的，誰知道白學長一來，」阿彬突然大聲叫道，「白學長竟突然大叫了起來！」

被阿彬誇張的語氣嚇到的阿宏，一臉緊張地看著阿彬。

「所有人都被他嚇到了，就連被害人在場的老婆也是。」阿彬對著牆壁的角落，「只見白學長一臉恐懼地瞪著無人的角落。」

在阿彬的表演之下，阿宏彷彿當時也在旁邊一樣，屏息以待。

「就在大家驚魂未定的時候，」阿彬繼續說著，「他竟然對著那無人的角落自言自語。」

「他說了什麼？」

「他對著那個角落，說一些『你幹嘛蹲在那邊哭』之類的話。」阿宏模仿著當時白學長的模樣，「可是那邊並沒有人啊！」

阿宏吞了口口水。

「就在這個時候！」阿彬突然大聲起來，「原本還很畏縮的白學長，突然轉過身來，厲聲指著當事人的老婆。」

阿彬用手指著阿宏。

「妳老公就在那裡！」阿彬厲聲指向牆腳。「妳還敢說不是妳幹的！」

阿宏縮起脖子，兩眼發直。

「嚇得她當場跪地求饒，哭到死去活來的。」阿彬口氣恢復平常。「原本一個可能變成懸案的事件，就這樣被他一吼給破了案。」

阿宏張著嘴，緩緩地點了點頭，眼神流露著對白學長連綿不絕的仰慕。

「聽你這麼說，白學長他……他該不會有陰陽眼吧？」

「是有可能啦。不過我覺得這是他的辦案技巧高明。」

「喔？」

「利用嫌犯作賊心虛的心理，一舉攻破她的心防！」

就在這個時候，門外傳來了汽車的引擎聲響。

兩人一同聚集到了大門旁的窗邊，滿懷期待地看著窗外。

在透天厝的外面，一台警車緩緩地停了下來。

一名身材壯碩，濃眉粗眼的男人走下了車來。

他的眼神充滿堅定，一臉嚴肅地看著透天厝。

「真的來了……」兩人異口同聲。

沒錯，來的人正是兩人引頸期盼的警界傳奇——白方正。

2

人就是那麼奇妙的動物。

不管曾經多麼恐懼的事物，似乎都有可能克服。

原本十分怕鬼的白方正，現在卻因此爬上了人生的巔峰。

從來都不知道陰陽眼會如此便利。

原本按照黃泉委託人謝任凡的說法，點了『那個眼藥』之後，可以見鬼的時間大概維持兩三個月就會過去了，現在都已經超過半年了，方正還是可以見得到那些徘徊在命案現場的鬼魂，幽幽地訴說著自己如何被殺害。

這對原本就十分怕鬼的方正來說，是種『便利』，也是恐怖的事情。

可是『便利』所帶來的效益卻是方正始料未及的。

他在短時間裡面，成為了警界最受到矚目的神探。

不管任何案件，只要上層想要又快又準地破案，肯定會找上方正。

本來想找任凡算帳的方正，反而靠著陰陽眼的優勢，獲得了升職與加薪，不但如此，周遭人看他的目光也渾然不同了。

眼前這棟透天厝裡發生的滅門慘案，因為手段凶殘，早已成為各大媒體的焦點。

在這種情況之下，警政署高層立刻下了命令，要方正前往現場協助勘驗。

方正接到命令之後，火速趕到了現場。

下了車，方正眺望了一下這棟陰森的透天厝。

雖然透過任凡的藥水，讓原本沒有陰陽眼的他，不但可以看得到鬼，更可以聽得到鬼，不過終究不是他天生的能力，在方正心中一直感覺不是很踏實。

從某個角度來說，自己現在利用陰陽眼的優勢來辦案，有點太過於投機取巧。

如果被任凡知道了，不知道會被說成什麼樣子！還好那傢伙不在警界。

不過對方正來說，可以幫助那些被害人申冤，並且將罪犯繩之以法，才是他利用這個優勢最有成就感的地方。

——包公也莫過於此啊！

「白學長？」

被阿宏一叫，才回過神來的方正，向兩人笑了笑。

「就是這裡嗎？」

阿宏點頭。

「那麼晚了還要麻煩你來一趟，真是不好意思。」

「哪裡，這是我應該的。」

方正朝透天厝走去，阿宏跟阿彬跟在後面。

果然有人說，愈有能力的人就愈謙遜。

方正的態度讓兩個學弟一整個欽佩到不行。

一走入屋內，方正立刻感覺到渾身不對勁。

即使已經被任凡害到半年都帶有這天殺的陰陽眼，方正還是一點也不習慣見鬼。

現在只要來到了有鬼魂出沒的地方，方正不用看一眼，或多或少就可以感覺得到。

「我先跟學長報告一下我們搜查的進度。」跟在後面的阿宏熱心地說，「目前屍體已經由法醫領走了，現場也鑑定蒐證過了。我們問過附近的鄰居，他們說前一天晚上七點左右有聽到爭吵的聲音，除此之外沒有什麼不尋常的地方。」

站在旁邊的阿彬，仔細觀察著方正的舉動。

方正卻只是佇立在原地，掃視了一下屋內，最後將眼光停留在沙發旁邊那片被月光照映著的血跡。

「住在這裡的是葉姓一家三口，除了父母之外，還有一個女兒，在警方趕到的時候，一家三口都已經沒有生命跡象了。屋主葉永存——」

方正指著那灘血跡說：「我知道，他就死在那邊。而且是腹部被人用利刃劃開，對吧？」

「對。」

阿宏點了點頭，對白學長投以無比欽佩的眼光。

學長果然真材實料，光憑這一灘血跡就可以研判死者受傷的部位。

他當然不可能知道，從剛剛方正一進門，就已經看到那位老翁躺在那裡，肚子的開口還不停淌著血。

不過讓方正不解的是，從進門就看見老翁張大了口，左右搖晃，像在呻吟的模樣，可是不知道為什麼方正卻聽不到半點聲音？

「嗯，其他的人在樓上吧？」

「是！沒錯！就是這樣！」

方正走在前頭，朝著樓梯的方向走去。

就在三人靠近樓梯的時候，方正突然停了下來。

一個滿臉是血的女人，一階、一階地從樓梯上面滾了下來。

看著女人如此這般滾下來，方正的頭也跟著一階、一階點著。

沙發旁邊那個肚子不停淌著血的老翁，仍然張口彷彿在呻吟的模樣。

可是方正張大耳朵，卻什麼也沒聽到。

後面緊跟著兩位學弟，只見白學長先是看著月光下的那灘血跡，然後望著樓梯點著頭，卻完全不明白學長到底在幹嘛。

阿宏對阿彬投以疑惑的目光，阿彬聳聳肩，表示自己也不懂。

滿臉是血的女人從樓梯上滾了下來，並且伸直了手臂，拖著長長的血跡來到了方正的跟前。

天啊！好恐怖！

如果不是後面有兩個把自己當成神的學弟，方正可能已經拔腿逃跑了。

眼看這個恐怖的女人，張大了嘴，不斷冒著血，似乎說著什麼，方正卻一句話也聽不到。

看著方正愣在原地，和兩個學弟面面相覷，似乎不知該如何是好。

阿宏想起剛剛阿彬說的故事，就走到方正的身邊，恭敬地說：「學長，需不需要我把他們的親朋好友找來？長官有交代，不管白學長要什麼，我們都會配合……」

聽到阿宏這麼說，阿彬用手肘撞了阿宏一下，示意要他不要多嘴。開什麼玩笑，那種一吼就破案的功力，阿彬早就見識過了。

這次大半夜犧牲睡眠跑來這邊，當然希望看到一點不同的辦案技巧囉。

沒理會兩人的騷動，方正一臉嚴肅，轉過頭來對著兩人，把手指放在嘴唇上，示意要兩人不要出聲。

方正看著跟前的女鬼，只見她不斷冒出血來的嘴巴唸唸有詞，卻沒有一點聲音。

「這一家人有沒有什麼特殊的地方？」方正皺著眉問。

「特殊的地方？」

「嗯，例如……全家人都是啞巴之類的？」

「沒有耶。」

這到底是怎麼回事呢？

方正一時之間也搞不清楚。

可是偏偏方正又沒有學過唇語，即使跟著女鬼一起動著嘴唇試著發音，也不可能猜出正確的讀音。

只見方正看著空無一物的地板，扭曲著嘴唇還不時發出「嗯嗯、啊啊」的聲音，兩個學弟看傻了眼。

這到底是什麼辦案技巧啊！

就這樣看著方正表情扭曲地表演了五分鐘左右，方正嘆了一口氣，站直了身體。

「學長，有什麼發現嗎？」

「有，有很重大的發現……」方正喃喃自語。

的確有很重大的發現，那就是方正知道自己半年前點在耳朵的藥水，已經過期了。所以他一點也聽不到這些鬼到底在說些什麼。

聽方正說有「重大的發現」，阿宏與阿彬不約而同地拿出筆記本來。

阿彬還用舌頭舔了舔原子筆，準備把白學長的所有行動一一做筆記。

「有……」方正點著頭，然後朝著門口走。

「有發現……」

方正失神地上了車，然後把車開走了。

筆記本上一片空白。

兩人愣愣地看著白學長離開的方向，直到學長的車燈消失在黑夜之中。

3

該不該去找他呢？

一想到任凡，方正的心情就整個『盪』到了谷底。

在解決了張樹清大哥的事件之後，方正還以為自己就可以從此跟任凡分道揚鑣了。畢竟跟那傢伙在一起的那段時間，真的可以說是方正人生的谷底。

一閉上眼睛就可以描繪出任凡那充滿鄙視的眼光與冷漠的口氣……

一路上，方正在心中盤算著該怎麼跟任凡開口。

總不能直接就拜託任凡，讓自己點那個藥吧！

——行啊，拿個十萬來，我就讓你點一滴。

那個什麼都要講酬勞的男人，一定會這麼說吧！

可是如果真的只是要錢的話，方正還覺得沒什麼。最怕的就是被任凡質問原因，如果說是為了辦案便利性才想要點那個眼藥的話，肯定會被他瞧不起。

方正現在真的可以體會「騎虎難下」這句成語的箇中滋味了。

這半年之內，宛如福爾摩斯再現的方正，在警界捲起了一陣旋風。不但深獲長官青睞，連同儕都對他另眼相看。不但升了職、加了薪，就連整個人的地位都得到了前所未有的提升。

對方正來說，這些都不是他一開始所追求的。一開始的他只本著想要幫被害人申冤的念頭，卻萬萬想不到會有這樣的結果。

現在幾乎所有難解的命案都會落到方正的肩上。

如果自己真的沒了陰陽眼，不但很可能怠慢所有重大案件的進行，更可能讓自己從天堂掉到地獄。

方正無力地趴在方向盤上，腦袋裡面出現了一座天秤。

一邊放著任凡那不屑的表情，另一邊放著所有長官同事不屑的表情。

方正長長地嘆了一大口氣，這極度不平衡的天秤讓方正知道自己再怎麼不願意，面對一人的羞辱總比被一堆人羞辱好。

方正下了車，抬起頭來，仰望著那兩棟廢棄大樓，心裡開始盤算要怎麼跟任凡開口。

4

走進了這片被任凡稱為『家』的建築廢地，隨處可見以這裡為家的鬼魂。

即使這些日子以來，已經慢慢習慣了看見鬼魂，不過像這裡百鬼竄動的場面還真的跟墳場沒什麼兩樣。

還好這附近的住戶看不見棲息在這邊的鬼魂，不然這附近的房價就算腰斬，肯定也沒人敢住。

方正盡可能挑鬼少的地方走，以免去打擾到它們。

至此，方正可以確定自己的判斷是正確的，因為到處都有看似嬉鬧的鬼魂，另外一邊那些就像全年無休從早演到晚的戲班，正上演著精采的過五關斬六將戲碼。方正卻什麼鬼聲也聽不見。

感覺就好像在看一場由鬼群領銜主演的默劇般詭異。

放眼望去，幾乎每隻鬼手上都拿著一顆粽子。

方正先是不解，後來想到了前幾天就是端午節，才會意過來。

想不到任凡那傢伙還挺有心的，竟然還會因應端午節的氣氛，給這些孤魂野鬼粽子吃。

方正穿過了鬼群，朝著樓上走去。

走上了屋頂，原本還想著要如何跟任凡聯絡，要他把那條有如橋樑般的紅毯給架起來，卻看到紅毯已經架好在那邊，等待著他。

即便已經走了幾次，但是每次要度過這條紅毯都覺得膽戰心驚。

畢竟在紅毯的左右兩側是六層樓的高空，如果一個不小心掉下去，就算不死也半條命。

方正小心翼翼地度過了紅毯，來到了對面的大樓。

那扇熟悉的大門就在眼前，而原本都掛在大門上的朱紅索已解了下來放在一邊。就方正對任凡的了解，任凡一旦出門都會把那條朱紅索給掛起來，現在紅繩解開，意味著任凡在家。

方正穿過了門，走到客廳，客廳空無一人。

「任凡，在嗎？」

等了一會沒有回音。

方正左右張望了一下，看到了在走廊盡頭，也就是任凡辦公室的門並沒有完全緊閉。

一道光線就這樣從門縫射在地板上。

方正走了過去，推開了門，並且叫了聲：「任凡，在嗎？」

門一推開，一個不可思議的畫面浮現在方正眼前。

只見一個衣衫不整的女鬼半敞開著上衣，並且還露出了雪白的大腿。女鬼臉上的表情有些苦澀，似乎有點痛苦，張大了嘴彷彿在呻吟，可惜現在的方正聽不到任何的鬼聲。至於那個方正最不想見到的任凡，正蹲在女子的面前，彷彿在做著不可告人的事情一般。

任凡與女鬼被方正這突然的闖入給嚇了一跳，兩人先是以吃驚的表情看著方正，然後互相對望一眼之後，女鬼驚慌失措地把衣服拉起來，一臉羞澀地退了兩步。

而任凡則是愣在原地，一手拿著瓶子，另外一手拿著小刀，面對這跳到黃河也洗不清的尷尬場面。

原本還想要道歉的方正，卻因為驚訝而張大了嘴，半天說不出話來。

女鬼一臉羞澀的表情，身子不住顫抖，方正看著她，想不到下一秒鐘，那女鬼竟然張開血盆大口撲向了方正。

眼見女鬼撲到自己眼前，方正大叫一聲，眼前一黑，整個人就這樣軟倒在地板上，暈了過去。

5

時間回到方正冒冒失失闖進來，看到這宛如春宮戲的一幕之前。

在小碧的通報之下，任凡被告知有一個女鬼登門拜訪的事情。

「帶她去辦公室吧。」

任凡說完之後，便走進辦公室裡面。

牆壁上面貼著他身為黃泉委託人的六條鐵則：

一、沒有酬勞或利益的工作不接

二、牽扯到雙鬼恩怨的工作不接

三、抓替身、找替死鬼的工作不接

四、會因此惹禍上身的工作不接

五、破壞天理循環、傷風敗俗的工作不接

六、與黑靈打交道的工作不接

任凡的辦公桌前，就擺著這六條鐵則，他坐了下來，靜靜地等待著。

一名女鬼在小碧的帶領之下走了進來。

在任凡的眼中，這些鬼魂都擁有不同的顏色：黑色代表怨恨，藍色代表憂鬱與牽掛，而眼前這位跟著小碧進來的鬼，渾身充滿了紅色的氣息，代表了「執著」。

一看到對方是個紅靈，任凡微微地皺了一下眉頭。

在眾多反映出死前心情的靈體當中，任凡最害怕的或許就是紅靈也說不定。

這些鬼魂多半對這人世間有著放不開的執著，也因為如此，徘迴在人世間多年不肯離去的多半屬於這種鬼魂。

雖然在一般的情況之下，這種鬼魂不像黑靈那樣見人殺人、見鬼殺鬼，可是在它們執著的事情上，如果有人妨害了它們，其恐怖與殺傷力不亞於黑靈。

當年叼住任凡中指的就是這種紅靈。

不過即使是屬性相同的靈體，在程度上還是有很大的差別。

像鐵刀那種見人殺人的黑靈，與在路口或水中只要有機會就會抓人當替身的黑靈，就有著天壤之別。

而此時，女人所透露出來的紅氣，即便是任凡也不常見。

任凡不用問也可以清楚地知道，除了執著之外，這女鬼的怨氣一定不小。

任凡看著眼前的女鬼，心中暗暗祈禱著這次的委託，不會像當年的中指事件那麼困難。

6

「我想要委託你找一個人。」女子冷冷地說，「一個男人。」

「這沒有問題。但……」任凡用下巴指了指牆壁上六條鐵則之中最右邊的那條。「妳有辦法支付我任何報酬嗎？」

「這……」

女子遲疑了一會，緩緩地搖了搖頭。

「如果是這樣的話，很抱歉，我沒有辦法接受妳的委託。」

女子低著頭，不發一語。

「我看妳應該也死了好一段時間了吧？」

女子點了點頭。

「我可以接受妳的委託，只要妳願意提供妳身體上的一些東西給我……」

「喔？」女子抬起頭來，看著任凡。

「我們人在世間的時候，皮膚會產生皮屑，這種皮屑累積就會形成所謂的灰塵。」任凡說著，「當我們死了之後，失去了肉體，當然不會產生這樣的皮屑。不過與空氣接觸之後，靈體上會留下類似皮屑的東西，這種東西會隨著時間愈積愈多，只要累積到一定的數量，就會形成一種物質。我們稱它為『靈晶』，只要把這種靈晶滴入人的眼睛或者是耳朵，就可以讓原本沒有陰陽眼的人，暫時擁有陰陽眼。」

聽到任凡這麼說，女子打量著自己的身體。

「像妳這樣過世已經多年的靈體，理論上來說應該可以弄出個幾滴。」任凡苦笑。「半年前，我在一個白癡身上浪費了四滴，一直希望找時間補回來。可惜這半年來上門的不是死沒多久的靈體，就是能夠提供實質報酬的靈體。剛好妳又沒有辦法付我什麼實質的報酬……如果妳願意提供妳的靈晶給我，或許我可以考慮接受妳的委託。」

女子點了點頭。

「不過有件事情我必須先跟妳說明，由於這個晶體本來就是你們魂魄所產生出來的物質，」任凡淺淺地笑著，「如果要從妳身上刮下這些物質，不但會讓妳感覺到痛苦，而且還會產生『魂魄分離』的現象。」

「魂魄分離？」

「嗯，畢竟那是魂魄所產生的結晶，被刮離了身體，就好像魂魄從妳身上剝離一樣。妳會感覺到痛苦，並且心神不寧，力量也會跟著減弱。」

聽任凡這麼一說，女鬼顯露出一點猶豫的神色。

「當然如果妳不願意，我可以理解。不過因為妳無法支付我酬勞，所以我也必須拒絕妳。」

「不！」女子臉色一變，不再有猶豫。「我願意！」

「嗯，」任凡點了點頭。「不過，在這之前，我希望可以先聽聽妳的委託。」

「我想委託你找一個男人。」

「那人叫什麼名字？」

「那人姓黃，名字是翼飛。」

「黃翼飛？」

「嗯。」女子點了點頭。

「那麼……這個男人目前是生是死？」

女子輕輕地搖了搖頭：「我不知道。」

「那妳總該有他的生辰八字吧？」

「有。」

「那就行了。」任凡說，「不過在這之前我必須先說明，我不會介入你們兩個人之間的恩怨，在委託的部分，我只負責幫妳把他找出來，並且告知妳他目前所在的位置。這樣可以嗎？」

女子猶豫了一下，然後緩緩點了點頭。

「至於報酬方面，在找人之前，我要先收取一半，畢竟就算找不到人，我也付出了心血，這點有沒有問題？」

女子搖了搖頭。

「那就行了，妳把他的八字寫下來，對了，還沒請教妳的名字。」

「我叫……」女子輕輕地說，「劉雙。」

「嗯。」任凡點了點頭，轉過身去打開藏在畫像後面的保險箱。「那麼現在，不好意思要請妳寬衣了。」

任凡轉了過來，手上多了一個裝滿綠色透明液體的小瓶子，另外一隻手上則拿著一支銀色小刀。

當然，此刻的任凡與劉雙不可能知道，就在兩人交付所謂的『報酬』之時，會有一個沒禮貌的男人闖了進來。

7

方正緩緩張開雙眼。

「半年不見了，」任凡冷冷地說，「你暈倒的功夫還是一流啊。」

「還不是你害的，」方正白了任凡一眼。「幹那種事情，門為什麼不關好？」

「事情不是你想的那樣。你這樣闖了進來，她沒殺掉你就算好運了。」任凡搖搖頭。「我這邊很多客戶還活在過去那保守到不行的年代，如果你剛剛說的話被她聽到了，我肯定她不會放過你的。」

一聽到任凡這麼說，方正緊張地坐了起來看一下四周，確定沒有看到那女鬼的身影才鬆一口氣。

「不是我想的那樣是怎樣？孤男寡『女』衣衫不整，共處一室，」方正瞄了任凡一眼，「人世間都沒有女人了嗎？娶了兩個鬼老婆，還找女鬼……。」

「你是怎樣？」任凡用死魚眼瞪著方正，「一定要我把剛剛那女鬼找來對質嗎？」

「不必了，我又不是你老婆，不需要跟我證明。」

「就跟你說不是了，本來就只是很單純的事情，她是來委託我的客戶，剛剛是在付我報酬……。」

任凡不解釋還好，愈解釋，看方正的臉愈不正經。

「算了，算了。我不想解釋了，愈描愈黑。你來幹嘛？」

「沒什麼，路過來看看你，不行嗎？」

「我們好像沒有那麼熟。」任凡冷冷地說，「你們警察都那麼閒嗎？」

「當然不是，」方正激動地反駁。「自從半年前跟你一起解決了張大哥的案子之後，我的人生都不一樣了。每天忙得跟狗一樣，不但要趕攤，還要東南西北四處跑。」

「這不是很好嗎？」

「你還好意思說，你給我點的那個鬼東西，讓我到現在都還看得到鬼。你不是說幾個禮拜藥效就會過去了嗎？」

「這種事情本來就跟體質有關係，不點那個，你自己不是也見到鬼過？證明你本來就是八字輕，是容易見鬼的體質，點上那個只是讓你『毫不遺漏地』看到所有的鬼，藥效過去了，不表示你就見不到鬼啊。」

「害我現在都快要分不清哪些是人，哪些是鬼了。」

「有差別嗎？」任凡一臉無所謂。「你搞清楚跟你講話的對象是人是鬼就好了，其他路人甲乙丙丁你管他那麼多幹嘛？」

本來還想辯駁下去的方正，赫然想到自己此行的目的，正是希望任凡可以讓自己再點一次那個東西，如果現在為這種事情吵起來，到時候還說自己需要不是很奇怪嗎？

「話說回來，你給我點的那個東西到底是什麼玩意？」

「不就是讓你們這些『麻瓜』可以見鬼？」

「什麼麻瓜？你以為你是哈利波特嗎？廢話，我當然知道它的功用，我的意思是，那東西到底是怎麼來的？」

「你還是不要知道比較好……。」

這時小碧與小憐走了進來，兩人見到方正醒來都笑了一下，然後向方正點頭打招呼。

方正見到小碧、小憐的手中也跟外面那些鬼一樣，拿著粽子。

「看不出來你還真有心，竟然還會應景給大家粽子吃。」

「那些粽子不是我給它們的。」

「喔？」

「我有一個客戶，每到端午節都會送粽子來，雖然我已經說過不需要這樣送了，可是他還是堅持每年送一堆粽子來當作給我的報酬。」

「給你的報酬？這種鬼吃的粽子你又用不到。」

「對啊，所以我才叫他不用送啦，可是他還是每年都會送來。我也沒有辦法，就分給它們吃囉。」

方正一臉狐疑地說：「真難得耶，想不到這種報酬你也接受。」

「唉，那是我剛開業的時候，他又湊巧有點名聲。我想說才剛開業沒多久，如果可以幫這個名人處理委託，就等於一個活招牌，肯定可以幫我拉攏到不少生意，所以就接下了他的委託。」

「喔？什麼樣的委託？」

「幫他跟水鬼討屍體。」

「啊？」

「他跳河自殺的啊，屍身被水鬼扣著不肯還，所以請我去幫他討回屍體。」

「我聽過水鬼抓替身，沒聽過水鬼會扣人家的屍體。水鬼扣人家的屍體幹嘛？」

「唉，那些水鬼在水裡都沒東西吃，誰知道這個人跳河之後，一堆民眾整天丟食物進河裡，這些水鬼可爽了。所以它們害怕如果被人撈起他的屍骨，就沒人再丟食物進河裡了。」

跳河？丟食物到河裡？

方正感覺自己頭上彷彿有個燈泡亮了起來。

「那個名人該不會是……」

「還會有誰呢？不就是屈原嗎？最後我幫他拿回屍體，替他下葬之後，每年端午節他都會送一堆粽子來。」

「也對。」方正看著小碧、小憐吃得津津有味的模樣，「他什麼都沒有，粽子肯定最多！」

「好了，」任凡站起身來，「如果沒什麼事情的話，那我要先走了。我接了個委託，要去找鬼了。你慢坐啊。」

話一說完，任凡就朝著大門走去。

方正愣了一下，然後趕緊站起來，追了出去。

第2章・孟婆湯

1

任凡開著車。

類似這種找人找鬼的任務，任凡已經經歷了不知道多少次。

這次所要找尋的對象，很可能是往生多年的鬼，畢竟看女鬼的衣著，死亡至今可能已經超過一百年了。

如果是死了變成鬼，或者已經赴黃泉去了還好處理，可是如果對方已經投胎了，那就比較麻煩一點了。

「話說……」任凡將頭轉向旁邊的座位，「你跟來幹什麼？」

「好奇啊。」坐在旁邊的方正理所當然地說。「找人我聽過，像這樣找鬼的任務我還真沒聽過。尤其上次你竟然在那麼短的時間內，就找到大家找了兩年都找不到的鐵刀，這種功夫不見識一下怎麼行？」

任凡一臉無奈地搖搖頭。

「不過人海茫茫，不是，鬼海茫茫，你要去哪裡找他啊？」

「當然是有我的步驟啦。奇怪，你們警方不是也常尋找失蹤人口嗎？」

「情況差很多吧？我們找的對象是人，而且著手的目標若不是親朋好友，就是對象常出沒的地點。可是你要找的對象根本不能這樣著手，不是嗎？」

「其實也差不了多少啦。」

「問題是你現在根本連那個人是生是死都不知道，不是嗎？」

「有差嗎？你找人才有分生死，我找的是魂，一個曾經叫做黃翼飛的魂。」

方正一臉疑惑。

「以魂來說，它們只可能存在於三界之中，當然就是以這個為原則去找。」任凡解釋。「首先，先試看看可不可以將他的魂招上來，如果可以的話，就表示他在下面。如果找不到他的魂，就只有兩種可能，要嘛就是投胎轉世了，要嘛就是還在人世間溜達。只要有人持續祭拜，當然就可以繼續在人世間待著了。」

「可以這樣嗎？」

「哎呀，只要不被鬼差抓到就好了。一般來說，錯過輪迴只有愈投胎愈糟。不過，這就是留戀人世間的代價啊。」

「你剛剛說，存在於三界之中，你剛剛說的只有黃泉跟人世間，難道他不會升天嗎？」

「去，想去天界哪有那麼容易。那要經過七次輪迴，並且度過七七四十九道難關，一關比一關難過，全部都順利過關，才能完成最基本的修行，成為天界候補。能不能上去，還得看上面的天神們有沒有人肯收，他連情關都過不了了，怎麼可能上得了天？」

「被你說成這樣，誰上得了天啊？」

「這是真的啊，看你這短命樣，一定比我早死，到時候你就知道我說的是真是假啦。不過先說好，死了別來找我委託事情。」

「我呸，」方正一臉厭惡，「你這整天與鬼為伍的才短命咧，你要是先死了，別託夢找我幫忙。」

兩人互相瞪了一眼，異口同聲地「哼」了一聲。

2

兩人來到了撚婆的門前。

撚婆遠遠看見兩人下了車，拄著拐杖走了過來。

「乾媽。」

沒有理會任凡的招呼，撚婆沒有回應，只是靜靜地走向任凡。

撚婆走到任凡面前，然後瞇著眼睛將臉湊到任凡面前。

「你是人還是鬼啊？」

「蛤？」任凡用死魚眼看著撚婆。「鬼還用開車來看妳嗎？我可以用飄的。」

「我還以為你往生了。」撚婆臉上露出有點可惜的表情。「惹到黑靈也沒來跟乾媽報平安。」

撚婆說完轉過身，朝自己的房子走去。

任凡這才想起來，半年前自己從與黑靈鐵刀死鬥之後就沒來拜訪過撚婆。

方正小聲問任凡：「你該不會半年都沒來看她吧？」

任凡點點頭，臉上一臉不妙的表情。

「你都沒來找我，所以我就當你往生了。」撚婆背著兩人說著。「本還想要幫你招魂超渡，不過想想你這傢伙得罪了那麼多牛鬼蛇神。只要你一掛，說不定立刻就被仇家打到魂飛魄散，招了也是白招。」

「乾媽，別這樣說嘛，我已經很苦了。」

「喔？」

「我接了一個找鬼的委託。」

「喔喔，那剛好，我也很久沒跟『我乾媽』聯絡了，來來來，進來再說。」

任凡扁著嘴小聲唸道：「妳自己對『妳乾媽』還不是一樣，只會唸我。」

「你說啥？」撚婆回頭看著任凡。

「沒有。」任凡用力搖了搖頭。

3

兩人足足等了半個小時，才被撚婆叫到後面的房間。

這是方正第二次看撚婆找鬼上門，這次可以看得出來撚婆有精心打扮過。

「你啊，講話要小心一點。要是惹她不高興，看我回來怎麼跟你算帳。」

在儀式之前，精心裝扮過的撚婆嚴肅地告誡著任凡。

「知道啦，」任凡不耐煩地回答，「誰敢得罪她啊？」

桌上除了擺著跟上次招魂儀式一樣的物品之外，方正還注意到多了一面鏡子，而且鏡子擺放的角度，剛好正對著撚婆自己的臉。

在開始之前，撚婆又調整了一下鏡子的角度，然後對著鏡子整理了一下儀容。

看撚婆與任凡兩人戒慎恐懼的樣子，連方正都不禁想知道等等招上來的人是誰了。

正想偷偷開口問任凡，就看到撚婆敲著桌子，開始了招魂儀式。

只見撚婆拿起符籙，在眼前揮舞一番，口中唸唸有詞。

唸完咒文之後，撚婆點燃符籙，丟到碗中，用手敲著桌子。

叩叩叩……

方正腦海裡面浮現了上次來這裡的經驗。

那次撚婆突然抬起臉來，用著粗魯的男子聲音對兩人怒吼，差點把方正嚇到尿褲子。

這次方正屏息以待，兩眼盯著撚婆。

只見撚婆低著頭，過了一會兒之後，不再敲桌。

撚婆搖了搖頭，然後緩緩抬起頭來。

「誰啊？」

聲音是個女人，聽起來似乎有點年紀了。

撚婆瞇著眼睛看了看任凡與方正，然後突然一臉不耐煩地對著任凡說：「是你啊？」

「好久不見了。」任凡畢恭畢敬地致意。

想不到這個號稱除了撚婆以外天不怕地不怕的黃泉委託人，竟然也有如此恭恭敬敬的時候。

這讓方正更加好奇上來的這個所謂「撚婆的乾媽」究竟是何許人也。

只見任凡正經地行完禮，抬起頭來對著撚婆叫道：「乾奶奶，乾孫子任凡跟您請安。」

「耶，不必了，」撚婆用手制止了任凡。「我如果知道是你這臭小子找我，我就不上來了。」

話才剛說完，撚婆立刻將眼光轉到擺在桌上的鏡子。

「怎麼老那麼多？」撚婆趨前照著鏡子，「看來我這個乾女兒也快要來幫我的忙囉。」

撚婆在鏡子前面左看看右看看了一會，突然抬起頭來對著任凡叫道：「臭小子！有沒有好好孝順你的乾媽啊？」

任凡快速地點了點頭。

「唉，我在人世間的十三個乾女兒，現在就只剩下你乾媽撚婆了。」撚婆一臉憂鬱，「選擇了孤老終生的這條路，又不可能嫁，想要留後就只能收乾兒子。偏偏她就只有你這麼一個乾兒子，你真的要好好孝順她。」

「有啊，乾奶奶，我很孝順乾媽呢，不但常常拿錢來給她花用，還常常來這邊陪她聊天。」

撚婆聽到任凡這麼說，一臉不屑地白了任凡一眼。

「哼，說謊都不害臊，你以為你在跟誰說話？」

「我在跟除了乾媽之外，最、最、最敬重的孟婆說話啊。怎麼敢亂說呢？」

「少在那邊油腔滑調！」

撚婆罵完又照著鏡子左右打量著。

在旁邊聽到兩人對話的方正，一聽到任凡叫她孟婆，心想：孟婆……該不會是——

想不到方正才剛這麼想，撚婆接著說：「你要是再這樣，我下次上來就帶一碗我熬的湯給你喝。」

方正內心一驚，心想：「果然！真的是她！」

想不到這次撚婆招上來的魂，竟然是大名鼎鼎的孟婆，讓方正張大了嘴，大氣都不敢喘一下。

「別這樣嘛……最近工作真的比較忙。我真的很孝順乾媽啦。」

「什麼工作……你該不會還是在做什麼委託人吧？」

任凡點了點頭。

「唉，要不是看在你是我乾孫子份上，我才不管你的生死咧。連這種錢都敢賺，你真的是不知道死活。」

任凡搖搖頭無奈地說：「聽說我也從您那裡接到不少CASE喔，孟婆。」

「哼，那是怕你沒錢，怠慢了我這僅存的乾女兒。」撚婆白了任凡一眼，「好啦，有事就快說吧，幹這種事情肉身很傷的。」

「我想要跟您打探一個人。」任凡將寫有黃翼飛生辰八字的紙張推到撚婆面前，「我想知道他有沒有在下面，還是有沒有經過您那裡。如果經過您那裡的話，也要麻煩您告訴我他『投』到哪裡去了。」

撚婆一臉不甘願，然後瞄了紙張一眼。

「就一個？」

「嗯，就這一個。」

「好啦，我看看。」

撚婆說完，煞有其事地將手背到背後，然後往眼前一伸，彷彿真有一本書在她手中。

只見撚婆用手指沾了沾口水，然後在空無一物的手上彷彿在翻頁般，尋找了一下。

「有了，」撚婆對照了一下紙張，「就是這傢伙。」

「如何？」

「沒，沒來過我這兒，也沒在下面。」

「這樣啊……」任凡聽了之後，摸著下巴沉吟了一會，「嗯，謝了。」

「你啊，」撚婆搖搖頭說，「你死後過奈何橋時，我一定會準備一碗大碗的給你喝，以免你下輩子記得我，又來纏我幫忙了。」

「開什麼玩笑！」任凡皺眉，「妳那不管在人間還是黃泉界都出名的孟婆湯喝多了，可是會投胎變成白癡的！」

「那不挺好？」撚婆聳聳肩，一臉滿不在乎。「免得你又老是這樣打亂因果，壞了規矩。你做這行可得罪了不少人。將來啊，你要是自己真的也下來了……」

撚婆想了一會，然後沉重地嘆了口氣。

「我有聽妳的話了，我現在不接任何有關鬼恩怨的 CASE 了。」

「總之啊，你還是好自為之吧。」撚婆將眼光轉到從剛剛就動也不動的方正身上。「你旁邊的人偶是要燒給我的嗎？做得還挺精緻的。」

從剛剛知道眼前上身的這位就是大名鼎鼎的孟婆之後，方正就動也不敢動，連氣也不敢喘一下，活像個人偶似的。

「人偶？」任凡轉過去看了方正一眼。「他是活生生的人啊！」

「唉唷，拍謝，看他一動也不動，還以為他是你們要燒給我的童子。」

方正僵硬地點了點頭，向孟婆打了招呼。

「是人怎麼都坐在那邊不動也不說話？」撚婆皺著眉頭打量了一下方正，「我好像看過你喔！」

方正聽孟婆這麼說，臉都綠了，他一點也不想知道自己前生前世是怎樣的人。

「別想太多，這是孟婆的口頭禪。」

「我真的好像看過他啊。」

「我相信啊，您一定看過他，誰能投胎不經過您那？」

撚婆白了任凡一眼。

「好啦，沒什麼事情的話我先走了。」

「等等！」

任凡伸出手阻止撚婆。

「又怎麼啦？」

任凡沒有回答。只是一臉嚴肅雙目如炬般凝視著撚婆。

完全不知道發生什麼事情的方正，只是一臉狐疑地看著兩人。

只見撚婆原本也是一臉疑惑不解的模樣，後來在任凡的眼光下，慢慢低下頭去嘆了口氣。

撚婆一臉無奈地回答：「唉，如果『他』有通過我這裡……我會不告訴你嗎？」

聽到撚婆這樣說，任凡一臉哀傷，低下頭去。

看到任凡這樣，撚婆又嘆了一口氣，語氣溫和地說：「凡兒，乾奶奶勸過你很多次了，沒差這一次。真的，放手吧。太過於執著不是好事。」

任凡沒有回答，只是輕輕地點了點頭。

方正在一旁看著兩人的反應，心理一直在想，那個撚婆口中的『他』到底是什麼人呢？為什麼一說到那個人，兩人的態度丕變？

原本會打破砂鍋問到底的方正，看到任凡的臉色，還是覺得這些問題別開口比較好。

4

離開了撚婆的住處，兩人在路上沒有多說話。

到底孟婆上身的撚婆口中所說的那個「他」是誰呢？

中文不似英語，光從口語本身就可以分辨男女。

所以方正連這個「他」是男還是女都不知道。

令人窒息的空氣瀰漫在車中，方正感覺此刻的任凡有種說不出來的距離。

以往的他，儘管毒舌，但總讓人覺得容易靠近。連方正自己都不得不承認，任凡對一般人來說或許也是一個很好親近的人，不過就是因為跟鬼過於靠近了，反而跟活人少了許多互動的機會。

在回程路上的任凡，此時讓方正覺得陌生。

雖然什麼都沒有說，但是方正很清楚，這個『他』對任凡來說，應該是個意義非凡的人。

這不禁讓方正懷疑，如果『他』對任凡來說，真的如此重要，那為什麼任凡會找不到呢？

魂只能存在於三界之中，這是任凡自己說過的。

從撚婆當時所說的話來推斷，那人很顯然沒有通過孟婆所在的地方，換句話說，他根本還沒有投胎。照任凡的說法，應該還在人世間遊蕩。既然如此，為什麼任凡找不到呢？

方正看了任凡一下，然後鼓起勇氣打破沉默。

「接下來……該怎麼辦呢？」

「嗯？」任凡看了方正一眼。「既然我們要找的人沒通過孟婆那裡，就肯定還在人世間。在你自目闖進來，然後被我的客戶嚇到暈倒的那段時間裡面，我已經派我的人去蒐集情報了。如果他還在人世間徘徊的話，應該很快就會有答案的。」

「喔……。」

既然如此，那為什麼那個『他』任凡卻找不到呢？

「就這點理論上來說，應該是一無所獲。」

「為什麼？」

「簡單來說，鬼魂的移動跟我們人類不一樣，如果硬要說的話，它們的移動是靠思想的。雖然實際上的情況如何，我不是很清楚，不過他跟我們不一樣。基本上鬼魂活動的範圍一定是他生前去過的地方，然後靠著思想，直接移動到那個地方去。」

「嗯……」方正點了點頭，他記得在與鐵刀相遇的時候，任凡曾經呼叫過小碧與小憐，兩人幾乎是瞬間就到了那個地方支援。

「換句話說，如果這個叫做黃翼飛的魂，沒有經過投胎輪迴，還在人世間徘徊的話。那麼身為委託人的劉雙，應該會比我們更容易找到他才對……」

「意思是，只要她想著黃翼飛，就可以很快找到他囉？」

「嗯，這就是為什麼，如果我們一旦被那些惡靈給鎖定，不管逃到哪裡都沒用的原因了。」

「你不是說過魂一定存在於三界之中嗎？照你這樣說的話，那黃翼飛的魂又跑到哪裡去了？」

「不在下面的話就一定還在人世間啊，只不過他很可能存在於一個只靠思念無法到達的地方。」

「只靠思念無法到達的地方……那又是哪裡？」

「我怎麼會知道？」

「那你要怎麼找？」

「當然現在就是把委託人劉雙找來，把事情的經過問個清楚再做決定囉。」任凡悠哉地說著。

方正點了點頭，看向窗外，那棟宛如廢墟的雙大樓，正隱隱約約出現在遙遠的前方。

5

兩人一回到任凡的住所，任凡便要小憐去找劉雙。

「等等聽聽看她怎麼說，我再決定要從哪裡找起。」

一聽到任凡這麼說，方正才回想起來，自己此趟的真正目的，根本不是為了見識任凡找鬼的功力，而是要點那種可以讓自己重新聽到鬼魂聲音的藥。

「既然這樣的話……」一看到機會來了，方正怎麼可能輕易放過，「你先前給我點的藥，可以再給我點一下耳朵嗎？」

「啊？」任凡板起了臉，「為什麼？你不知道我這半年只接到這筆生意，好不容易才蒐集幾滴。」

「別這樣嘛，現在我根本聽不到鬼說話了，如果等等委託人來，我不就聽不到了？」

「沒關係，我聽完之後再跟你說不就好了？」

「當然不好，再怎麼說我也是個經驗十足的警察，兩個人聽總比一個人聽好，我說不定可以發現很多你沒發現的地方。」

「我很懷疑。」

「唉唷，我的好奇心都被你勾起來了，現在聽不到很難了解實際上的經過，到時候我一直問你，你不是會嫌我煩嗎？」

「你現在就已經很煩了。」

方正就好像死纏爛打的分手情人般，百般纏著任凡。

「好啦！好啦！你還真是煩人耶，就一滴，左耳還是右耳你自己決定。」

耗了一整天，總算成功跟任凡要到了藥，開心的方正連忙點頭答應。

在點之前，任凡又補了兩句：

「先說好啊，點了之後就不要再來跟我唉唉叫。」

「不會啦。」

「還有，你不要隨便濫用你的優勢。鬼……不像你想像的那麼單純。如果濫用，你小心惹禍上身。」

「知道啦。」

方正點好藥之後沒多久，在小憐的帶領之下，面目清秀、打扮莊重的劉雙再度出現在任凡與方正面前。

劉雙一看到方正，豎起秀眉瞪了他一眼。

方正連忙向劉雙道了歉。

任凡簡單向劉雙報告了一下進度。

「這算是特殊的情況，一般來說，我是不太喜歡打探客戶的隱私。不過因為到目前為止，雖然可以肯定他還在這個人世間，可是卻找不到他的蹤跡。所以這次找妳來，是希望妳能夠告訴我們妳跟黃翼飛之間的故事，或許能夠幫助我們找到他。」

劉雙點了點頭。

「首先，我想請問一下，妳跟黃翼飛是什麼關係？」

想不到就這麼一個簡單的問題，就讓劉雙低著頭不知道該怎麼回應。

在任凡的勸說之下，劉雙過了一會，才幽幽道出兩人當年的故事。

原來，劉雙與黃翼飛原本是一對青梅竹馬的朋友，兩小無猜地度過了十六年。

原本是郎有情、妹有意的情形，卻因為劉雙的美貌，為兩人的關係投下了未知爆彈。

當地很有錢的望族少爺王紹岡，看上了劉雙的美貌，無所不用其極地想要得到劉雙。

在有錢又有勢的進攻之下，加上當時劉雙的父親又在王家底下做事，這門婚事卻是說什麼都無法拒絕。

最後劉雙在心不甘情不願的情緒之下，嫁入了王紹岡家中當妾。

此舉讓從小就愛戀著劉雙的黃翼飛幾乎瘋狂，在痛苦的折磨之下，他偷溜進了王家之中，與劉雙共度了一夜。

黃翼飛告訴劉雙，自己準備北上去闖天下，只要他也能夠事業有成，一定會回來接她。

那晚，兩人共度了一夜，第二天兩人就此告別。想不到一別就是一百多年，因為黃翼飛再也沒有出現在劉雙的面前。

而劉雙身在楚營心在漢，不管王紹岡如何對她，她總是不予配合，最後被趕出了王家。

本以為只要黃翼飛回鄉，兩人就可以雙宿雙棲，可是卻沒能等到黃翼飛。

劉雙死於八十年前的一場疾病之中，但是死後仍然死守著那條通往村外的路。始終沒有盼到黃翼飛。

任凡不發一語聽著劉雙哭哭啼啼地說完了自己的故事，然後閉上眼睛沉思了一會。

「當年……」沉思了一會兒之後，任凡看著劉雙。「他有告訴過妳，他實際上要前往哪裡嗎？」

劉雙搖了搖頭，回答：「沒有，他只說要北上，沒有說哪裡。」

「妳剛剛說，妳跟黃翼飛是青梅竹馬的戀人，這件事情妳丈夫王紹岡知不知道？」

一聽到任凡把王紹岡稱為自己的丈夫，劉雙板起了臉，用冰冷的眼神凝視著任凡，冷冷地說：

「他已經把我休了，所以早就不是我丈夫了，請不要這樣稱呼他。」

「嗯，抱歉。他知道妳跟黃翼飛的關係嗎？」

「知道，這就是他最可惡的地方。他明明知道我跟飛是兩情相悅的，卻硬是要這樣強迫我。不但如此，他還常常找飛麻煩，我被迫嫁給他之後，我對他唯一提起的請求就是放過飛，不要再找他麻煩。」

「那他有答應嗎？」

「不重要，因為那天晚上飛就來找我，告訴我他要北上的事情。」

「這件事情妳……王紹岡知道嗎？」

「應該不知道，因為我從沒跟他提過。」

「如果他知道了，妳覺得他會怎麼做？」

劉雙思考了一下，然後一臉肯定地說：「他會殺了飛。」

6

送走了劉雙之後，任凡沉思了一會。

「那現在怎麼辦呢？」

「今天忙了一整天了，明天再繼續吧。」任凡皺著眉想了一下，接著說：「不過，明天我打算要去見一位跟委託人一樣的紅靈。紅靈的個性就是牛脾氣，帶著你去，要是你一個不小心說錯了話，我怕……」

聽到任凡這麼說，一直想著要如何脫身的方正，趕忙接話說：「沒關係，我明天局裡還有事情。」

「嗯。」

方正彷彿是怕任凡後悔或起疑，慌慌張張地告別了任凡。

方正走後，任凡又陷入了沉思。

以劉雙的說詞來看，當年黃翼飛應該是為了要出人頭地，然後返鄉迎娶劉雙才北上打拚。

這種故事對那個年代的人來說並不陌生，差別只在於去哪裡發展。

畢竟從劉雙的口中可以知道，強娶她為妾的王家在當地有權有勢，就算黃翼飛留在故鄉恐怕也沒有多大的出頭機會。

所以離鄉背井成為了他唯一的選擇。

到此為止任凡都可以理解。

問題就在於他們兩個分別之後，這個故事怎麼發展下去。

不管黃翼飛北上之後，是成功或失敗，有沒有遇到更好的對象而讓他忘了在故鄉苦苦等待的劉雙，都不應該招致這樣的結果。

以這個案例來說，真正的問題應該在於黃翼飛的魂魄沒去下面報到。一般來說，這代表著黃翼飛的魂魄還遊蕩在這個人間。如果是這樣的話，姑且不論他的魂魄是白靈還是紅靈、黑靈，甚至他是仍活在這世上的人瑞，以劉雙對他的愛戀執著，不可能找不到他。

從這個角度看來，任凡只能得到一個可能的結論。

他被困在某個『思念無法到達』的場所。

而這個場所，很有可能就是殺害他的人所設計的。

任凡相信，這個黃翼飛，根本就沒有北上過……

第3章·上窮碧落下黃泉

1

「你這個豬頭！！」老黃的咒罵聲響徹了整間分局。

阿宏低著頭，大氣也不敢喘一下。

「我叫你留守在命案現場，就是要你好好協助白警官，你不但沒有提供白警官任何協助，就連白警官說有重大發現，你也只有冷眼看著他走掉。」老黃氣到青筋都已經宛如藤蔓般，攀在他粗大的頸子上。「現在全分局上下都在幫你找人，你自己說！該怎麼辦！」

昨天原本應該留守在現場，等待著白學長前來的阿宏，好不容易等到了白學長，卻想不到白學長短暫停留後只留下一句『有重大的發現』，就揚長而去。

由於一切來得太突然，阿宏跟當時在一起的阿彬，只能眼睜睜看著白學長駕車離去，兩人連阻止的機會都沒有。

更糟糕的是，白學長就這樣失蹤了整整一天。局裡上下全都找不到他，這讓分局長急得像是熱鍋上的螞蟻，一股氣不知道往哪裡出，只好把阿宏找來罵成豬頭。

即使命案已經過了二十四小時，電視新聞仍然以近乎頭條的消息來處理這場滅門血案，這讓分局長的壓力更加沉重。

這個案子沒辦法迅速破案，損害警界形象，已經夠讓分局長老黃吃不了兜著走了，現在連白方正警官都搞丟了，要是自己怠慢了這個目前上層非常重視的警官，或者白方正到上面去告了自己一狀，自己這分局長的地位恐怕就不保了。

一想到這裡，老黃扯起了嗓門，又開始重複罵了一整晚的台詞，對著阿宏轟個沒完。

「我告訴你！」老黃指著阿宏的鼻子，「如果白警官有任何不滿，你這輩子都別想升了！不！我看你警察也別幹了！他一個月破的案子，可能比你這輩子都還要多！如果因為你昨天惹火了他，我看你就準備投履歷吧！」

「黃局長，」一個雄偉的聲音從門口傳來，「什麼事情讓你火氣那麼大啊？」

老黃跟阿宏同時朝著門口一看，只見門口站著一位身材壯碩的男子。說話的正是失蹤了一整天的警界傳奇——白方正。

阿宏一看到方正，眼淚都快要飆出來了。

「白警官，」老黃一看到方正，喜悅的表情立刻飛到臉上，「你跑到哪裡去了？我們局裡上下都因為找不到你快要急壞了！如果是這個小子讓你不高興，你放心，儘管說，我絕對不護短！」

老黃邊說著，還惡狠狠地瞪了阿宏一眼。

「怎麼可能。」方正笑著說。「這位學弟很盡職啊，留守在現場等我，還很詳細地跟我講解案情。局長，你別想太多了。我因為發現了一點線索，所以才趕緊去調查清楚。」

「喔？案情有發展了嗎？」

「嗯，」方正點了點頭。「不過現在我可能還需要再回去確認一下，所以才過來這邊，希望可以借一下這位學弟，帶我回命案現場。」

「那有什麼問題，阿宏，你立刻帶白警官跑一趟。」

臨行前，老黃還在阿宏耳邊小聲地說：「你這次要是再那樣讓白警官跑了，你就不要回來了。」

阿宏開著車，載著方正朝命案現場出發。

「真是不好意思，」方正一臉歉疚。「害你被上面責罵了。」

「哪裡……」阿宏苦笑，「只是學長，下次你如果有重大發現，麻煩你跟我說一下，至少讓我可以回去跟上面交代。」

「你放心，這次不會了。」方正臉上浮現出自信的笑容。「這次我一定會把凶手給逮出來，讓你跟上面交代。」

2

在方正前往命案現場的同時，一早就出門前往劉雙與黃翼飛家鄉的任凡，正在等著一位紅靈。

這位紅靈是一個清朝初期相當知名的風水師。當時的皇帝為了大清祖墳龍脈的風水，把他找來，在他的指點之下，將整個祖先的風水地重新整頓了一番。

萬萬想不到，風水才剛整頓好，就傳出皇兒胎死腹中的大事。皇上大怒，認為這些都是風水師搞亂龍脈導致，便把這個風水師給處死了。

這風水師死後心有不甘，打死不認為自己的處理有錯，於是就賴在人世間，為的就是要映證自己風水的實力。

就是因為對自己實力的執著，他成為了一名紅靈。

任凡在過去一次的委託上，認識了他。堅持一定要任凡叫他「半仙」的這個紅靈，在任凡需要風水堪輿的時候，正好能提供任凡協助。

對他來說，任凡是一個很重要的、活著的證人。普天之下只剩下這個活人可以證明他當初所說為真，滿清真如他所說的，過不了三百年。

任凡坐在與半仙約好的樹下，經過一晚的休息與沉澱之後，任凡幾乎可以確定當年的黃翼飛根本就沒有離開過這裡。

「好久不見了……」一個冰冷的聲音從後面傳過來。「黃泉委託人。」

任凡回過頭，來者正是一個象徵執著的紅靈。

這人臉上留著兩道長長的鬍鬚，一身道士裝扮，一臉精明的模樣，手上還拿著羅經盤。

「好久不見了。半仙。」任凡笑著打了聲招呼。「這次有事情想要麻煩你，是跟風水地有關的。」

一聽到風水，半仙的眼睛睜得老大。

「沒問題，只要關於風水易經、堪輿卜卦，問我半仙就對了！」半仙拍著胸脯。「說，這次要問什麼問題？」

「我希望你幫我看看這附近……，」任凡用手比了一下，「有沒有什麼風水地專門拿來除妖避邪的。」

「那有什麼問題！不過……」半仙挑眉一臉疑惑，「你不是已經不接跟黑靈有關的案子了嗎？」

「不是我自己要用的，我接到了一個找人的案件，不過我懷疑那個人被人殺了，並且被埋藏在這樣的風水地中。」

「這樣啊……」半仙點了點頭，拿起了羅經盤，仔細研究了起來。

這樣理所當然的推論，是任凡思考了一整個晚上之後，在所有可能性當中最合理的。

不管在哪個年代，殺人之後還能連魂魄都消滅，不是一般小老百姓就可以做到的事情。

所以如果黃翼飛的魂魄真的被人封了起來，有錢又有勢的王紹岡當然就是第一嫌疑犯。

任凡推測當初黃翼飛根本連家鄉都沒走出去，就被王紹岡找人給打死了。

這是最合理的推測。

畢竟黃翼飛北上的目的就是為了追尋出人頭地的夢想，就算真的跟人起了衝突，最嚴重是被殺害棄屍而已。

像這種連死後都不放過人的謀殺，比較有可能會是情敵王紹岡所為。

如果這個推論是真的，那麼黃翼飛的魂魄最有可能就是被封印在自己的故鄉。

所以任凡找來了半仙，希望可以藉由他對風水環境的了解，找到當初王紹岡埋葬黃翼飛魂魄的地方。

3

方正與阿宏兩人抵達了命案現場。

與上次三更半夜的情況比起來，命案現場的透天厝此時沒那麼陰森。

才剛打開門，就可以聽到呻吟的聲音。

「嗚——啊——」

幽幽的哀鳴傳入了方正的耳中。

這次他確定自己的雙耳又像過去半年一樣，可以聽到不屬於這個世界的聲音。

完全不知道自己該傷心還是開心，不過工作終究是工作。

方正深呼吸一口氣，與阿宏一起進入屋內。

在客廳沙發的旁邊，屋主葉永存仍然倒在地上哀嚎。

「好痛啊——」葉永存在地上捧著肚子哀嚎著，「竟然這樣對我——」

方正皺著眉頭，盡可能與葉永存保持一小段距離。

還記得上次自己一個不注意，太過於接近這些鬼魂，結果那個被殺死的鬼魂，竟然就抓著自己的腳不放。害他拚命地甩，偏偏其他人又看不見鬼，還以為方正氣到跺腳，把在場所有警員都給嚇傻了。

有了那次經驗之後，方正永遠都會記得與這些鬼魂保持一點距離。

方正假裝看了一下四周，然後彷彿自言自語地說：「到底是誰這麼狠，全家都不放過。」

這些日子方正已經學會了這種模稜兩可的自言自語問法，透過修飾過後的問句，可以讓其他人以為自己是在自言自語，但實際上卻是在對這些鬼魂問話。

他可不想像任凡那樣，與鬼大剌剌地說話，然後把其他人都給嚇傻了。

可是葉永存似乎不能理解方正的自言自語問法，仍然幽幽地用冒著血的嘴巴唸著：「好痛啊——為什麼那麼痛啊——」

方正正想再問，突然身後傳來了一陣聲響。

咚、咚、咚。

聲音規律地從樓梯口傳來。

「不會吧，還來啊？」

方正看往通往二樓的階梯，果然又見到上次那女人一階跟著一階滾了下來。

即使已經看過了一次，外面又是大白天，不過這女人恐怖的死狀與這種駭人的移動方法，還是讓方正感到不寒而慄。

原本一直注意著方正行動的阿宏，又看到了方正對著台階點頭，心裡感覺不安。

上次方正就是這樣點了點頭之後，然後丟下一句有重大發現之後就揚長而去。這次說什麼阿宏都會纏住方正，不會就讓他這樣走掉。

只見方正點完了頭之後，兩眼死盯著地板，動也不動。

女人跌到地板之後，又開始跟上次一樣，拖著長長的血痕一路朝著方正爬了過來。

「我們死得好慘——好冤啊——」女子嘴裡一邊冒著血。「求求你——幫幫我們啊——」

眼看著女子愈爬愈近，方正不自覺地向後退了一步。

「怎麼啦？學長。」阿宏擔心方正又會像上次那樣跑出去，眼看方正退了一步立刻從後面擋住了方正。

「這家過世的女兒叫什麼名字？」方正問阿宏。

「我記得沒錯的話，應該叫做葉淑蘋。」

女鬼伸出血淋淋的手，握住方正的腳，抬起頭來用那對發紅的雙眼看著方正。

方正低下頭一臉恐懼地對著女鬼說：「淑蘋，是嗎？」

淑蘋點了點頭。

「是誰那麼殘忍，做出這樣的事情來？」

渾然不知道方正根本就是在跟鬼打探情報的阿宏，靠在方正後面，根本不知道前面的方正臉色有多難看，還以為方正是出自內心，為這家人抱屈。

原本已經被澆熄的佩服之情又再度在心中點燃。

只見方正低頭了一會兒，突然轉過頭來，詢問阿宏說：「相關的人士裡面，有沒有一個叫做郭宗諺的？」

「有，他是葉淑蘋的前男友。」

「嗯，我知道了。」

「嗯？」

「凶手就是他，郭宗諺。」

「咦？」

「相信我，我已經確定凶手就是他了！」

「可是……」阿宏面有難色，「葉淑蘋的前男友，有不在場證明啊。」

「不可能。」方正一臉堅定。「那一定是假的不在場證明。」

這真的是太神了！阿宏在心裡吶喊。想不到自己在這零距離下觀察白學長辦案，竟然連他怎麼推論出這樣的結果，都找不出半點端倪。

阿宏張大了嘴，過了一會才緩緩問道：「為什麼……？學長你是從哪裡看出來的？」

「相信我，」方正對阿宏眨了眨眼，「我有第一手的消息。」

4

方正現在幾乎可以動用到任何他所需要的資源。

這些日子以來，方正獲得了警界上下的認同，除了他超乎常人的直覺與異常準確的辦案能力之外，其人格特質也是最為人津津樂道的。

他相當謙虛有禮，不管任何難解的案件由他破了案，卻也從不居功，甚至不願意面對鏡頭，享受那些榮耀。

其實這一切都是源自於方正靠著當初任凡教導他的，靠著直接跟鬼魂對話來確定凶手之後的蒐證，才能夠如此無往不利。

也因為運用了這樣的優勢，讓方正心中非常不踏實，所以在別人眼中才變成了謙虛、不居功。這樣的方正，不管到哪裡辦案，都是大家心中最理想的『協助者』。案子他來辦，功勞大家享。

阿宏打了通電話，當兩人回到局裡的時候，所有相關的證據都已經準備好了。

當這場滅門血案發生之後，警方立刻開始清查葉家一家三口的人際關係。在這些過濾的關係之中，郭宗諺很快就得到警方的注意。

郭宗諺是葉家附近鄰居的大兒子，他與葉家的葉淑蘋在兩年前交往。

當淑蘋的父親，也就是死者之一的葉永存得知兩人交往之後相當反對。

兩人因為家庭的關係，加上彼此生活圈的差異，最後在兩個月前分手。這件事情鬧得很大，郭宗諺還到葉家大鬧了一場，連左鄰右舍都知道。

可是當警方深入調查時，郭宗諺提出了不在場的證明，指出案發當天他跟同事在公司加班，不但有了另外兩個留下來的同事作證，連大樓的監視器也支持他的證詞。當天郭宗諺從下班之後就沒有離開過公司，一直到深夜兩點多才與這兩位同事一起離開。

就不在場的證明來說，郭宗諺所提出來的證詞相當完整。

這讓阿宏不禁為方正擔憂了起來，真不知道他是從何得知凶手就是郭宗諺。

另外，對於郭宗諺所提出的不在場證明，方正連看都沒看過就說一定是假的。

就目前的情況看來，方正的推斷似乎是錯的。

不過不知道為什麼，阿宏對於方正還是很有信心。

5

從日出挖到日落，任凡只感覺到手臂痠麻，筋骨痠痛。

在這鬼半仙的「指點」之下，任凡幾乎挖遍了方圓十里之內所有可以除妖避邪的風水洞。

再一次在鬼半仙的指點之下，又挖了一個空洞之後，任凡眼中彷彿冒出了火光，惡狠狠地瞪了鬼半仙一眼。

「怎麼會又沒有咧？」鬼半仙一臉不解，「你確定他們真的把它埋在地下嗎？」

「問你啊！到底你是半仙還是我是半仙！」

「唉唷，你別動怒嘛！是你自己資訊給得不完全啊。」

「我資訊不完全？我資訊如果完全的話，我就自己直接挖就好了，我找你幹嘛？」

「說不定……人家當時找的風水師比較兩光嘛，你以為所有看風水的都跟半仙我一樣，一語道破江山巧妙處，一眼看破風水輪轉地嗎？說不定人家找到的風水師比較差，看的格局不如我，選地就不這麼精準了。」

被半仙這麼一說，任凡正想要反駁，但是回頭想想似乎還有這麼幾分道理。

「你怎麼啦？」

看任凡想得入神，半仙也有點害怕了。

半仙心想：這小子脾氣不好，要是惹毛了他就不好了。

半仙不敢再問，只有在旁邊看著任凡。

任凡考慮了一下，然後摸著下巴說道：「我們一直都以客觀的眼光來推斷，如果要把某人困住或封印住，要埋在哪裡？」

「是啊。」

「這或許就是我們的問題了。我們不應該以客觀的眼光來推斷，應該以主觀的眼光來推斷。」

半仙想了一下，搖搖頭說：「不懂。」

「如果……你的老婆偷漢子，還約好要跟那個人私奔，被你知道了，你找人做掉他，然後你一方面怕他變成厲鬼報復，一方面又想讓他死後也不得超生……。是你，你會怎麼做？我們應該這樣想才對。」

「有人那麼狠嗎？殺了他還不夠？還要讓人死後也不得超生？」半仙皺著眉頭。「這麼惡毒的事情，我這種半仙是做不出來的。」

「又不是叫你做，」任凡瞪了半仙一眼，「只是要你想而已。」

「我會怎麼樣？我會怎麼樣？我是半仙，而且沒有討到老婆就被皇上賜死了，你問我這個問題，要我怎麼去想像？我會怎麼樣？」

與其說半仙在回答任凡，不如說自言自語地抱怨比較合適。

只見半仙不斷來回踱步，口中唸唸有詞。

任凡索性不理他，自己思考了起來。

一整天下來，他跟半仙找的場所，其實都是局外人才會選擇的場所。

因為一般人跟黃翼飛絲毫沒有瓜葛。

但是，如果事情真的如自己所預料的話，如果黃翼飛真的是被劉雙當時的老公王紹岡所殺，兩人便絕對不是毫無瓜葛的人。

「恨！」任凡拍著腿叫了出來，「我們忽略的是恨！」

「耶？」半仙被任凡嚇了一跳，「恨？」

「我們今天一整天都在找避邪除魔的地方，卻忘記了這個場所，還很可能是殺害者可以洩恨的地方。」

「哪有這種地方，什麼地方可以讓人洩恨？」

「像是廁所啦，或者是……」任凡突然低頭不語。

「丟到茅坑像話嗎？」半仙皺眉搖搖頭，「洩恨我是可以理解啦，不過萬一他溜出來不就白費了？」

「我想到了……」任凡抬起頭來，臉上掛著一抹苦笑。「我知道他會把它埋在哪裡了。」

6

「宗諺，二線。」

聽到女同事這麼叫道，郭宗諺將桌上的電話拿起來，按下二線。

「你好，我是宗諺。」

宗諺一臉笑容對著話筒打了聲招呼之後，臉立刻就垮了下來。

「為什麼？」宗諺不悅地對著話筒說，「還有什麼問題嗎？」

宗諺聽著電話裡面警員的聲音，將眼光同時飄向另外兩個同事，阿輝與阿嬌的座位。

果然距離幾個桌子遠的阿輝與阿嬌，正在接聽電話，並且眼光也不約而同看向宗諺。

「如果你不方便來警局的話，那我們派人過去好了……」

一聽到電話裡面的員警這麼說，宗諺立刻改口說道：「不用了，我會過去的。另外問一下，我那兩位同事呢？他們也要一起過去嗎？」

「是的，現在有其他人跟他們兩個聯絡了。」

在跟員警確認時間之後，宗諺掛上電話，一雙眼睛冷冰冰地注視著還在講電話的兩個人。

兩人臉色都有點發白，兩手捧著電話還可以看得出來微微顫抖著。

兩人接著掛上了電話，眼光不約而同地朝宗諺這邊看了過來。

宗諺用手指了會議室，用眼神示意兩人到那邊去集合。

兩人慌慌張張地離開座位，跑進了會議室。

兩人驚慌失措的模樣宗諺全看在眼裡。

不行，一定要嚇嚇這兩個膽小鬼，不然這一對姦夫淫婦一被恐嚇很可能反過來咬自己一口。

下定決心之後，宗諺緩緩站起身來，看了一下周圍的同事，每個人都埋首在自己的工作之中。確定沒有人注意自己之後，宗諺才緩緩朝會議室走去。

宗諺走進會議室裡面，關門前還看了一下，確定沒有人注意到才關上把門反鎖起來。

兩人還沒等宗諺進來，已經神色驚慌地開始討論了起來。

「警方是不是在懷疑我們？」

「一定是，不然怎麼會再把我們叫去呢？」

「你們緊張什麼？」宗諺一臉不悅。

「事情都到這種地步了，你不緊張嗎？」

「有什麼好緊張的？」宗諺一派輕鬆。「你們只要照我說的那樣去說，就什麼事情都沒有了。他們不過就只是警察，你以為是美國的FBI啊？」

兩人互看一眼，緊張的情緒並沒有因為宗諺的說詞而減緩。

「與其擔心他們，不如擔心你們自己吧，你們是不是上次太緊張，有哪個地方說錯了？」

兩人聽了，一臉怨懟的表情。

兩人當初跟宗諺不過是各取所需，互相為自己見不得光的事情作掩護。誰知道兩人不過利用掩護幹些男歡女愛的事情，可是宗諺卻是利用這個掩護去殺人。

兩人從警方口中得知，心裡雖然心知肚明宗諺很可能就是凶手，可是兩人卻說不出口。

此刻的兩人看著宗諺的表情，除了埋怨之外，還有些許的陌生。那種冷漠就好像不認識眼前的這個男人似的。不過這也是理所當然的，如果你知道自己的同事犯下了滅門血案，你看他的眼神自然不一樣。

「你們兩個幹嘛都那個表情？」宗諺冷笑，「我們一開始就說好要彼此掩護了，不是嗎？」

一聽到宗諺將他們兩人和自己相比，阿嬌立刻抗議：「我們兩個不過就是……」

「不過就是什麼？姦夫淫婦？妳自己去想想，如果妳跟阿輝的事情被妳老公知道了，妳以為你們不會鬧上新聞頭條嗎？」

阿嬌也不知道是生氣還是委屈，漲紅著臉瞪著宗諺不吭聲。

「你們上次已經給了那樣的證詞，你們早就已經是共犯了。」

宗諺走到門口，轉過頭來，眼神充滿殺氣地對兩人說：「我告訴你們，我們三人現在已經在同一條船上了，如果我被抓，我保證你們兩個會死得比他們一家還慘。」

宗諺狠話放完，走出會議室，留下阿輝與阿嬌兩人面面相覷不知道該怎麼辦。

想不到自己竟然變成電視新聞報導中命案的關係人，阿嬌哇的一聲哭了出來。

阿輝在旁邊安慰著她。

「還不都是你害的！」阿嬌邊哭邊罵。「這種事情可以隨便跟人家說嗎？」

「我怎麼會知道他會是這樣的人？」

阿輝安慰著拍拍阿嬌的背。

「不要碰我！」阿嬌甩開阿輝的手。「我真是瞎了狗眼才會跟你這種人在一起……！」

阿嬌說完繼續趴在桌子上哭。

阿輝不敢多說，以免讓阿嬌更生氣，只說了聲「那我先出去了」然後頭也不回地離開了會議室。

阿嬌哭了一會，然後等眼睛沒有那麼紅腫之後，才姍姍離去。

會議室回復一片寧靜，空無一人的桌椅之間，卻可以感覺到一絲詭異的氣息。

如果這時有個八字輕一點的人走進這間會議室，肯定會依稀在牆角的地方感覺到一點端倪。

不過他們三個人都沒有看到。打從剛剛三人一開始進來的時候，在牆角的地方，有一個滿身是血的女人，靜靜地站在那邊，用那對充滿怨恨的雙眼，凝視著宗諺……

7

蓋棺論定，死者為大。

這一句話是針對還活著的人來說。

只有活著的人，才有蓋棺論定、死者為大這種想法。

一旦跨過了生死兩界之後，這些觀念自然會煙消雲散。

對死者來說，並不會受到這些想法的影響。

一個在人世間紅遍天下的大明星，不代表他在黃泉界就吃得開。在人世間打遍天下無敵手的人，在黃泉界說不定連前十名都排不上，畢竟黃泉下聚集了從古至今許多眷戀人間的武術大師。

死後的心意亦然，生前的心意不會因為死亡這件事情而有所改變。

簡單來說，一個人如果在死前非常愛自己的老婆，在他死後這樣的心情不會隨之改變。不過如果他在屍骨未寒的時候，就看到自己的老婆跟人磨蹭來磨蹭去的話，心情也會有改變的可能性。

這就是任凡認為自己跟半仙打從一開始就思考錯誤的地方。

王紹岡對黃翼飛的恨，並不會在死後畫上句點。

一般來說，所有人對於死後的世界只有兩種想法，一種是相信，一種是不相信。

以這個案例來說，如果王紹岡真的在殺死翼飛之後，把他的靈魂打散或者封印起來，自然是屬於相信者。

從這個角度來說的話，王紹岡不可能把它埋在其他地方，而是埋在一個自己死後可以就近監視，而且確保沒有任何人會『不小心』挖出來的地方。

一想到這點，任凡就想出一個非常有可能的答案。

任凡立刻派小碧跟小憐去尋找，而他跟半仙兩人在公園裡面休息，等待兩人回報消息。

挖了一整天的地，任凡只感覺兩手無力，整個人都快要累垮了。才剛在公園裡面的長凳上坐下來，一下子就進入了夢鄉。

先前任凡的問題宛如魔障般困擾著半仙，都已經過了幾個小時了，他還在想著自己如果真的討了老婆給自己戴了綠帽，自己會怎麼樣……

這時小憐輕輕柔柔地出現在長凳後面。

任凡睡得正酣，一點也沒注意到。

半仙一看到小憐，說道：「哎呀，小憐，好久不見。妳真是愈來愈漂亮了。」

小憐將手放在唇上，示意要半仙不要吵。

半仙摀住嘴巴，不敢出聲。

小憐把半仙拉遠一點，然後才小聲地問：「凡怎麼那麼累？」

「他今天挖了一整天的地啦，我又不能幫忙，所以才會那麼累啊。」

小憐笑道：「我知道了，一定是你這個半仙不靈了，老是找不到正確的位置，才會讓凡那麼累。」

「胡說八道！我半仙不靈了就沒人靈了！」

一聽到有人懷疑自己的能力，半仙吹鬍子瞪眼睛地大聲反駁。

「唉唷，跟你開玩笑的啦，你不要那麼大聲啦。」

一看到半仙激動起來，小憐趕忙阻止他，兩人回頭看了一下任凡，果然任凡被這一叫給吵醒了。

「你看你，把凡吵醒了啦。」

「小憐妳來啦，」任凡睡眼惺忪地問，「怎麼樣？」

小憐用手肘敲了半仙一下，然後回答任凡：「找到了，他被安葬在他們家族的祖墳裡面。」

「祖墳啊……」任凡搔了搔頭。「真是討厭啊……」

不過這似乎也是理所當然的事情，畢竟人家當時也算是有權有勢。對這些有權勢的人家來說，有個祖墳也很理所當然啊。

沒什麼，只是麻煩了點。

「小碧呢？」

「姊想說你要去搞人家祖墳，一定會需要幫手的，所以去幫你找人了。」

「搞人家祖墳？」任凡苦笑搖搖頭。「妳難道沒有好一點的形容詞嗎？」

小憐笑著吐了吐舌頭。

「好吧，那我們出發吧。」

8

下班後，宗諺為了避嫌，並沒有與阿輝、阿嬌兩人一起前往警局。

沒什麼好緊張的。宗諺告訴自己。

畢竟警方現在只可能得到一卷拍到阿嬌背影的模糊監視器畫面，加上阿嬌與阿輝共同幫自己捏造出來的不在場證明。

至於凶器，宗諺也不擔心被警方找出來，畢竟自己已經把它洗過，找個不會有人經過的地方埋到土裡了，就算有人挖出來，也不會有人聯想到它是把凶刀。

有了這些有恃無恐的想法，宗諺大剌剌地踏入警局，在一個警員的帶領之下，來到了偵訊室。

警員告訴他，負責的員警現在不在，已經打電話叫他回來了，請宗諺稍等一下。

宗諺雖然有點不耐煩，但是也無可奈何，只好坐在偵訊室裡面等著。

然而他不知道的是，他在會議室恐嚇著阿嬌與阿輝的時候，那個被他親手殺害的女人淑蘋也在現場。

淑蘋之所以會在那邊，完全是接受了方正的委託。

趁著無人之際，方正一個人單獨回到命案現場。

「我一定會讓他在你們家人頭七的那天，到你們靈前上香。」方正對滯留在凶案現場的一家三口如此承諾著。「不過現在我需要妳的幫忙。」

淑蘋照著方正的指示，潛入到宗諺的公司，並且躲入會議室裡面等待著。

果然在方正的電話攻勢下，作賊心虛的宗諺，真的把兩人叫到會議室裡面，讓淑蘋得到了寶貴的資料。

在得到淑蘋的回報之後，方正這邊立刻動用員警全面展開偵查。

在宗諺不注意的情況之下，員警帶走了阿嬌與阿輝。

在方正宛如神知觀點無所不知的盤問之下，阿嬌當場崩潰。

一把鼻涕一把眼淚的把整件事情的經過全盤托出，鉅細靡遺地將她與阿輝如何在辦公室偷情，被阿輝那個大嘴巴以得意的姿態向宗諺炫耀之後，才引來這場大災難的始末說得一清二楚。

原來阿嬌與阿輝兩人都已經有了家室，但是在一次辦公室出遊之後，點燃了這場不倫戀曲。

阿輝與宗諺本來就是好友，所以毫不避諱將這樣的事情告訴了宗諺，一開始還以為宗諺是個可以信賴的夥伴，宗諺也常常掩護兩人。畢竟如果老是只有兩人加班，過不多久一定會啟人疑竇。不過如果多了宗諺這個夥伴，兩人就可以大剌剌地假借加班之名，行偷情之實。

那天，兩人又計畫享受這刺激的偷情之樂，於是再度找上了宗諺。想不到平常無所求的宗諺，竟然提出了互相掩護的要求。當初的宗諺以要給女友驚喜為由，讓兩人不疑有他。於是兩人留在辦公室享受魚水之歡，而同時宗諺卻戴上假髮，假扮與自己身高相仿的阿嬌，魚目混珠地離開了公司。

而當宗諺到達警局，被請去偵訊室稍作等待的時候，方正率領著員警已經根據供詞，在宗諺的公司搜到了一項足以讓宗諺被定罪的鐵證。

回到警局的方正帶著阿宏，才剛走入偵訊室，立刻遭到宗諺的抗議。

「你們有沒有搞錯啊！」宗諺不滿。「找人家來問話，卻讓人等那麼久。」

有恃無恐的宗諺還不知道自己大難臨頭。

「真是不好意思，」方正不動聲色地在宗諺的對面坐了下來。「一下子就會結束了。」

宗諺一臉不耐煩，將手交叉於胸前看著方正。

「首先，在我們正式開始之前，」方正神祕地笑了笑。「對於你上次提出的證詞與不在場證明，有沒有什麼需要補充的？」

宗諺挑眉，一臉嘲笑的模樣看著方正，然後搖了搖頭。

「嗯，」方正轉過頭來對著旁邊記錄的阿宏說，「這點請記下來。」看到方正一副裝模作樣的樣子，讓宗諺有點不耐煩。

「你們叫我來到底要幹嘛？」

「關於你的不在場證明，我們剛剛已經偵訊過另外兩個人了。」

「然後呢？」

「他們推翻了先前的口供，並且宣稱就他們所知，你就是犯下這起案件的凶手。」

「啊？什麼？」宗諺張大了嘴。「我不懂你的意思。他們跟我一起在公司加班，怎麼可能知道凶手是誰？既然不知道，又怎麼可能說凶手是我？」

這種手法其實宗諺早就想過了，警方很可能會利用這種方法來激怒自己。所以宗諺早就已經沙盤推演過，只要警方運用這種方法，自己就來個裝傻到底。

「你確定？」方正臉上又再度露出神祕的笑容。「你確定，你那天真的跟他們兩個在公司加班嗎？」

「當然。」宗諺說完，惡狠狠地瞪著方正。

這個男人還真不是普通的討厭，宗諺對於方正這故作神祕的笑容打從內心厭惡了起來。

「那我建議你還是請個律師在身邊吧。」方正笑著說。「因為我們警方準備以殺人罪嫌逮捕你。」

「什麼？」這次宗諺真的動怒了。

「我們根據你兩位同事的證詞，剛剛從你的辦公室裡取出了這個東西。」

方正從阿宏進來的時候一起帶進來的箱子裡面，拿出了一樣東西。

只見宗諺一看到那個被透明塑膠袋裝著的東西，臉色立刻變得慘白。

那是一頂跟阿嬌髮型相若的長髮假髮。

「這個東西我相信你一定不陌生，沒錯，這就是你假扮成你同事朱儀嬌時所使用的假髮，你把它藏在公司的廁所。」

宗諺一臉震驚，張開了嘴想要辯白，卻半天說不出一個字。

「你的兩個同事真的已經什麼都告訴我們了……」

「不可能！」宗諺臉色慘白。「你把他們兩個叫來，我要跟他們當面對質。」

「放心，你們會有機會當面對質的。不過我想應該是在法院上，而你那時候則是上著手銬的。」

「他們兩個狗男女！」宗諺暴跳起來。「我一定要幹掉他們！」

「行！」方正不甘示弱地站起來，「那要等你接受法律審判，並且能活著走出監獄再說吧！」

方正示意一旁已經看傻眼的阿宏，阿宏才回過神來，拿出手銬將宗諺逮捕起來。

方正轉身朝門走去。

「等等！」宗諺叫住了方正，用那雙充滿怨恨的雙眼瞪著方正。「你叫什麼名字？」

方正一臉不屑地說：「你這個禽獸……不配知道我的名字。」

方正頭也不回的離開偵訊室，只剩下一臉心有不甘的宗諺與一臉佩服到五體投地的阿宏愣在原地。

9

如果不是白學長，這個案件肯定會成為一宗永遠破不了的懸案吧……

聽完方正說明整起案件的經過之後，阿宏感覺到自己的眼眶濕潤，感動之情溢於言表。太偉大了！從旁觀察白學長辦案真的就好像是觀賞一件藝術品般動人！

不管從哪個角度來說，宗諺一手設計的不在場證明堪稱完美。

首先，他威脅了辦公室裡面大搞不倫戀的阿輝跟阿嬌，要兩人替自己製造不在場證明。與此同時，他戴上假髮，假扮成阿嬌的模樣離開公司，前往被害人的家中。

葉永存一家與郭宗諺一家是超過三十年的鄰居了，葉永存根本就是從小看著宗諺長大的鄰居。也因為葉永存對於宗諺的了解，這段感情，宗諺與淑蘋根本打從還沒開始的時候，就已經被宣判了死刑。

葉永存最討厭的青少年所有荒唐的行為，郭宗諺全部都做過了。飆車、喝酒、夜遊吵到鄰居不得安寧。雖然後來成年之後，宗諺的這些行為變得收斂，並且也有了一份正當的職業。可是對葉永存來說，他永遠都是那個荒唐少年。

葉永存就只有淑蘋這麼一個獨生女，對她寵愛有加。父母之愛保護女兒，自然不允許看著淑蘋跟宗諺這種荒唐少年共度一生。

那天下午，宗諺為了懇求淑蘋回頭而來到葉家，不但被葉永存趕了出去，還被羞辱了一頓。心有不甘的他，於是開始了這場滅門血案的報復計畫。

在變裝騙過公司大樓的監視器之後，宗諺潛入葉家，先殺了在樓下看電視看到睡著的葉永存，然後上二樓殺掉了葉媽媽與淑蘋。

殺光了葉家三口之後，宗諺趕回公司，再度變裝成阿嬌回到辦公室。

如果不是方正識破了他的詭計，並且用那高明的訊問技巧偵訊阿嬌，天曉得這場命案會落到什麼下場。

阿宏閉上雙眼，回想剛剛在偵訊室時方正詢問阿嬌的畫面。

「這種事情會跟妳一輩子……」方正一臉嚴肅對著阿嬌說，「不！就連妳死後都不會放過妳！如果妳還懷疑，是不是真的有死後的世界，我可以告訴妳，真的有！」

阿嬌低頭不語。

「妳幫那種人，妳死後，如何面對被害者，如何面對一手養大妳的父母、妳的朋友還有妳的孩子？妳真的要幫他背負這一切嗎？」

阿嬌身子震了一下。

「不管法官如何判妳，那都不重要。因為就算妳可以躲掉任何審判，妳也躲不掉良心與神明！光是妳和妳同事羅明輝的事情，妳對得起自己的良心嗎？」

此話一出，只見阿嬌一臉驚訝，雙眼突出、直視著方正。

天曉得白學長到底是從哪裡看出，或者打探出這種事情的。

「只有妳！」方正用手指著還驚魂未定的阿嬌，「只有妳可以把整件事情導回正軌！這是妳一生一次的機會！妳自己決定。要一錯再錯，成為人神共憤的罪人到天長地久，還是成為知錯悔改的迷途羔羊，只有妳自己能夠決定！」

接著，就好像一顆被引爆的炸彈般，阿嬌哭了出來。

她用那張哭花的臉，把整件事情的始末全都說了出來。

警局門口，以老黃為首的幾位同僚，正在客套地感謝著方正的支援。

阿宏遠遠地看著這個場景，並在心中許下了一個願。他知道自己想要成為什麼樣的人了，他要成為跟白方正學長一樣，不但值得人民信賴，更可以讓同僚喜愛的好警察。

10

任凡在小憐的帶領之下，來到冷清的墓園。

此刻正是墓園最熱鬧的時候，任凡跟幾個老客戶打了招呼之後，與小憐一起到了王氏宗親祖墳前。

從墓地壯闊的水泥建地，不難看得出來當初的王家多有錢。兩人穿過了代表祖墳出入口的拱門，來到了露天中庭。

從中庭堆積的灰塵與從水泥地板夾縫中長出來的雜草，可以推想得出來王家也不如往年了。

任凡對著裡面叫了聲：「有人在嗎？」

雖然明明知道裡面就算有，也應該不會是人，但任凡還是習慣以『人』這樣的稱呼來打招呼。

任凡與小憐等了一下，過沒多久，果然見到一兩個鬼魂飄了出來。以這種埋有一家大小的祖墳來說，這種情況並不稀奇，畢竟一家大小的屍骸都在這裡，有人留守也是司空見慣的事情。

飄出來的鬼之中，有一個穿著舊式馬褂，一臉看上去頗有威嚴的老人，打量了一下任凡。

「你好。」

任凡深深地一鞠躬。

老人一臉狐疑看著任凡，似乎很難想像有人類可以這樣跟鬼魂打招呼。

「有什麼事嗎？」

老人聲音平淡，沒有半點起伏。

「我想請問一下，王紹岡在嗎？」

老人皺了一下眉頭，然後又打量了一下任凡，最後才緩緩地說：「他去投胎了。」

「這樣啊……」

任凡原本還希望王紹岡沒有去投胎，這樣的話就可以直接問他關於黃翼飛的事情，不過如果他已經去投胎了，就算找到輪迴轉世的他，恐怕也因為喝了乾奶奶的湯而失去了前生的記憶，不可能還知道黃翼飛的下落。

「沒事了吧？」

老人冷冷地問完，就想轉身走了。

「等等，」任凡阻止了老人。「既然他已經投胎了，那我只好……」

「你想幹嘛？」

「喔，沒什麼，我只是想要開他的棺，檢查檢查。」

一聽到任凡這麼說，老人立刻垮下一張臉，一臉憤怒地吼道：「什麼！你！」

老人向前踏了一步，正想朝任凡衝過來的時候，旁邊一個看起來就好像家僕的人攔住了老人，並且在老人耳邊低語了幾句。

老人聽完之後，臉色青了一下，然後冷笑了一聲，一臉不屑地說道：「喔，我想說這世界上竟然有人那麼囂張，看得到鬼還敢大剌剌來人家的祖墳盜墓。原來你就是那個大名鼎鼎的黃泉委託人啊！」

任凡皮笑肉不笑地點了點頭。

「想開阿岡的棺？」老人冷笑。「那要看看你有沒有那個本事囉！」

老人拍了拍手，十多個鬼魂從後面的入口一湧而出。

任凡見到這樣的陣仗，笑容不減地問道：「你現在是想要鬼多欺負人少就是了？」

「是又怎麼樣？」老人一臉得意。「你那些傳聞嚇不倒我的，或許你在黃泉界很吃得開，不過這是我們的墳，識相就快滾！不然這裡就是你黃泉委託人下黃泉的地方！」

任凡聳了聳肩，回頭看著小憐。

「想要理性溝通，好像太天真了齁？」

小憐露出甜美的笑容點了點頭。

任凡將頭轉回來，看著一整排王氏宗親，高矮胖瘦都有，不過沒有一個凶狠的，全都是發著代表無知與善良的白靈。

任凡笑著搖搖頭，然後跟老人一樣拍了拍手。

小碧走了進來，而後面跟著魚貫而入的鬼魂們，一個接著一個不但擠滿了王氏祖墳的中庭，就連外面都站了滿滿一圈。

只見這群鬼魂們全部都是高大的壯漢，其中不乏一些身上刺青、一臉橫肉的，看上去就像是狠角色的鬼魂。

在這群聲勢浩大又凶猛的鬼魂包圍之下，原本抬頭挺胸仗著自己人多的王氏宗親鬼魂們，全部縮成一團，躲到老人的身後。

老人張大了嘴，一臉驚恐地看著這滿坑滿谷的鬼群。

「你確定……你要以鬼欺負人嗎？」這回換到任凡冷笑了。「如果你不敢團體戰，我也可以找人跟你單挑，看看你是想要岳飛還是張飛，他們兩個也都是我的客戶。」

老人張著嘴愣了一下，然後瞬間笑容滿面的對著任凡笑道：「你要找阿岡的棺是嗎？我立刻帶你去！」

幾個壯漢鬼魂押著老人朝裡面走去，其他王氏宗親的鬼魂則被鬼群包圍著，縮到了中庭的角落。

任凡跟著老人走到裡面，老人領著任凡走到了其中一片墓地，指了指墓地說：「就是這裡了。」

「你確定在這裡？」

「當然確定，」老人緊張地回答。「我知道你為什麼而來，你要的東西真的就在這裡面。」

「喔？」

「唉，」老人沉重地嘆了口氣。「我當初也跟他說了，要他託夢給後人，放人家一條生路，可是……」

「我挖了一整天的洞了，如果我等等沒找到的話，可別怪我發脾氣喔。」

聽到任凡這麼說，老人吞了口口水，眼光不禁往身後的大漢看了過去。

那大漢身高超過兩公尺，一臉橫肉凶狠地瞪著老人，那架在老人肩膀上的手，已經比老人瘦弱的肩膀還寬了。

「放心啦，我肯定它在裡面。如果我是人，我就親自挖給你了。」

在鬼目睽睽之下，任凡捲起袖子，朝著老人所指的地方開始挖。

約莫過了一個小時，終於挖出了王紹岡的棺木，任凡將棺木打開，除了看到王紹岡已經化成白骨的屍骸之外，真的在棺材的底部看到了一個罈子。

「果然在他的棺材底部，」累到不成人形的任凡苦笑。「恨不得將他踩在腳底嗎？」

任凡拿起罈子從墓穴中爬了出來。

「這個罈我帶走囉。」任凡對老人說。「至於這個墓穴……既然他已經去投胎了，我另外找人幫你們把這邊填補好，就不用找法師作法了。這樣可以吧？」

「行行行，黃泉委託人您怎麼說怎麼好。」

看到原本凶狠的長老，此刻像個店小二般唯唯諾諾，任凡笑著搖搖頭帶著罈子頭也不回地離開王家祖墳。

到此委託就算結束了吧？

任凡心裡這麼想著，不過他知道，事情不可能這麼簡單，對方可是個執著的紅靈！

第4章・解封

1

「嫌犯非常狡猾，威脅其他同事，捏造不在場證明，企圖逃避警方的追緝。」分局長老黃穿著筆挺的警裝，在一堆麥克風前說著。「不過經過我們同仁日以繼夜的偵辦，終於突破了他同事的心防，坦承作偽證協助嫌犯。」

「犯案動機真的是為了不想分手嗎？」

「有沒有其他共犯？」

「凶嫌是否已經坦承犯案了？」

記者七嘴八舌地同時問著局長。

方正洗完澡，圍著浴巾走到客廳，將電視關掉。

記者與局長瞬間消失在電視螢光幕上，四周也跟著寧靜了下來。

方正從冰箱拿出了瓶啤酒，回到沙發上，灌了口啤酒後整個人躺了下來。

這樣倚賴陰陽眼所破的案子，不管多麼迅速確實，在心中總是少了一份踏實感。

方正苦笑。

以前就算幫老太太找回她走失的狗，都比現在還要有踏實感與滿足感。

不過，只要能幫被害者申冤，抓出真正的凶手，自己這點失落又算得了什麼呢？

方正喝著啤酒，吃著從夜市買來的滷味當下酒菜。

這已經快要成為他這半年來破案之後的一種儀式了。

接下來會發生什麼事情他很清楚，他會帶著一點醉意，躺在沙發上睡著。然後明天頂著不舒服的脖子，繼續下一個案件。

2

在拿到了罈子之後，任凡回到了住所，並且拜託小碧去找委託人。

就在接近午夜的時候，劉雙在小碧的帶領之下再度來到任凡面前。

「妳委託我要找的黃翼飛，我已經找到了。」

劉雙左右張望了一下，卻什麼鬼影也沒有。

任凡用手指著角落桌上的罈子。

「這到底是怎麼一回事？」

任凡將當初黃翼飛告別她之後，連故鄉都還沒有離開就被王紹岡殺死的事情告訴了劉雙。

不但如此，王紹岡為了怕黃翼飛陰魂不散，還找來了法師將他的魂魄給封在罈子裡面。

在任凡說明的時候，氣憤難耐的劉雙還數次打斷了任凡，極度不屑地咒罵了王紹岡好一陣子。

「翼飛他現在就在這個罈子裡嗎？」

任凡點了點頭。

原本認為黃翼飛欺騙自己而累積出來的怨氣，此刻已經消失無蹤。在任凡的眼中，劉雙原本渾身所散發出來的紅氣，現在已經慢慢消散，只剩下淡淡的粉紅色代表著心中那股執著。

劉雙一臉不捨，雙目流下兩行晶瑩的淚水。

「對不起，飛，都是我的錯。」

劉雙伸手正想要去碰罈子，卻突然發現貼在罈口上面的封條。

「小心。」任凡阻止了劉雙。「那可不是一般的封條。那是一道符，那張符妳可不能碰。」

劉雙聽完，縮回自己的手，看了看罈子，又轉過來看著任凡。

「你這算什麼？」

「不算什麼。」

「為什麼已經知道他被封在裡面，你卻不把符給撕了，放他出來？」

「妳自己想想，不管他對妳是真情還是假意，還來不及表達，就被妳當時的老公王紹岡殺死，而且還找來了法師，把他封在這罈子裡面，一封就是一百年，就連王紹岡死後都把它放在腳底踩。」任凡皺著眉頭。「他如果不恨，這世界上就沒有人恨了。」

「我不管那麼多！」劉雙心急如焚。「幫我把符撕了！」

「妳不管自己死活沒關係，但是……」任凡用手敲著牆壁上最左邊的鐵則。「這裡寫得很清楚，我不接任何跟黑靈有關的委託。」

劉雙兩手握拳，恨恨地看著任凡。

「我已經幫妳把人找到了，至於剩下的報酬，我考量到這不是妳想要的結果，所以就不跟妳收取了。我們的委託到此告一段落。」

「那我再委託你，把這張符給撕了。」

任凡一臉堅毅，冷冷地回答：「不可能……」

劉雙面目猙獰、長髮揚起，就好像有一股強風迎面吹過似的，一雙碩大的眼珠惡狠狠地瞪著任凡，還不斷冒出紅氣。原本已經消散的紅氣，這次再度重新凝結在劉雙的體內。

任凡這些年來看過無數的紅靈，自然很清楚這是紅靈發狠的模樣。

任凡朝前踏了一步，有恃無恐地回瞪著劉雙。

「這裡是我的地盤，」任凡低沉地說。「妳考慮清楚，既然我敢開張做生意，自然不會讓人在這邊撒野。」

任凡話才剛說完，小憐、小碧的身影倏地浮現在任凡身後，兩人怒目瞪視著劉雙。

就在任凡與劉雙僵持不下、彼此對立的同時，原本一團歡樂的建築廢地也跟著產生了變化。

「不要以為只有妳才有怨恨與執著，」任凡冷冷地說。「在這塊空地上，很多人生前比妳還慘，就連死後的魂魄都無棲身之所，從生前流浪到死後。」

在任凡這麼說的同時，遠在一樓那個搭建起來的萬年戲班，原本還熱鬧上演著「白蛇傳」的故事，劇中反串的小生，也正因為劇情高潮而在台上翻滾，但此刻它們卻突然停了下來，臉一沉，冷冷地仰望著任凡與女鬼對立的六樓，渾身散發出一股濃烈的紅色氣息。

不只舞台上的演員，就連台下的其他鬼魂們，也不約而同地望向同一個地點，渾身散發出不同顏色的氣息。

與任凡等人相對的廢棄大樓上，原本拔下黃伯的頭一邊嬉戲的孩童們，此刻也停下腳步，每個人都瞪視著同一個地點。其中一個孩童手上拿著的黃伯頭顱，也惡狠狠地瞪向同一個地方。

而沒了頭顱的黃伯，軀體也轉向了任凡的位置，渾身散發出藍色的氣息。

「雖然它們不像黑靈那般凶狠，但是絕對不會放任妳這麼一個紅靈在這邊撒野！」不需要出去外面看個究竟，劉雙也可以清楚感覺到在這塊地上棲息的鬼魂們，此刻正對她投以敵對的目光。她自然知道任凡所言不假，光是任凡身後，那兩名轟動黃泉界的雙怨靈就足以害怕了。

劉雙見自己討不到任何便宜，嘆了一口氣，那原本宛如隨風飄逸而捲起的秀髮，也塌了下來落在肩上。

「那這個罈子……」劉雙一臉憂傷。「我可以帶走吧？」

「請便。」

劉雙拿起了罈子，轉身便想走。

「等等，」任凡叫住了劉雙。「給妳一個忠告，別太執著，沒什麼放不下的。如果妳願意，可以把罈子交給我，我會找人幫他超渡。」

勸紅靈別太執著，就好像勸和尚別信佛一樣，這點任凡當然最清楚。

果然劉雙側過身，冷冷地反問任凡：「像你說的，他那麼恨。你渡得了嗎？」

「可能一時之間渡不了，不過這種事情，我們有的是時間，一年渡不了就十年，十年渡不了就百年，一直到他肯受渡為止。」

「那不是又要讓他困在這罈子裡十年、百年？不必了。」劉雙一臉冷漠。「既然你說了，後面的酬勞你不要了，那我們倆互不相欠，就此告別。」

劉雙說完捧著罈子頭也不回地離開了。

「唉——」

任凡深深地嘆了口氣，軟倒在座椅上。

這就是任凡討厭跟紅靈打交道的原因。

3

好像聽到什麼聲音……

「嗯？」

方正努力撐開沉重的眼皮，左右看了一下。

桌上凌亂擺著幾瓶空的啤酒罐與吃到見底的幾碟小菜。

方正感覺到頸子有點疼痛，這張粗製濫造的硬皮沙發，根本就不是設計給人類用的。坐久了屁股痛，躺久了頸子痠。

方正掙扎坐起，將眼光投向臥室裡面那張溫暖的床。

方正拖起沉重的身子，從沙發上站起來，而沙發後面站著一個滿臉是血的女人。

方正完全沒看到女人，正打算走進臥室，將身體投入那張溫暖的床鋪之中。

突然想起什麼，方正轉過身來，把那件剛剛睡在沙發上用來充當棉被的衣服拿起來，轉回身繼續朝臥室走去。

走沒兩步，方正整個人頓住。

是的，就在剛剛他低身拿衣服起來的時候，眼角的餘光很清楚地看到了，那個渾身是血的女人就站在沙發後面。

方正整個人就好像水泥雕像般，靜止不動。

過了半晌，方正慢慢扭動著僵硬的脖子，將目光慢慢移到沙發後面。

定睛一看，倒抽一口氣的方正，臉上寫滿驚恐的表情，接著才慢慢緩和下來。

因為他終於看清楚來的人是他所認識的人。

這次承辦案件中的無辜被害人，淑蘋。

「妳想嚇死我啊。」

不過短短一瞬間，方正發現自己不但頭皮發麻，就連渾身都冒出了一身冷汗。

「妳的案子我已經解決了。」方正苦笑。「我有交代承辦的警員，要他們押著郭宗諺到你們墳前上香。」

「謝謝——」淑蘋朝方正深深地一鞠躬。

「不用客氣，這本來就是我應該做的。」方正搔搔頭。「不過……可不可以麻煩妳，不要半夜這樣突然出現在我身邊。」

淑蘋摀著嘴彷彿在笑，可是那滿臉的血容，實在無法讓方正聯想到俏皮或可愛。

「我有看過其他鬼魂，它們並沒有維持死後的模樣，妳為什麼還是現在這個樣子？」

「喔？」淑蘋瞪大雙眼。「那該怎麼做？」

淑蘋問倒了方正，他只知道小碧跟小憐死時跟死後的模樣根本判若兩人，可是也不知道她們是怎麼做的。

「我也不清楚……」方正苦笑。「或許這種東西也要學習吧？」

也對，就好像人一樣，沒人剛出生就會奔跑。這種事情總是可以學習的。

「總之，案件已經幫妳處理完了，妳現在可以安心了。」

方正下了這樣的結論，希望盡快結束這場平淡卻隨時可能讓他膽戰心驚的對談。

聽到方正這麼說，淑蘋露出了落寞哀傷的神情。

「算了啦，別想那麼多了。」方正直覺認為淑蘋是因為被自己的前男友殺害，才有這樣的哀傷。「是他不知道珍惜，但都已經這樣了，計較那麼多只會讓自己更加難過而已。」

淑蘋搖了搖頭，用難以理解的雙眸凝視著方正。

「我已經幫你們討回公道了，恩恩怨怨就此告一段落吧，別再恨了。」

「我一點也不恨他，因為如果不是這樣……」淑蘋有點害羞地低下了頭。「我也不會遇到你。」

「啊？」

方正感覺一陣寒意從背後竄到腦際。

淑蘋誠懇地拜託著方正：「你就送佛送到西吧。」

「送佛送到西？我不懂妳的意思。」

「我從小到大，就只有一個願望，現在看起來只剩一條路才可以達成這個願望了，我希望你行行好，送佛送到西吧。求求你。」

方正也怕淑蘋會這樣跟他糾纏不清，皺著眉頭說：「好、好、好。妳說吧，什麼願望？」

淑蘋側過身，偏著頭不敢直視方正，羞赧地說：「我從小就一直希望自己能有一場浪漫無比的婚禮，現在我死了，看來這個願望只能靠冥婚來達成了。」

「啊？妳找錯人了。」方正苦笑搖搖頭。「如果妳想要找冥婚的對象，我倒是認識一個人可以幫妳解決這個問題，可能妳剛死沒多久才沒聽過他，但妳去打聽一下就知道了。那小子叫做黃泉委託人，不過他很小氣的，妳沒有準備一點酬勞給他，他是不會幫妳的。」

淑蘋搖搖頭，輕輕地說：「我沒有找錯人……」

「這種事情我又不懂，妳找我真的找錯啦。」

「我不是要找你幫我……！」淑蘋有點急了，小小地跺了一下腳。

方正一臉不解地看著淑蘋。

淑蘋咬著下唇瞄了方正幾眼，然後身子微微顫抖。

方正依舊一臉不解。

淑蘋又跺了一下腳，然後倏地轉過身來，摀著嘴對著方正說：「求求你，娶我過門吧！」

「什麼！」方正張大了嘴，訝異到了極點。「開什麼玩笑！當然不可能！」

淑蘋頻頻點頭哀求著說：「求求你——」

「不可能！不可能！當然不可能！妳瘋啦！」

那晚，淑蘋苦苦哀求著方正，不過方正說什麼都不可能答應。

畢竟這關係到自己的人生大事，自己怎麼可能像任凡一樣討兩個女鬼作老婆？

不管淑蘋怎麼哀求，方正都無動於衷。

只是方正不知道的是，雖然他藉由那個靈藥可以看到鬼，可是他的能力終究是人為的。

他不能像任凡那般分辨出鬼的屬性。

所以他根本沒有看見眼前這個叫做淑蘋的女鬼，身上所發散出來的那股淡淡紅氣。

4

與淑蘋折騰了一夜，方正整個人都快要崩潰了，好不容易熬到了天亮，淑蘋才離開。

可是淑蘋走之前，卻仍失望執意地告訴方正，她還會再來的。

第二天早上，趁著太陽高掛在天際的時刻，方正到了附近知名的廟宇，求了幾張護身符與避邪符，另外還去買了十多張門神的畫像。

方正在前門與後門各貼了兩張門神，不但如此，被淑蘋盧到怕的方正連房門也貼了門神像。

等到連牆壁都貼滿了避邪符後，渾身虛脫的方正才敢戴上護身符補眠。

到了夜晚，果然又聽到了淑蘋的聲音，不過這次不同的是，淑蘋只有在窗外哭求，卻進不了屋裡。

就這樣每天只要一入夜，淑蘋都會準時出現在方正的窗前，苦苦哀求著方正。

如果早知道會變成這樣，方正也不想幫她逮到凶手了。

這時才了解到任凡當時所說的「鬼……不像你想像的那麼單純。如果濫用，小心惹禍上身」的真正意涵。

可是現在想這些都為時已晚，方正每晚都得要承受淑蘋的精神轟炸。

就在方正快要受不了，準備搬到廟裡去住，或求助於任凡的時候，淑蘋就沒有再出現在窗前了。

即使如此，第二天一到了黃昏，方正仍然不自覺地朝著窗外看過去，今天依然沒有看到窗戶邊緣那滿臉是血，眼神哀怨的女人，方正總算稍微放鬆一點。

接連這幾天的疲勞轟炸，讓方正快要崩潰了。今天好不容易沒有見到淑蘋，方正把握了時間早早就上了床，過不了多久，就可以聽到方正那震耳欲聾的鼾聲。

嗯？

一種不好的感覺侵襲到自己的意識之中，讓方正醒了過來。

還沒睡飽的方正，側過身正想再睡，卻在這個時候整個人幾乎跳了起來。

就在轉身的那一剎那，他看到了一雙腳就佇立在自己的床邊。

「又是妳！」方正立刻跳到床的另一頭。「妳是怎麼進來的！」

下意識認定來者是淑蘋的方正，連看都沒看清楚，劈頭就對來者咆哮。

定睛一看，眼前的人卻不是淑蘋。

站在床邊的是個相當眼熟的女人，雙手捧著罈子站在一旁。

「妳是……」看著女人，方正慌忙地在記憶中搜尋。「啊，妳不是任凡的委託人嗎？」

女子淡淡一笑，點了點頭。

「我記得妳叫……」方正一時想不起她的名字。

「劉雙，我叫做劉雙。」

「妳是怎麼進來的？」

方正記得自己為了拒淑蘋於門外，到處貼滿了門神與符咒。想不到這女人竟然若無其事地出現在自己床邊。

「我已經死了一百多年了……」劉雙笑著說，「你那些門神跟符咒，不太能夠擋住我。頂多擋住一些新鬼，我們這些老鬼，如果連這都躲不掉，那還真是寸步難行。」

「妳來這裡幹什麼？是任凡叫妳來的嗎？」

劉雙一聽到任凡，臉色略變地搖了搖頭。

「我有事情想要拜託你，求求你，我不知道還有誰可以看得到鬼，更不知道有誰可以幫助我了。」

「咦？」方正聽得莫名其妙，然後突然想到什麼，將棉被緊緊地抓在自己胸前。「妳該不會也是想要叫我娶妳吧！我的媽啊！我的女鬼緣怎麼那麼好！為什麼我到現在還交不到女友，可是女鬼卻見一個愛我一個！」

「你說到哪裡去了？」劉雙一臉嫌棄的模樣，「我心裡面只有飛一個人，除了飛我誰都不要。」

「那妳來找我幹嘛？」

「我希望你可以幫我一個忙，」劉雙哭喪著臉，「因為我已經求助無門了，所以想到你曾經看到過我，現在只剩下你可以幫我了。」

「妳不是已經委託任凡了嗎？妳有什麼事情應該去找他，我又不是黃泉委託人，不接人家委託的。」

「我不要去找他！」劉雙板起了臉，「你不要再跟我提他了！」

「可是……我沒辦法幫妳啊，我什麼都不會啊！」

「不！」劉雙急著說，「你可以的！這個忙你一定可以幫的！」

方正有點疑慮，畢竟上一次有女鬼求他幫忙，就是要拿他的終生幸福來換。

眼看方正一臉不是很願意的模樣，劉雙有點著急，急忙接著說：「我不知道這樣的東西對你有沒有幫助，不過我是從黃泉委託人那邊聽到的……」

「嗯？」

「他說像我這種死了上百年的靈體，身上可以弄出一種晶體，他就是讓我用這個當作報酬。」

「他有說那個做什麼用的嗎？」

「有，」劉雙點了點頭。「他說可以讓平常看不見、聽不到鬼的人，在使用了那個晶體之後，可以見鬼。」

「什麼！」

方正一聽就懂，驚訝萬分的他，連手上緊緊握著的棉被也掉在地板上。

「就是那個藥的真相嗎？」

方正簡直不敢相信自己的耳朵。

「這個死謝任凡，拿這種東西給人點眼睛，不怕害人瞎掉嗎？」

如果當初方正知道這個東西就是從鬼身上萃取出來的，他說什麼都不會點到自己的眼睛跟耳朵裡。

不，這種感覺比較像是在食物裡面發現蟑螂，可是最可怕的不是一隻完整的蟑螂，而是那種被咬掉一半的蟑螂。

方正感覺自己好像起了疹子般，渾身發癢不對勁。

「你還好吧？」劉雙擔憂地問。

「沒事！」方正一邊抖了一下，一邊回過神來問：「妳到底要我幫妳什麼？」

「幫我……」劉雙將手上的鐔子伸到前面。「撕掉這上面的符。」

方正看了看劉雙手上的鐔子，上面果真有一道發黃的符。

方正遲疑了一會，不知道為什麼，心裡總覺得有點不妙。

可是只要撕掉這一張符，以一滴半年來計算的話，自己很有可能一年以上都不需要再去找任凡……

「妳身上還有那些晶體嗎？」

「有。」劉雙點了點頭。

方正沉吟了一下，然後問道：「只要撕開這張符就好了？」

劉雙用力地點了點頭。

「撕下這張符會怎樣？」

「只要撕下這張符，我就可以跟飛團聚了。」

方正又猶豫了一下，然後點了點頭。

「好，我就幫妳撕掉這張符。」

一聽到方正這麼說，劉雙整個人開心到快要跳起來了。

「不過，」方正接著說，「幫妳撕下來之後，妳要把妳身上所有的晶體都給我。」

劉雙用力地點了點頭。

方正靠過去，然後接過鐔子，並且將鐔子放在桌上。

突然有一種近朱者赤、近墨者黑的感覺，想不到自己竟然會跟鬼要求報酬，想想自己真的受到任凡太多影響了。

方正輕輕地嘆了一口氣，轉過去看著劉雙，只見劉雙楚楚可憐的表情上，一對圓滾滾的大眼珠正滿懷期待地看著自己。

方正重新轉過來，將手放在符上面，然後吐出一口氣，用力一撕，將封印在罈子上面的符咒給撕了乾淨。

愣了一下，四周沒有半點反應。

突然砰的一聲，罈子爆出了一股白氣，嚇得方正連退了好幾步。

罈子宛如乾冰製造機似的不斷冒出白氣，方正不知所措地看著劉雙。

只見劉雙滿臉期待歡喜地看著罈子。

方正看著劉雙，這時白氣已經幾乎要籠罩整個臥房了。

就在這個時候，劉雙身邊突然浮現出一個巨大的身影，在白煙的掩蔽之下若隱若現。

「那是誰？」方正指著黑影對劉雙叫道。

劉雙才剛回過頭，那黑影突然朝著劉雙的腹部捶了下去。

那黑影沒有因此罷手，又一揮拳不但將劉雙整個人打到另外一邊的牆壁上，還把籠罩在他身邊的白氣給揮散開來。

那是一個體型壯碩的男人。

「翼飛！」劉雙倒在地上掙扎。「是……是我……我是雙兒啊！」

黃翼飛聽到了劉雙的叫喊，轉過頭朝劉雙走過去。

「飛……是我……」劉雙朝著黃翼飛伸出手。

黃翼飛卻面無表情，一腳朝劉雙的右腳踩去。

啪的一聲，黃翼飛的腳狠狠地踩住了劉雙的右腳。

「啊——」劉雙又慘叫了一聲。

黃翼飛似乎沒有半點惻隱之心，另外一隻手一探身便抓住了劉雙的另外一隻腳。

「不要！飛！」劉雙淒厲地求饒。「不要——」

完全無視於劉雙的求饒，黃翼飛一使力，竟然一腳踩著劉雙的腳，一手抓住另外一腳用力朝上面扯，硬生生把劉雙撕成兩半。

劉雙發出了淒慘無比的叫聲，聲音之大幾乎讓方正感覺自己的耳膜已經裂開了。

死了……那女人死了。

作夢也想不到原來人變成了鬼還可以再死一次。

方正傻住了，只能眼睜睜看著劉雙死在自己眼前。

只見黃翼飛緩緩側過頭來，這一次那雙充滿殺氣的雙眼看著方正。

我也會被殺掉！

當有了這種認知，想要轉身逃跑，才發現自己的雙腳早就已經軟到使不上力了。

從小到大從來沒有這麼怕過……

方正渾身顫抖，只能眼睜睜看著黃翼飛一步一步朝自己走來。

「不要……」方正連說話的聲音都發抖無力。「別、別過來！」

黃翼飛走到了方正的跟前，一對凶狠的雙眼冷冰冰地看著方正，過了一會兒，他舉起了拳頭，正想要捶向方正時，方正將雙眼緊閉，不敢正視這即將讓自己喪命的拳頭。

突然，一雙腳從旁踢了過來，直直踢中了黃翼飛的臉。

黃翼飛的身子歪了一下，而拳頭則是劃過了方正的肩，捶到了旁邊的地板。

黃翼飛重新站穩身子，正想要看清楚到底是誰偷襲他的，可是屋內卻沒有任何其他人的身影，回過頭朝方正的地方看去，只見地上雙腳發軟的方正也不知道什麼時候不見了。

5

過度的驚嚇讓方正整個人像行屍走肉般，愣愣地跟著小憐回到了任凡的住所。

任凡看到方正有點驚訝。

「女的被殺了。」

小憐向任凡報告關於女鬼找上方正，請他撕掉封符的事情。

任凡一聽，整個臉露出殺氣，惡狠狠地瞪著方正。

「你以為你是我嗎？」任凡目光如刃，瞪到死裡逃生的方正抬不起頭來。「想搶生意也要秤秤自己有幾兩重！你點那個藥就是為了要跟我搶生意的嗎？」

「當然不是！」

原本方正還想加一句：你這種鬼生意誰要搶啊？

可是看到任凡那臭到彷彿十里之外都可以聞得到的臉色，這句話硬生生吞入肚子裡面。

「對不起囉……」方正低著頭。「我想說舉手之勞。」

「舉手之勞？如果不是我多心，要小憐跟蹤那女鬼，你現在已經往生了！」

「不過做都已經做了，」方正一臉哀怨。「現在該怎麼辦？」

「怎麼辦？」任凡冷笑了一聲。「與黑靈打過照面的人會怎樣？不需要我這個黃泉委託人告訴你吧？你應該最清楚了。」

「那我不就不到一天可以活了？」

「知道就好，自己闖出來的禍，你自己想辦法。小憐已經救過你一次了，接下來你就自求多福吧。」

「別這樣嘛，別見死不救啊。」方正快要哭出來了。「我知道錯了，我們就照上次的方法，請你在黃泉的那個鬼差朋友來收鬼不就好了。」

「事情哪有你講的那麼簡單，你跟人家什麼關係，人家為什麼要幫你？」

「別這樣啦，」方正哀求。「你被人冤枉成盜墓，我還不是救你一命了？」

「什麼！最好事情是這樣啦！我本來就是被冤枉的，更何況那本來就是你張大哥委託我的代價！最好這樣可以說是你救了我一命！」

「別這麼說嘛，就算當初你沒幫到，我還是會幫你的。」

「屁！如果當初知道會惹到你這個大麻煩，我寧可去坐牢。」

被任凡這麼一說，方正宛如鬥輸的狗，雙肩無力地下垂。

「拜託啦——」方正懇求著任凡。

任凡垮著一張臉，方正卻不住道歉，不停懇求。

最後任凡揮了揮手，一手推開為了懇求而不斷黏過來的方正。

「先說好，這次打通關，還有他開口要的一切費用，要由你來負擔，休想我幫你出任何一毛錢！」

方正連連點頭稱是。

6

當撚婆看到任凡跟方正，冷冷地說：「我已經快要搞不懂你們兩個是要累死我，還是要玩死你們自己。」

兩個大男人被撚婆唸到抬不起頭來。

「不用說，看你們印堂發黑的模樣就知道，你們兩個又去惹到黑靈了？」

兩人無言地點了點頭。

「你這臭小子，要嘛一整年不來見你乾媽，」撚婆白了任凡一眼。「要嘛沒幾天來兩三次，看到你就煩。」

撚婆領兩人入內，任凡把整件事情的始末從頭到尾說給撚婆聽。

「所以我說，像我這樣孤老有什麼不好的，愛情的執著太多了。」撚婆聽完之後下了這樣的結論。「我說凡啊，我看你再加一條不接紅靈的 CASE 好了。」

「開什麼玩笑？那我不如收山。我有多少客戶是紅靈啊？」

「你現在又不缺錢了，要房子有房子，要老婆有老婆，要錢有錢。就算現在收山也餓不死你的。」

「妳應該最清楚我收山的條件……」

任凡這時突然垮下一張臉，冷冷地看著撚婆。

「唉，有時候我覺得你比紅靈更固執呀。」撚婆搖了搖頭。

任凡一臉不予置評地將頭轉向一邊。

「還有你！」撚婆突然轉過去罵了方正。「隨便跟鬼打交道，你真的是怎麼死的都不知道。不要整天看這小子好像很輕鬆，當年如果不是我帶著他，他早就不知道死了多少次了。」

想不到撚婆話鋒一轉竟然轉到自己身上，方正只能低著頭唯唯諾諾的。

「你們兩個死小子，一個固執，一個白目。」撚婆啐道。「進去請鬼吧。」

兩人跟著撚婆進去，進行著熟悉的請鬼儀式。

撚婆敲著桌子。

「奇怪捏……」撚婆皺著眉頭，「請不上來耶。」

「怎麼會這樣？」

「問你啊，你上次拜託人家有沒有講好價錢？」

「有啊，我全部都依約定燒給他啦！」

「你們不會又吵架了吧？」

「哪來那麼多架好吵啊？」

「那現在怎麼辦？」

「不然隨便拉一個鬼差上來看看吧。」

「你真是愈來愈胡來了，怎麼可以這樣不認識就拉一個上來？萬一你不小心得罪了人家怎麼辦？」

「安啦，就算不給我面子，總要給『阿中』面子。」

撚婆皺著眉頭，顯然對任凡這種說法不是很贊同，不過還是繼續請鬼的儀式。

兩人靜靜地看著撚婆。

突然撚婆敲擊著桌子的手停了下來，方正跟任凡低著頭看著撚婆。

撚婆緩緩地抬起頭來，然後一臉剛睡醒的樣子看了看四周。

「這裡是哪裡啊？」

方正突然感覺聲音聽起來有點熟悉，但是卻一時之間也想不起來到底在哪裡聽過這聲音。

只見撚婆四處張望了一下，終於把目光集中在任凡與方正身上。

撚婆先是看了一下任凡，然後當轉到了方正身上時，撚婆眼睛一亮，對著方正笑了起來。

「小白！是你啊！」

方正被這一叫先是愣了一下，然後才皺著眉頭懷疑地回答：「張大哥？」

張樹清上身的撚婆也是一臉歡喜地回答：「是啊！我就是你的張大哥啊！」

「你怎麼會變成……」

「唉，這說起來就冤啦。你還記得你們幫我跟芬芳舉辦的婚禮嗎？結果我們剛度完蜜月，就被告知死期已至，被拉到下面去報到了。我慌極了，想說這樣就再也見不到我的水某了。後來有同伴跟我說，只要我能當上鬼差，就可以因為公差常常上來。所以我就趕緊去報名，一個月前才畢業，上來之後趕緊去找芬芳團聚。」

「那真的恭喜你！張大哥！」方正滿臉歡喜祝賀著張大哥。

「謝謝！」

可是坐在旁邊的任凡卻是一臉愈來愈臭，看到兩人互相祝賀終於忍不住開口。

「很抱歉打斷你們這場親情倫理大團聚的戲碼，不過我們好像有正事要辦。」

「喔，對對對，一看到張大哥開心地都忘記了。」

任凡搖搖頭白了方正一眼。

「我問一下，」任凡轉向張樹清。「葉聿中呢？」

一聽到任凡竟然連名帶姓叫他，撚婆臉色立刻垮下來，正色警告任凡：「你最好不要這樣叫他，他可是我們鬼差裡面最有聲望的老大哥。」

「隨便啦，」任凡揮了揮手。「他人呢？」

「聽說前陣子有人燒了三兆給他，還送了他兩棟豪宅，所以他請了長假，正在爽呢。」

任凡與方正一聽到張樹清這麼說，立刻一臉死魚眼互相看了一眼。

因為送他三兆及兩棟豪宅還外帶一打女傭的不是別人，正是任凡與方正。

方正垂喪著臉：「這還真是自作孽……」

任凡也是一臉無可奈何的表情。

「怎麼啦？」

「你說咧？給他那些東西的人不就是我嗎？還不是要對付你怕到失魂的鐵刀。」

「原來是這麼回事啊……不愧是葉大哥，連這麼凶猛的惡靈都可以收服。」

「現在好像不是感佩他的時候，」任凡白了樹清一眼，指了指身旁的方正，「現在是你這個小老弟惹到了鬼，可能過不了今晚了。」

「怎麼會那麼嚴重？」

「因為他手賤啊，」任凡搖了搖頭。「隨便撕掉了封條，讓裡面的鬼跑了出來，還害死了一個女鬼，現在輪到自己惹禍上身了。」

任凡愈說，方正的頭愈低。

眼看著自己的子弟兵被任凡這樣罵到抬不起頭來，讓樹清有點火氣上來了。

「那又如何！」樹清拍拍自己的胸脯。「小白！別怕！張大哥給你靠！」

「啊？」

「哼，」樹清冷笑了一聲，「再怎麼說，我現在也是專門抓鬼的鬼差，我就不相信那個鬼魂能有多兇！小白！今天晚上我就去幫你收服那個傢伙！」

一聽到樹清這麼說，方正喜悅飛上臉頰，用力地點了點頭。

方正轉頭問身邊的任凡：「一樣是鬼差，這樣可以了吧？」

任凡不置可否地聳了聳肩。

「就這麼說定了！晚上十一點我就過去幫你助威，不要怕，一切有張大哥在。」

兩人又寒暄了幾句，約定好地方與時間之後，張樹清才依依不捨地離開。

「談得如何？」回魂的撚婆問道。

「阿中不在，來了一個菜鳥，那傢伙以前是我的客戶，他答應要來幫忙。」

「這樣不就好了？」

「不是很好，」任凡皺著眉頭。「那傢伙感覺不是很可靠。」

「胡說，張大哥以前就是一個很有能力的警官，現在當鬼差一定也跟當初一樣。」方正抗議。

任凡懶得跟他辯，只有聳了聳肩看著撚婆。

撚婆沉吟了一會問道：「你說過，他被封在罈子裡面超過一百年了？」

「嗯。」

「如果真的是這樣的話，對他來說，那個罈子可以算是他的剋星。」撚婆摸著下巴說，「雖然他現在被放出來了，可是只要他的力量一減弱，我想應該還是可以把他封回到這個罈子裡面。」

任凡轉過來對方正說：「這個任務就交給你啦！」

「我？」

「廢話，不然是誰？」任凡一臉理所當然。「符是你撕的，禍是你闖的，連那個菜鳥鬼差也是你以前的上司，當然是你出馬啊。」

第5章・決鬥

1

有了上次的經驗，兩人這次決定在兩棟大樓之間的空地，與即將而來的怨靈決一死戰。

雖然這次有了新鬼差——張大哥的協助，可是當方正看到張大哥那連鬼差制服都穿不好，拿著一條鐵鍊好像累贅的模樣，原本對張大哥的信心頓時消散，反而為即將而來的大戰捏了一把冷汗。

另外一邊的任凡，則是一臉悠哉，在一旁跟小碧、小憐有說有笑，一點都不緊張的模樣。

「你怎麼一點也不緊張啊？」方正看不下去，走過去皺著眉頭問任凡。

「我幹嘛緊張，他可是衝著你來的，就算鬥不過他，犧牲你就可以了。」

聽到任凡這樣滿不在乎的說法，方正更加不爽。

「我說你啊，既然知道自己整天得跟這些鬼魂打交道，怎麼不跟撚婆學點功夫呢？」

「我又不打算接跟黑靈有關的工作，學來幹嘛？」

「你——夜路走多了總會遇到鬼的，你沒聽過嗎？不能老是想靠你那神奇兩光的中指，學點可以對付這些黑靈的法術不是比較踏實嗎？」

任凡嘆了口氣，然後瞪了方正一眼，一臉無奈地回答：「不是我不想學。每個想學乾媽那一派法術的人，都必須從貧、孤、絕中選擇一條道路，來當作代價。而我呢，因為命格的關係，就算我同時遵守貧、孤、絕三項戒條，也學不了半點法術。」

「為什麼？」

「因為我是陰年陰月陰日陰時陰分陰秒在陰地出生的極陰之子，不但如此，我媽在我出生之前就已經斷氣了，醫生隔了一個小時才把我從我媽的屍體中取了出來。那時候的我也已經斷氣，醫生急救了好久才把我從鬼門關給拖回來。所以現在的我不要說學這些法術了，就連我只要踏入供奉正神的廟宇，都可以病上好幾天。」

「這，」方正一臉嫌棄，「你也太虛太陰了吧！怪不得你能跟鬼打成一片，我看你根本就是披著人皮的鬼吧。」

「沒關係，你嘴可以再賤一點。」任凡點了點頭。「等等黑靈來找你，你就祈禱你那親愛的張大哥很可靠，如果他罩不住，我就坐在旁邊看你如何被他凌虐致死。」

方正本來還想回嘴，不過看到了張大哥一副不怎麼可靠的模樣，最後還是把想說的話往肚子裡面吞了。

2

一輪明月高高懸掛在天邊。

眾人屏息以待即將來臨的一場大戰。

「來了！」

任凡說著，整個人站了起來，警覺地看著四周。

在一旁的方正，整個像是嚇壞的小動物般，拱著背躲在任凡的身後。

任凡在這之前就已經要求那些原本住在這裡的鬼都上樓去，所以此刻的空地什麼都沒有。

任凡慢慢掃視過整片空地，沒有看到任何鬼影。

躲在任凡後面的方正，探出了頭，「沒有啊……」

想不到話還沒說完，任凡一個轉身，抓住了方正的衣領，用力一扯。

方正沒有半點準備，就這樣被任凡給扯倒在地上。

還沒反應過來，砰的一聲，就看到一個龐然大物從天而降，正好落在自己剛才站的位置上。

「嗚啊！」方正叫了出來。

方正愣愣地看著那個龐然大物，果然就是黃翼飛。

黃翼飛轉過頭來，沒有眼珠的眼眶不斷冒著黑氣。

黃翼飛對準了坐倒在地上的方正，掄起拳頭，劈頭就朝著方正打了下來。

「啊！」

嚇傻的方正沒命地大叫，卻沒半點行動。

只見大拳就這樣揮了下來，卻不知道為什麼沒有揮中方正，而是打在方正兩腳之間的地面上。

雖然沒有被這一拳打中，可是方正卻覺得自己的屁股好像快要著火了。

回過頭一看，發現原來剛剛任凡抓住了自己的衣領將他拖開，才躲過了那一拳。

「愣在地上幹嘛！快點起來！」

被任凡這一吼，恢復了一點冷靜的方正，這才掙扎想要爬起來。

另外一邊的黃翼飛，一拳沒有得手，轉過來朝兩人走來。

任凡拉起方正，退後兩步，看向另外一邊的小碧、小憐。

兩人會意，一起撲向黃翼飛。

黃翼飛被兩人纏住，不斷揮拳想要擊退兩人。可是小碧、小憐身手矯健，黃翼飛連續揮了幾拳都沒有打中她們。

小碧、小憐兩人纏住了黃翼飛，三人在這片兩棟荒廢大樓之間的空中纏鬥。而一旁的張樹清卻彷彿事不關己的路人般愣在原地。

「叫你來看戲的嗎？」任凡對著樹清吼道。「還不快上！」

張樹清點了點頭，卻不是朝著黃翼飛的地方過去，而是朝著方正與任凡這邊過來。

「請問……我該怎麼做？」

任凡與方正一聽，異口同聲地回答：「蛤！」

任凡搖搖頭，問道：「你到底是怎麼畢業的？」

「誰對付過這種怨靈啊，我幾乎都是帶那些往生的老先生、老太太去報到，從來沒有對付過這種啊！」

方正指著樹清身上的鎖鍊叫道：「用你的鎖鍊丟他！把他綁住啊！」

張樹清一聽，二話不說，立刻將身上的鎖鍊給取了下來。

另外一邊，黃翼飛一拳打向小碧，另外一腳踢向小憐，兩人伸手擋了一下，但力道之大將兩人就這樣震飛開來。

黃翼飛也不追擊，逕自朝著方正這邊走了過來。

眼看黃翼飛靠近，張樹清見機不可失，將鎖鍊對準了黃翼飛，丟了過去。

鎖鍊筆直打中黃翼飛，他哀嚎了一聲退了一步，鎖鍊就這樣掉在地板上。

方正跟任凡兩人看到此幕，整個呆掉。

任凡罵道：「你把整條鎖鍊丟過去幹嘛啊！」

「我暈。」方正整個人都快要暈倒了。

黃翼飛退了一步之後，站穩身子，跨過鎖鍊繼續朝著三人撲了過來。

「你們又沒說清楚，你們叫我用鎖鍊丟他啊。」

「你要抓住另一端啊！不然怎麼綁住他？」

被兩人責罵之後，樹清轉為憤怒，一咬牙大叫了一聲，朝黃翼飛撲了過去。

黃翼飛筆直朝方正走來，樹清一靠過去張開手就想要抱住他，黃翼飛順勢一拳直直地打在張樹清的臉上。

張樹清用臉紮實地接住了他的拳，整個人朝旁邊一飛，撞上了樑柱，就這麼頭下腳上地暈了過去。

想不到張樹清這兩光鬼差，竟然被黃翼飛打一拳就飛了，方正張大了嘴一時無法回神。

任凡見狀，立刻轉過去對著小碧兩人比了比地。

小碧跟小憐點頭，一齊鑽入地中。

黃翼飛回過頭來，對著方正走過來，想不到地面突然冒出兩雙手，抓住黃翼飛的一隻腳。

黃翼飛被小碧、小憐的手這一絆，險些跌倒。穩住重心之後，黃翼飛抬腳想要擺脫她們的糾纏，卻怎麼都擺脫不掉。

任凡見狀立刻對著方正大吼：「趁現在！用鐔子封他！」

方正聞言拿起罈子跑到了黃翼飛的身後，從後面將罈子貼上了黃翼飛的背。罈子一貼上黃翼飛的背，彷彿有吸力一般將他吸住了。

眼看情勢有利，方正喜悅地大叫：「可以了！」

黃翼飛痛苦地掙扎著，伸手朝背上探了過去，方正左閃右避，避開黃翼飛胡亂揮舞的手。

任凡看著黃翼飛身上的黑氣不斷被吸入罈中，可是黃翼飛的身子卻是一會兒進、一會兒出。

「他的力量太大了！吸不進去！」任凡叫道，「我用中指把他戳進去！」

任凡跑到黃翼飛面前，舉起中指正想要戳下去，想不到迎面一拳揮了過來。任凡躲過，黃翼飛回頭奮力一揮，方正為了躲避，整個人退了開來。

眼看方正拿著罈子後退，任凡怕有失，也退了開來。

擺脫了方正與任凡，黃翼飛奮力將腳向前一踢。一次一個把小憐跟小碧從地中扯出來。

兩人被黃翼飛給踢倒飛了起來，重重地跌在地上，一時之間爬不起來。

被四人這樣糾纏不清，黃翼飛更加憤怒，全身散發出黑氣，站在原地彷彿考慮著要如何進攻。

方正急問：「現在怎麼辦？」

任凡咬著嘴唇沒有回答，可是腦子裡面也正在思考這個問題。

「……穢物！」任凡說，「穢物一定可以暫時削減一下他的威力！」

任凡才剛說完，黃翼飛整個人撲了過來，原本還以為他會朝著方正過去，卻萬萬想不到這次他將攻擊的目標轉向，朝著任凡攻了過來。

任凡見狀，邊躲邊退。

可是黃翼飛殺紅了眼，一路不肯放過任凡，拚命追打他。

方正四周看了一下，這裡不過就是一塊荒廢的土地，哪有什麼穢物。

「現在到哪去找什麼穢物啊！」

黃翼飛完全無視方正，一路追打著任凡，任凡一路跟黃翼飛纏鬥，盡可能不讓黃翼飛打中。

眼看任凡就快要被黃翼飛困住，方正卻只能在旁邊乾著急，不知道該怎麼辦才好。另外一旁小碧跟小憐也因為剛剛吃了黃翼飛的一腳，還在地上掙扎。

任凡低頭躲過黃翼飛的一拳，對著方正叫道：「脫下你的內褲！」

「什麼？」

任凡轉過頭來指著方正的下體，急道：「快點！」

想不到這一個不留神，黃翼飛一拳擦過任凡的腹部，任凡一低頭，黃翼飛的另外一隻手就這樣抓到了任凡的脖子。

好不容易抓住了任凡，黃翼飛怎麼可能輕易放掉，兩隻手死命地掐著任凡的脖子。

「快……」任凡幾乎快要說不出話來，「套……他……！」

任凡的雙手、雙腳拚命地踢打，卻完全擺脫不了黃翼飛的一雙手。

「快……」

眼看任凡就快要被掐死了，方正也不管那麼多了。

方正放下鐔子很快地脫下外褲，然後咬緊牙關，把內褲也給脫了下來。

任凡拚命地掙扎，可是腦袋卻因為缺氧，身體逐漸不聽使喚。雙手、雙腳垂了下來，視線模糊扭曲，視野愈來愈狹小。

方正緊抓自己的內褲，看到任凡的臉色已經愈來愈難看，一個箭步衝到了黃翼飛身後。

方正咬緊牙關，將自己的內褲就這樣直直套在黃翼飛的頭上。

黃翼飛一被罩上了方正的內褲，立刻鬆手向後退開。

任凡整個人也倒在地上，張大嘴用力地喘氣。

只見黃翼飛抱著頭，彷彿很痛苦的模樣。

有效了！

一看到自己的內褲真的逼退了黃翼飛，方正正想要歡呼。

想不到黃翼飛竟然抱著頭狂嘯，就好像被套上了孫悟空的金剛箍般哀嚎。

「有沒有那麼誇張……？」方正冷眼看著痛苦的黃翼飛，「我的內褲有那麼髒嗎？」

「你發什麼愣啊？」任凡一臉痛苦地撫摸著自己的脖子。「還不趁現在快去拿那罈子！」

方正一臉不爽地走到罈子邊，拿起了罈子。

「站到另外一邊去！」

方正照著任凡所說的，拿著罈子到了另外一邊去。

任凡調整了一下位置，讓自己、方正與黃翼飛成為一條直線。

黃翼飛因為痛苦萬分，左右搖晃、搖擺不定。

任凡伸出右手，比出了中指。

趁著黃翼飛還受制於方正的內褲之時，任凡用盡全身的力氣將中指戳向黃翼飛的心窩。

黃翼飛慘叫一聲，整個人朝著方正那頭飛撞了過去。

方正一嚇，很自然地將手上的罈子朝身前一擋，剛好就讓罈子貼上了黃翼飛的背。

只看黃翼飛抱著頭哀嚎著，不斷想要向前逃，而方正手上的罈子就好像吸塵器般，緊緊地吸住了黃翼飛。

被方正的內褲與任凡的中指攻擊之下，靈氣已經潰散的黃翼飛，再也抵抗不住罈子的吸力，就被吸入了罈子裡面。

黃翼飛被吸入之後，方正的內褲就這樣緩緩地飄到地上。

眼看黃翼飛被吸入罈子裡面，眾人才鬆了一口氣。

虛脫無力的方正坐倒在地上。

原本還擔心吸不進去，準備用塞的也要把他塞進去的任凡，看到黃翼飛確實被吸了進去，也全身無力癱坐下來。

兩人就這樣愣愣地看著前方，過了一會兒，任凡才冷冷地問方正：「我說你……不冷嗎？」

被任凡這麼一說，方正才想到自己還沒穿褲子。趕忙用手遮住自己下體，然後跑到自己剛剛脫下的褲子旁邊，將外褲給穿了起來。

「你怎麼不穿內褲呢？」

「那套過鬼的誰還敢穿啊！」

「那你也要收起來啊！」

一旁的小碧笑著，拿著不知道哪來的夾子，小心翼翼地將方正的內褲夾起，然後將它拿到方正面前。

方正羞澀地一把將內褲拿回來，往褲袋裡面塞。

3

任凡拿出撚婆那兒拿來的符籙，把罈子給封好，在檢查無誤之後，才將罈子拿起來。

任凡捧著骨灰罈，往兩棟廢棄大樓後面的庭院走去，方正跟在後面。

在雜草叢生的庭院中，地面上有扇鐵製的門，平躺在地上。

任凡將罈子交給了方正。

任凡將鍊住門的鐵鍊給解開，方正這時候才看清楚，那把鎖住鐵鍊的鎖並不是一般的鎖，而是如血般殷紅的鎖。而整條鐵鍊也用紅色的墨汁寫滿了密密麻麻的咒文。

「裡面是什麼？」

「問那麼多幹嘛？」任凡將鎖鍊拉開，「你小心一點捧好，要是有什麼閃失，他再跑出來，你就自己想辦法。」

任凡將門拉開，門後是一段階梯。

一旁的小碧遞了一支火把給任凡，任凡揮了揮手，要方正跟上來。

「還真是麻煩，你是在下面藏了多少金銀財寶，小題大作。」

方正嘴裡碎碎唸著，手上緊緊抱著罈子，跟在任凡身後。

兩人下了階梯，就著任凡手上的火把，方正看到了一條狹長的通道。

「這裡是……」

「小心點走，別問那麼多。」

任凡拿著火把走在前面，方正小心翼翼地跟在後頭。

只見整條地道的左右兩側，一層一層地放滿了骨灰罈。

方正見狀，不敢多說，閉著嘴緊緊跟在任凡身後。

前面的任凡停了下來，將火把交給方正，並從方正手中接過罈子。

任凡將罈子放在其中一側牆壁的架上。

在確定放好了之後，任凡揮了揮手。

「行了，出去吧。」

通道狹窄，只容許一個人通過，方正轉過身去，循著路往回走。

「這裡到底是什麼地方啊？」方正問。「這些罈子裡面裝些什麼東西？」

「這些……是當年我跟撚婆搭檔收服的黑靈。在過去，我除了黃泉委託人之外，還有另外一個外號，」任凡跟在方正後面，冷冷地回答。「就叫做怨靈獵人。」

聽到任凡這麼說，方正感覺一股寒意從脊椎傳上大腦。

想想剛剛兩人經過的通道，兩側牆面都是一層一層的架子。

一層架子上面大約擺了十個骨灰罈，一面牆十層。

整條通道左右兩側至少有十多面牆，密密麻麻擺滿了骨灰罈。

換句話說，這裡面至少有超過一千個類似的骨灰罈。

一想到這條地道，有超過一千個怨靈，方正不自覺地打了個冷顫。

方正三步併作兩步，幾乎是用跑的離開這條通道。

一衝出地下室，方正緊張地喘著氣。

從後面慢吞吞走出來的任凡，搖搖頭白了方正一眼。

任凡重新將鐵門關好，並且用鎖鍊將門串上。

原本還嫌任凡小題大作的方正，現在愈看愈覺得這扇門跟鎖鍊不牢靠。

「這麼恐怖的地方，你……你還這麼隨便用一條鎖鍊這樣鎖！要是這些鬼跑出來，不是會到處殺人？這扇門跟鎖鍊也未免太小家子氣了，要鎖住這一千個以上的惡靈，少說也應該是銀行的那種金庫大門吧！」

「放心啦，那些鐵鍊跟門都是特製的，鬼是逃不出來的。更何況，我就住在樓上。如果這些鬼逃出來，第一個目標就是殺掉我這個當年收服他們的黃泉委託人。」任凡搖搖頭。「你在那邊窮緊張什麼？」

鎖好之後任凡頭也不回地離開，只留下方正愣愣地瞪著那扇看起來就不怎麼牢靠的鐵門。

4

兩人拖著疲累的身體回到了樓上任凡的辦公室中。

「說真的，」方正對已經癱在椅子上的任凡說，「我們……其實可以合作。」

「啥？」任凡一臉狐疑地上下打量著方正。「不必了，我還是獨來獨往比較習慣。」

方正一臉嚴肅地說：「不，我是說認真的！」

「我也是認真的，不必了。」

「唉唷，我所謂的合作不是金錢方面的合作。你想想，你會接到各式各樣的委託，我可以給你很多協助。有個警官幫你，你也會輕鬆不少吧？」

「然後呢？我得付出什麼？」

「呃，當然就是……」方正臉色扭曲。「隔幾個月讓我可以滴……一滴那個東西在眼睛跟耳朵上。」

「啊？」

「就兩滴！」方正趕緊補充。「一隻眼睛、一隻耳朵各一滴就好了！」

在這些日子裡面，方正早就打算好了。

只要在眼睛跟耳朵各滴一滴，平時他不想看到鬼的時候，只要遮住那隻眼睛跟耳朵就好了！這樣就可以在需要的時候，才將眼罩跟耳塞拿掉，而平常他也可以高枕無憂，不需要像任凡一樣，整天都見到鬼。

「你不是很怕鬼嗎？」任凡一臉狐疑。「這樣老是看到鬼，你不是很討厭嗎？」

「話是這樣說沒錯啦，」方正轉過身去，「不過……」

說什麼也不能承認自己是為了辦案方便，方正猶豫了一會，想到了一個完美的答案。

「……愈害怕的東西就愈需要去克服啊！」

這種連自己都騙不了的謊言，果然也欺騙不了任凡。

只見任凡一臉似笑非笑、不予置評的表情，冷冷地看著方正。

「拜託啦！」方正哀求。「我還可以幫你介紹CASE！你想想看，只要我能夠跟鬼溝通，我就可以遇到那些命案慘死的鬼魂，如此一來，我就可以把它們通通仲介到你這裡來。」

聽到方正這麼說，任凡第一次露出有點興趣的表情。

「喔？」

「這不是很好嗎？你可以幫它們完成它們的遺願獲得報酬，我也可以方便幫它們找出凶手，為它們討一個公道。非常兩全其美吧！」

任凡考慮了一會，聳聳肩有氣無力地回答：「再說吧……」

看到任凡如此，原本還想要再進一步說服的方正，一陣尿意襲來。

「你考慮一下吧，我先去上個廁所。」

方正進了廁所，然後盤算著等等該如何繼續說服任凡。

「裡面請。」

門外傳來了小碧的聲音。

看樣子有客戶上門要找任凡。

方正心想：「這傢伙生意還真好。」

不過這好像也理所當然，畢竟就方正所知，整個地球上也不過就他這麼一個黃泉委託人。

應該找國稅局的來查一下這傢伙的帳。

方正一邊想，一邊小心地拉上了褲子拉鍊。

由於廁所距離辦公室不過隔了兩扇門，所以外面任凡與客戶的對話，方正聽得一清二楚。

「聽說你對於幫人冥婚很有一套。」

聲音聽起來像是個女人，不，女鬼。

「嗯，不是聽說，是真的很有一套。」

任凡的聲音充滿了自信。

呿，這樣自豪都不會不好意思嗎？

「那如果……對方意願不高呢？」女鬼的聲音似乎在哪裡聽過。「你也可以讓他跟我冥婚嗎？」

方正搖了搖頭。

「行，不過代價會高一點。」

愈聽愈覺得這女鬼的聲音好像在哪裡聽過。

方正上完了廁所，站在洗手台前，想要側耳聽個仔細。

「可以，只要能夠幫我完成這段婚姻，不管多少代價我都願意。」

這女人的聲音為什麼感覺那麼熟悉呢？

該不會……

一陣寒意從背脊竄上腦際。

「等等！不准接這個案子！」

方正急急忙忙從廁所衝了出來。

衝入辦公室一看，站在任凡面前的不正是那個一直纏著自己，想要以身相許的女鬼淑蘋嗎？

「果真是妳！」方正轉向任凡。「不准你接這個 CASE！」

「你怎麼會在這裡？」淑蘋也沒想到會在這裡遇到方正，一臉驚訝地看著他。

「怎麼？」任凡看了一下兩人的反應。「你們兩個人認識啊？」

兩人四目相對，不約而同地緩緩點了點頭。

「妳要冥婚的對象，該不會……就是他吧？」

淑蘋點了點頭。

任凡不懷好意地笑說：「好啊，一點問題也沒有。」

聽到任凡這麼說，方正指著任凡威脅道：「不准接！你接了我一定一槍打爆你的頭！」

一聽到方正這麼說，淑蘋也立刻轉向任凡。

「你一定要接！」

「不准接！」

兩人互相指著對方，反覆說著同樣的話。

任凡笑著靠坐在椅子上，看著一人一鬼這場彷彿永無止境的爭論。

他是真的想知道，到底最後誰是贏家。

宿敵

1

數年前——

深夜時分，天空的雲層不時閃著光芒，照亮深沉的夜。

閃電在雲層中竄動，卻遲遲沒有打向地面。

就跟不安分的天空一樣，空氣中瀰漫著的是一股大雨欲來的騷動。

在這樣的夜裡，一棟大樓佇立在中部城市的中心地段。

這棟大樓已經荒廢多年，不只有內觀，就連外觀都很明顯可以看得出來荒廢的模樣。

即便是初訪這個城市，也可以一眼就看得出來這棟大樓已經許久沒有任何人居住。

這是棟商業大樓，從整體的建築看起來就像一棟百貨公司。

不過這改變不了它如今被人荒廢的命運，但是這棟大樓不是打從一開始就這樣。

這棟大樓曾經有過它風光的時刻。

中庭的廣場，可以從六樓直接看到一樓，在過去的時代中，這種挖空的室內中庭，算是相當前衛的設計。進駐的店家，也幾乎都很符合潮流。從流行的服飾到青少年最喜歡的娛樂，這邊全部都有。

因此一到了放學的時間，許多還穿著制服的學生就會集合到這裡來。

這樣的大樓並不算特殊，幾乎在每個地區，甚至是每個國家的各個區域，都有類似這樣的一棟建築物或者是地區，是學生的最愛，下課就會自動前往那裡去。

如果以台北為例的話，這種地方就像是二十多年前西門町的萬年大樓或獅子林，每個時代各自有他們聚集的場所，而近代最具代表性的就是台北車站旁邊的台北地下街。

這些都是青少年，也就是國、高中生們最愛聚集的場所。

它們共同的特色就是有點混亂，甚至帶點危險，可是卻讓大家幾乎都是一放學就往這些地方跑。

這棟大樓就是這樣的場所，七層樓的建築物之中，幾乎囊括所有青少年會喜歡的東西，電影院、電動間、撞球場、保齡球場以及KTV，這裡都找得到。樓下幾樓像百貨公司一樣的專櫃，有著許多賣著流行潮衣與飾品的小店鋪。

這是它最風光的時候。

只是在經過了兩場意外以及無數次的青少年鬥毆事件等等汙名之下，這裡逐漸失去光芒，伴隨著一場大火意外，不但結束了它風光的時代，更結束了它的生命。

這裡成為了一片廢墟，已經很多年沒有人進到這棟大樓之中。

由於荒廢已久，加上有許多不幸的事件發生在這之中，所以廢棄之後有許多繪聲繪影的恐怖傳聞，更增添它恐怖的色彩。

有人說，有些在械鬥之中丟了性命的青少年，在沒人的夜裡，會出現在低樓層，繼續他們的械鬥。

有人說，那些在高樓層被燒死的冤魂，至今仍然會出現在高樓層，繼續受著火灼的痛苦。

有人說，幾個失蹤的少女，被人殺害之後棄屍在中樓層，至今還在那些樓層徘徊。

類似這樣的傳聞，在這棟大樓荒廢的這些年間，不曾間斷。

如果它坐落在市區的某個角落，那麼被人遺忘將會是它最後的命運。

可是它佇立的地點卻是在市中心，前方的馬路每天有數以萬計的車輛與行人，經過它的前面。

其中有些人會偶爾仰起頭來，看著這棟自己也曾經進入並且在裡面度過一段時光的歲月。

無法被遺忘的它，等待著只是被人拆除、改建的命運。

過去幾年，有幾個拆除它的企劃案與行動，但是最後都不了了之，一直到近幾個月，解決了一些法律問題之後，拆除的行動終於正式展開。

許多負責拆除的工人，進駐到這裡來，並且著手開始準備拆除的工作。

只是，一連幾起的意外，讓拆除的工作不得不暫停。

當然，這些意外看起來真的就只是一些單純的意外，只是搭配上這些年來關於這棟荒廢大樓的那些傳聞，聽起來就有點巧合得嚇人。

其中一名工人，聲稱自己之所以從三樓摔下來，就是因為聽到了一個少女的啜泣聲，讓他心生恐懼，因此才會不小心從樓上摔下來。

拆除的工作就因為這樣的關係，暫時停止了下來。

這裡又再度回到它荒廢的景象。

然而今晚，一名少年卻在這裡穿梭。

少年拿著一支探照燈，閒晃到了六樓，這裡在大火發生之前，有間撞球與保齡球的複合式球館，少年走到球館之中。

那些笨重的撞球檯，被人留在原地，檯面上那層黑色的灰，也分不清是灰燼還是這些年荒廢之下，才累積的灰塵。

原本應該有著各種色彩的球，此刻停在桌上全部都清一色是黑色的球。

「哇……」少年看著四周讚嘆地說，「撞球場耶，被燒得真慘啊。」

繞了一圈之後，少年看著撞球桌，嘴角浮現出一抹笑容。

四處看了一下，少年在地板上看到一根撞球桿。

少年用腳勾住地上還堪用的撞球桿，然後一挑將球桿挑起來，順手將球桿接住。

少年將手上拿著的探照燈放在撞球桌上，在這深夜的時分，也不顧檯面上烏漆抹黑的一層汙塵，少年將手一架，開始打起了撞球。

雖然說因為汙塵的關係，所有球都變成了黑球，不過球與球之間撞擊的清脆聲響，還是很清晰，絲毫沒有多少影響。

倒是桌布上面的汙塵，確實讓球跑起來非常不順，不過少年也不以為意，繼續打著球。

清脆的撞球聲，迴盪在這個已經空無一人的大樓之中，聽起來格外響亮，甚至有些時候，還會傳來回音。

對於這樣的現象，少年似乎樂在其中，嘴角浮現出笑意，輕鬆的心情甚至讓他開始吹起了口哨。

夜半時分，在這空無一人的廢棄大樓中，少年彷彿不知道恐懼為何物，吹著口哨，靠著探照燈的照明，在這個發生過許多不幸，傳聞鬧鬼鬧挺凶的大樓之中，吹著口哨打撞球。

找死也莫過於此而已。

彷彿呼應著這個想法，撞球間的門口，一個黑影緩緩從地板浮現出來。

姑且不論這個黑影，一般人到底看不看得到，就算真的有許多人站在門前，探照燈背對著門口，少年也不可能看得到。

黑影緩緩地進到撞球間裡面，少年還渾然不覺，繼續專注在打著撞球。

撞球桌上，球已經一個個被打入袋中，只剩下少數幾顆球還留在檯子上。

少年籠罩在探照燈的燈光之下，黑影不喜歡。

為了吸引少年的注意，讓少年可以拿起探照燈，不再讓自己位於燈光之下，黑影故意將還架在牆上，已經被燒到扭曲變形的撞球桿弄倒。

啪的一聲，雖然不至於算是巨響，不過聲音絕對可以在這個地方吸引任何「正常人」的注意。

正常人應該在這時都會望向聲音的方向，然後開始想到，這是棟荒廢的大樓，只有自己一個人的情況之下，為什麼會出現這樣的聲響呢？

正常人應該會感覺到不寒而慄，然後開始慌張，拿起探照燈照一下，或者更有甚者是直接抓著探照燈就落荒而逃。

不過少年很顯然不是「正常人」。

面對這樣的聲響，他冷冷地哼了一聲，嘴角也浮現出不屑的笑容，連頭也沒有轉向聲音的方向。

黑影不悅。

很明顯地，這樣的情況反而讓黑影感覺到不尋常。

但是，黑影不是吃素的，嚇人本來就不是他的本意。

從黑影不斷散發出來的黑氣，顯示著他的本意只有一個字——殺。

既然少年完全沒有反應，是他該主動出擊的時候了。

黑影融入黑暗之中，下一秒鐘砰的一聲，像是短路一般，探照燈的燈泡應聲爆裂。

燈光一閃冒出火花之後，光線瞬間熄滅，整個撞球間再度陷入一片黑暗之中。

這下就算再大膽的人，也會有點驚慌吧？

不過黑影完全不打算只是嚇嚇人，不等少年反應過來，黑影衝到了少年背後，這一下來得極快。

可是黑影快，少年更快。

只見少年突然一個轉身，手上多了支手電筒，那光線直射黑影，讓黑影瞬間頓住。

當然，會破壞探照燈，主要也是像這樣的黑影，畏光是常態。

因此突然被手電筒的燈光照到，黑影頓住了。

少年舉起手上的撞球桿，在黑影頓住的剎那間，朝黑影的頭上一揮。

啪的一聲撞球桿打到了黑影，並且將他整個打趴到地上。

被打倒在地上的黑影又驚又怒。

這怎麼可能？

從沒想過有人可以用陽世間的東西打到自己，因此黑影驚怒不已。

「笨蛋，」黑暗之中的少年笑著說道，「早知道你們只會這幾招。」

少年說完之後，轉身跑出撞球間。

黑影見狀，當然立刻直衝過去，光是剛剛那一下，絕對就足以讓黑影將少年撕成兩半，黑影怒氣沖沖地衝出門。

才剛衝出去，還沒搞清楚少年到底跑哪去，一根桿子迎頭而來，啪的一聲又打中了黑影的腦袋。

這一下比剛剛那下還要來得大力許多，只見撞球桿整個被打斷成兩半。

原來少年剛剛逃出撞球間外，立刻躲在旁邊，等待著氣沖沖的黑影衝出來，再給他來一下。

少年將剩下的半截撞球桿丟在一旁，而手上卻有張符。

原來就是因為少年手上拿著符，握著撞球桿，才會讓這根撞球桿，可以打到那樣的黑影。

雖然這一下打到黑影頭暈眼花，胸中的怒火更是熊熊燃燒起來，不過對黑影的傷害力並不大。

因此怒氣沖沖的黑影，立刻從地上爬起來，正想找少年算帳，活生生把他扒下一層皮再說。

然而黑影卻瞬間發現，自己完全沒感覺到少年的氣息。

這是怎麼回事？

黑影納悶到了極點。

到底哪邊才是鬼啊？

然而黑影不知道的是，同樣的情況，並不是偶然發生的一件個案。

就在今天晚上，類似的事情，不但發生在這六樓的撞球間，在五樓與三樓都曾經發生過。

在另外這兩個樓層，都有一個倒楣的黑影，跟他一樣被這少年揍了幾下之後，瞬間失去了少年的蹤影。

另外兩個黑影也正怒氣沖沖地鎖定著少年，想要把他找出來，用最殘忍無道的方式，將他給宰了，以消心頭之恨。

不過他們不知道的是，少年還在這棟大樓之中，而且就站在樓梯口，笑咪咪地看著他們三個。

而這些黑影之所以完全看不到少年，就是因為少年手上拿著三張符，分別遮住了他們三個人的「鬼眼」，才會一時看不到，也感覺不到少年的氣息。

不過少年這麼做，不單單只是為了躲避他們，而是希望一次一網打盡，不想跑三趟。

因此少年在確定三個黑影都還在怒氣沖沖地找著自己之後，挑了一個很好的位置，位於樓梯間，然後將手上的三張符撕掉。

符一撕，三個黑影立刻察覺到少年的所在，三個黑影不約而同朝少年衝過去，少年則轉身拔腿朝樓下逃去。

原本這三個黑影，長期以來在這個空間之中，彼此河水不犯井水，別說合作更不曾交談，他們各自盤據著自己的地盤，一旦有任何人侵入自己的地盤，就毫不留情地將他們處理掉。

但是今晚，三個黑影破天荒的聯手，月光從天花板的一個破洞中照進來，三個黑影也剛好穿過了月光，映照出了他們的真面目。

他們分別是一個被燒死的男鬼以及一個被殺害的女鬼，跟一個在樓下鬥毆時被人砍死的鬼少年。

三個鬼魂追在少年身後，並且想著等等將少年抓到之後，要用何等殘酷的手段來虐殺他，讓他成為這棟大樓的一員。

少年衝到了一樓，那些鬼魂也緊緊追在身後，彼此之間的距離愈來愈接近，眼看少年根本不可能來得及逃出這棟大樓。

因為四人現在在大樓的樓梯間，得要穿透整個中庭，才能跑到大門邊。

看著少年朝中庭衝去，三個緊追在後的鬼魂，以目前的速度看起來，少年絕對不可能逃得出去，臉上不自覺都浮現出陰森的笑容。

「乾媽！」少年對著中庭喊道，「貨到了！」

少年喊完之後，朝著中庭一跳，三個鬼魂此刻已經幾乎伸手可及了。

三個鬼魂跟少年一起衝出來，一起跳入中庭之中。

一個上了年紀的婆婆，就站在一樓原本是中庭的地方。

婆婆的前面有著一張桌子，桌子上面只擺著一個盒子，沒有其他多餘的東西，盒子裡面裝滿了香灰。

婆婆聽到少年的叫聲，用手抓了把灰，然後向前一吹，空中頓時形成白霧般的灰。

少年跳入中庭之後，立刻撲向那團白霧。

那些鬼魂撲向少年，就只差一點點，讓少年滾進了白霧之中。

三個鬼魂當然不可能這樣放棄，想衝入白霧之中抓住少年，豈料所有鬼魂一碰到白霧，立刻向後彈開。

「嗚啊——」凶狠的鬼魂們口中發出了哀嚎。

那白霧沒有散開，就這樣包圍著少年。

眼看少年危機解除，婆婆接著將三根手指插入香灰之中，向上一挑。

香灰濺出盒子，在盒子上形成另外一團白霧，接著婆婆伸手入白霧，在霧中屈指一彈，彷彿三支銳箭從霧中竄出，在空中形成三道虹光般的流星，以漂亮的弧度射中三個鬼魂。

三個鬼魂被香灰形成的箭一箭穿心，每個瞬間都癱在地上，只剩下一團黑氣籠罩在地板之上。

婆婆用腳向桌子下面一探，一個罈子被婆婆用腳給推了出來，接著婆婆用手指著罈子，罈子立刻像吸塵器般，吸住三團黑氣，並且將它們全部吸到罈子裡面。

婆婆上前將罈口封好之後，口中唸唸有詞，接著貼上一張符，手法俐落絲毫不拖泥帶水，一氣呵成，就這樣收了那三個鬼魂。

少年見了立刻攤成大字形，「呵呵呵呵」地喘著氣，豈料才喘一口氣，差點就被形成白霧的香灰給嗆到。

少年摀著嘴，朝旁邊滾了幾圈，逃出白霧的包圍之後，才繼續躺著喘氣。

「乾媽，」少年抱怨，「那些香灰吸多了對身體不好耶，妳不能改用環保一點的東西嗎？」

「這又不是我選的，」婆婆啐道，「這是我的法器啊。」

少年聽了雙眼一大一小，以充滿疑惑的嘴臉說：「不是妳選的？」

「不，」婆婆好氣又好笑，「是我選的，不過當年不懂事，天曉得我為什麼會去抓香灰，那時候的我連香灰是什麼都不知道啊。」

「妳應該是把他當成沙灘吧，」少年搖搖頭說，「真是個蠢小孩。」

「滿周歲的小孩最好知道什麼是沙灘，」婆婆白了少年一眼，「還有你知道那個蠢小孩是你乾媽嗎？頭上想要多個包嗎？」

聽到婆婆這麼說，少年也不敢回嘴，抿著嘴從地上爬起來。

這位婆婆是道上非常有名的道士，叫做撚婆，而她最著名的地方，除了法術高強之外，就是她所使用的法器，跟一般人完全不一樣，以香灰為法器。

少年是撚婆的乾兒子，謝任凡，日後以黃泉委託人聞名於黃泉界的他，此刻在人世間有著另外一個名號，當然這也是任凡唯一一個在人世間被人提起過的名號「怨靈獵人」。

兩人從一年多前開始，由北而南，由西而東，開始四處掃蕩這些鬼魂。

當然只要撚婆出手，不管多凶惡的凶靈，都絕對可以手到擒來。

這就是撚婆的威力，當然也是任凡有恃無恐的原因。

看到撚婆又將罈子包好，任凡皺著眉頭說：「又要收？乾媽，妳有想過我們把他們全部裝在罈子裡面，未來反而有可能被人打破之類的嗎？為什麼不乾脆滅了他們？」

「說滅就滅，」撚婆白了任凡一眼，「你把你乾媽當成殺人魔了嗎？就算他們殺了人，還有機會輪迴，直接滅了他們，他們連一點機會都沒有了，直接消失於天地之間。我們沒資格做決定，只能等待，能消則消，不能消則封。三界之間，有他們一定的法則，不是我們可以隨便干預的。」

任凡聽了只是聳聳肩，對這種艱澀的道理，不是他這年紀可以了解的，現在的他還沒成年。

「話說……」收好行李之後，撚婆想起什麼，「剛剛你去引他們的時候，為什麼……我聽到好像撞球的聲音？」

「啊？」

「你放乾媽一個人在樓下乾等，」撚婆冷冷地說，「自己卻在那邊打撞球？」

「不，」任凡臉上露出尷尬的表情，「這是有原因的，因為撞球的聲音很清脆響亮，所以引他們出來應該快一點……」

「既然如此問心無愧，」撚婆瞇著眼說，「你為什麼要後退？」

「因為乾媽妳脾氣暴躁啊，」任凡笑著說，「動不動就要我給妳打一下。」

「哎呀，真敢說，不要動，給我打一下。」

任凡完全不給撚婆機會，立刻朝外面逃去。

撚婆抱著罈子，走出大樓，天空透出了些許旭日之光。

第二天，拆除的工程隊再度進駐大樓，一直到完成拆除工作，並且改建完成為止，都不曾再發生任何意外。

而那個罈子，原本寄放在一座道觀封存著，但是在數年後，當任凡得到了一塊地當作他的根據地後，在地下打造了一個保存通道，便將罈子移往那條通道之中，好好保存起來。

2

半年多前，撚婆與任凡踏上了這條掃蕩怨靈之路。

在聽完任凡講述自己跟好友阿康如何得罪武則天，而武則天又是如何控制台灣黃泉界之後，撚婆認為如果直接向武則天宣戰，即便兩人聯手，恐怕也不是武則天的對手。

先削弱武則天力量的來源，才有機會對付武則天。

而這些分布在各地的許多黑靈，有很多實際上都是提供武則天力量的手下。

雖然兩人沒有掌握到實際的名單，但是寧殺錯、不放過，只要能夠掃蕩大部分的黑靈，一方面也算是為台灣的安寧盡一份心力，另一方面也可以順便削弱武則天的力量。

雖然兩人共同的目標，或許是為了幫阿康報仇，對付統治台灣黃泉界的武則天。

然而，兩人卻都還有各自不同的原因。

在這一路從北到南、由西到東，四處對抗怨靈的旅程之中，兩人其實都順便在做著自己的打算與事情。

就任凡來說，這一路一直在考慮成為黃泉委託人的可能性，畢竟這也算是阿康最後的遺言。

當時雖然阿康已經自作主張，把任凡稱為黃泉委託人，但是任凡從來不曾真正思考過成為黃泉委託人。

因此在踏上這趟旅程的同時，任凡也開始思考著這個問題，自己是不是真的要如阿康所說……或者可以說是期待的那樣，成為黃泉委託人。

不過這些對任凡來說倒都是其次的事情。

阿康死了，對任凡來說，是人生最大的痛。

因此這段路上，任凡一直在想，自己是不是真的在哪裡做錯了。

殺死阿康的，真的是武則天嗎？

不知道為什麼，任凡一直覺得阿康的死，自己也應該負起很大部分的責任。

可是卻不知道自己哪裡做錯了。

這點還沒能釐清之前，成為黃泉委託人這件事情，恐怕也不可能進行。

因為自己跟阿康就是因為四處打著黃泉委託人的名號，才會被人盯上。

如果能夠釐清這點，或許才真的可以成為阿康口中的黃泉委託人。

不能再像過去一樣，什麼委託都接受，可是問題就在於，任凡一時之間也不知道哪些委託該接，哪些委託不該接。

或許，先弄清楚這點，比任何其他事情更為重要。

對於黃泉界，自己真的需要有更進一步的認識與了解才行。

因此任凡覺得在這條道路上，有很多事情是自己需要釐清的，而這條道路上，任凡也相信，會有個答案等著自己揭曉。

他會知道，自己到底錯在哪裡，害死了自己青梅竹馬的好友。

他也會知道，自己如果真的成為黃泉委託人的話，有哪些原則，並且知道該怎麼做。

不過對撚婆來說，除了一方面為了保護任凡之外，當然她也有她的原因。

多年前一場滅門血案，奪走了撚婆的師父、師母，以及眾多師弟與師妹的性命。

江湖中曾經一度盛傳的三爺四婆，最後倖存下來的只有杖婆，以及完全不在現場的爐婆與撚婆。

杖婆在醫院搶救之後，勉強撿回了一條命，但是最後竟然也從醫院失蹤了，宛如人間蒸發一樣，就連擅長尋人的爐婆也沒辦法找到她的蹤跡。

在那之後，撚婆心中一直有根刺。

想要拔除這根刺，就需要找到兩個人的下落，一個是生死未卜的杖婆，另外一個就是那個殺害自己師門上下的徐賢。

杖婆的個性非常剛硬，如果要給撚婆來說，說不定那剛硬不肯依賴別人的個性，比杖婆的力量還要驚人。

換個角度來說，或許是從小就行動不便，個性又剛烈，比起被輕視，被人同情還要更讓杖婆難受，因此她希望什麼都能靠自己，才間接鍛鍊出她那驚人的力氣。

只是沒人想像得到，就連徐賢這件事情，她也打算自己一個人去找徐賢。

乍看之下似乎是這樣沒錯，不過被逐出師門的爐婆就算了，撚婆好歹也是她的師姐，更是眾望所歸的人物，杖婆一向都非常敬重撚婆，不可能因為逞強這樣的因素，就刻意躲藏不讓撚婆知道。

因此當撚婆細心思量了一下之後，大概想到一個可能的原因，會讓杖婆不得不這麼做。

杖婆的失蹤或許是在用行動告訴自己，自己遠遠不是徐賢的對手。

所以不想要撚婆白白犧牲，才會選擇人間蒸發。

可是這讓撚婆十分不解，當然光是從徐賢可以打倒自己的師父天威道長，就已經讓撚婆非常不解了。現在加上杖婆又是這樣，更加證明這個推論的正確性。

為什麼？

這些年徐賢到底做了什麼？

要論法力，徐賢絕不可能贏過自己，要論實力也是。

徐賢如果真的要贏過撚婆，恐怕還是武力，畢竟兩個人，一個是武鬥派的代表，另外一個是法術派的代表。

不過兩個法師對壘，不可能只比拳腳，在毫無限制的情況之下，武鬥派跟法術派打起來，多半都是法術派會佔上風。

杖婆本身也是武鬥派的，不可能不知道這點，因此這讓撚婆非常不解。

杖婆為什麼會認為自己輸定了？

而對於這一點，在撚婆思考之後，只能想出一個方向。

撚婆的推想是這樣的：徐賢之所以被逐出師門，就是因為學習了操屍弄魂的法術。

這件事情對天威道長來說，是大逆不道、逆天而行的事情。

因此得知此事的天威道長不只將徐賢逐出師門，更打算將徐賢打成廢人，徐賢抵抗之下的結果，就像武鬥派遇上了法術派，徐賢慘敗，甚至連小命都不保。

身負重傷逃亡之際，如果不是當時爐婆一時心軟，放過了徐賢，今天也不會發生這樣的事情。

問題就在於徐賢逃走之後，肯定不會放棄自己苦心學習的操屍弄魂之術，一定會繼續研究與學習。

那麼在經過這些年之後，或許他真的已經學會更強大的法術。

就好像東南亞一些巫醫，非常擅長這類法術一樣。

徐賢如果真的找到控制威力強大的黑靈，或許真的可以打倒天威道長也說不定。

既然爐婆那邊用法術找到杖婆的方法不可行，那麼從徐賢這邊下手，或許是一箭雙鵰的作法。

杖婆從醫院失蹤，肯定是要去找徐賢。

因此只要找到徐賢，肯定也可以找到杖婆。

至少撚婆是這麼認為的。

而要找徐賢，就從黑靈下手，為了操控強大的黑靈，徐賢肯定也會獵捕黑靈。

因此只要踏上這樣的道路，說不定就可以跟徐賢撞個正著，不然至少也可以找到一些蛛絲馬跡。

雖然這是條看起來是為了阿康復仇之路，但是實際上，不管是任凡還是撚婆，都有自己心中沉重的原因。

這也是撚婆與任凡，當年被大家稱為「怨靈獵人」背後不為人知的原因。

3

在解決完大樓的那幾個鬼魂之後，為求慎重起見，撚婆與任凡先將罈子，送往附近的道觀之後，才回到旅館休息。

那個罈子會在道觀人員的保護與協助之下，送往北部的一座道觀存放。

這一次兩人之所以會前往那座大樓，其實是拆除單位透過一位道長特別前來委託撚婆的。

類似這樣的委託，其實不要說他們的這次旅程，過去在撚婆還沒有退休的時候，就有過許多案例。

從某個角度來說，或許就是因為身為乾媽的撚婆，職業的特殊性，才會讓任凡間接掌握到黃泉委託人的要領。

身為天威道長的首席弟子，撚婆從小就嶄露頭角，除了她那十分特殊的法器香灰，對很多道長來說，都是非常熟悉的物品之外，再者就是她天生靈力過人，這也是當時天威道長收她為弟子的原因。在任凡出現之前，撚婆是天威道長看過靈力最為強大的人。而在這樣的豐富靈力輔助之下，撚婆學習法術更是迅速。因此一出道名聲便不脛而走，上門的委託也絡繹不絕。

這就是為什麼，任凡一打起黃泉委託人的招牌，第一件事情就是先將名聲做起來的原因，完全是受到他乾媽撚婆的影響。

兩人一回到旅館，任凡立刻脫下衣服，並且衝進浴室去洗澡。

畢竟在大樓的時候，他不但在滿是灰塵的撞球間裡面打撞球，還在地板上打滾，加上被鬼魂追趕的時候，激烈的運動，早就已經渾身大汗。

因此一回到旅館任凡第一件事情當然就是洗個舒爽的澡，然後趕緊上床補個眠。

這是任凡的計畫。

兩人下榻的飯店，是委託人特別租的，不需要兩人付費，比起兩人自己在旅行的時候，下榻的飯店還要高級許多。

不過也正因為這樣的關係，就在任凡還在執行著自己的計畫，可是連澡都還沒有洗完之際，就已經有人登門拜訪。

叮咚的門鈴聲響，正在洗頭的任凡只聽到開門的聲音，接著就聽到幾個陌生的聲音，在跟撚婆交談。

當然此刻的任凡還不知道到底是怎麼回事，洗完澡、穿好衣服之後，才剛走出浴室，就看到頗為驚人的一幕。

只見兩個沒有見過的陌生男子，跪在撚婆的面前，撚婆則是一臉困擾地要將兩人扶起來。

「愣在那邊幹嘛？」撚婆對任凡說，「快來幫忙把他們扶起來啊。」

還完全搞不清楚狀況的任凡，走過去將其中一個人扶起來，另外一個則由撚婆扶起來。

兩人一開始還有點抗拒，但是撚婆一直堅持要兩人起來，才願意聽兩人好好說，兩人才願意站起來。

「這到底是怎麼回事？」任凡輕聲地問撚婆。

「阿災，」撚婆也是一臉狐疑，「我什麼都還沒說，他們也什麼都還沒說，就跪下去了。」

任凡打量著兩人，雖然說兩人都穿著便服，不過任凡可以清楚地感覺到兩人渾身散發出來的氣息。

其中一個感覺就像是長期在廟宇或道觀之類工作的氣息，另外一個則讓任凡感覺到威嚴，感覺就像是軍人或者是警察之類的從業人員。

等兩人稍微平復一點之後，其中一個開口向撚婆自我介紹。

「撚、撚婆，」那有廟宇氣息的男子開口說，「我是高道長介紹來的，昨天跟高道長求助的時候，他說您剛好大駕此地，要我來向您求救。不好意思，先讓我自我介紹一下，我姓蔡，是個廟公，他姓廖，是個警察，我們不是什麼壞人。」

聽到蔡廟公這麼說，任凡攤開手一臉得意，好像真的有人為他鼓掌喝采一樣，自己真的光靠感覺就猜到對方的來歷。

「你在得意什麼？」撚婆注意到任凡得意的模樣。

「沒有，」任凡輕聲地在撚婆耳邊說，「我看他們兩個人的氣息，真的就是一個感覺像廟公，一個感覺像警察……」

「切，」撚婆白了任凡一眼，「來找乾媽的人，不大多都這些人，得意個屁。」

任凡一臉自討沒趣，撚婆用手比了比示意要蔡廟公說下去。

「是這樣的，」蔡廟公聲音有點顫抖，「撚婆，我當廟公也當了二十多年了，自認沒什麼事情我沒見過的，但是這次的事情，真的……」

廟公講沒幾句，雙腳一軟，眼看又要跪下去了，任凡一個箭步將他撐著，以免他又跪下去了。

「你是怎樣啦？」任凡一臉調侃，「是當廟公跪習慣了嗎？還是腿軟症，講沒幾句又要跪下。我乾媽很討厭人家跪她，你就饒了她吧。」

「他可能是受到驚嚇了。」一旁的廖警員說著，一邊幫忙攙扶著蔡廟公。

「受到驚嚇不會去收驚嗎？」任凡笑著說，「虧你還是廟公。」

眼看蔡廟公一時情緒似乎還不太能控制，因此改由廖警員向兩人說明。

「前幾天傍晚，」廖警員說，「我們同仁接獲民眾報案，有個男子在街頭遊蕩，模樣有點詭異，所以我們同仁立刻前往處理。就在街頭發現……我們就先稱呼他為徐先生好了，我們發現徐先生，將他帶回警局。他神智有點不清，不管說什麼，都不太有反應，就感覺有點失神那樣。然後徐先生身上，有許多抓傷，我們同仁原本以為他是個毒蟲，因為吸毒所以神智不清，於是帶回警局之後，請了醫院來幫他抽血檢查，並且把他收容在警局中，以免他又到處遊蕩，傷害到自己或其他人。」

這時一旁原本還打著冷顫的蔡廟公，似乎平復了許多，靜靜地在旁邊跟撚婆、任凡聽著廖警員的陳述。

「就在找到徐先生的那天深夜，」廖警員接著說，「一個婦人跑到警局報案，說她老公失蹤了。」

「她老公就是那個徐先生？」任凡問。

「對，」廖警員用力點頭，「徐太太在報案的時候，看到了徐先生，立刻說那就是她老公。據徐太太供稱，她先生只是個很一般的上班族，平常絕對沒有吸毒，更不曾有精神病史，像這樣在街頭遊蕩。她會來報案，就是因為當天徐先生下班後沒有跟往常一樣的時間回家，電話也聯絡不上，後來打電話問了徐先生的同事，才知道徐先生那天根本沒去上班。徐先生不曾有過這樣的情況，擔心徐先生遇到什麼意外，所以才心急跑來報案。」

「驗血的結果呢？」撚婆問。

「無效，」廖警員說，「就醫院那邊說，應該是遭到汙染之類的，血液檢驗出很奇怪的東西，不過簡單來說，醫院那邊不認為他體內有毒品反應。」

聽到廖警員這麼說，撚婆與任凡互看了一眼。

在他們過去處理過的案件之中，也有過類似的情況，某些對象在接受驗血的情況下，會產生類似汙染的情況。其實並不是汙染，而是這種現象已經超出醫學所能了解的範圍。

「我們讓徐太太將徐先生帶回去，」廖警員說，「原本以為事情就到此告一段落了，誰知道我們半夜又接到了徐太太的電話，希望我們可以救救她以及她老公。我們立刻趕往現場，該怎麼形容比較好呢？」

「這種情況之下，還是直話直說就可以了。」任凡抿著嘴點了點頭。

「嗯，」廖警員沉吟了一會之後說，「就像瘋狗一樣，徐太太全身都是傷，徐先生就像瘋狗一樣，我們一共三個人好不容易才將他制伏。我們也立刻通知了救護車，將徐先生強制送醫。」

聽到這裡撚婆與任凡兩人不自覺地同時搖搖頭，因為從各種跡象看起來，這都不是解決問題的方法。

「醫院幫他打了鎮定劑，」廖警員說，「我們有一個比較資深的前輩，看到這種情況，就跟他老婆說，懷疑她老公卡到陰，如果接下來再發生這樣的情況，可以跟他聯絡，他介紹一個師父給她。」

「所以後來他們去找你嗎？」撚婆問坐在椅子上的蔡廟公。

蔡廟公點了點頭。

「接下來就讓我說吧，」蔡廟公說，「他們來的時候，徐先生的狀況非常不好。所以我當然立刻處理。」

「你以前有處理過嗎？類似這樣的情況。」撚婆問。

「雖然不像撚婆您，」蔡廟公卑微地說，「這樣法力高強、揚名四海，但是像小的這樣的，就是照本宣科。老一輩的師父怎麼教，我就怎麼做，我以前確實處理過不少次類似的案件，每個都沒出什麼亂子。只是這一次，也不知道是不是自己處理不好，不知道怎麼會這麼嚴重。」

撚婆向蔡廟公詢問了一些細節，情況卻跟撚婆與任凡想的有點不太一樣。

原來第二天徐太太就來電了，表示自己的先生又開始發瘋了。於是那個前輩便帶著廖警員，想要陪徐太太一起將徐先生送到蔡廟公那邊，誰知道有另外一名姓包的員警知道了，非常不以為然，他認為這種事情根本就是胡扯，有病就應該看醫生。對於前輩的看法無法認同，那也就算了，但是包警員堅持要一同前往。

結果就是蔡廟公在處理的時候，包警員一直在旁邊冷言冷語，不停數落著眾人。

「感覺就是來找碴的！」蔡廟公不悅地說，「一直在旁邊亂，就跟他說先試試看，不行你再來靠妖……拍謝，不行你再說嘛，一直唸、一直唸，我燒個符在那邊說不環保，拍他的背說我在打人，不然你要我怎麼辦？都不要弄好了。」

眼看蔡廟公說得氣憤，廖警員一臉尷尬，替自己的同事賠不是，安慰了一下蔡廟公。

「結果呢？」任凡倒是覺得有趣，想知道接下來發生的事情。

「結果……」蔡廟公看了廖警員一眼，「他不只把我惹惱了，也把徐先生體內的那個也惹惱了。徐先生突然站起身來，對那個找碴的怒吼，然後撲上去咬了他一口。」

或許是回想起當時的場景，不管蔡廟公還是廖警員都是沉下一張臉，只有任凡一個人拍手叫好，笑個不停。畢竟包警員還算是自己的同僚，讓廖警員白了任凡一眼。

「然後呢？」撚婆問。

「然後……」廖警員跟蔡廟公互看一眼，蔡廟公才皺著眉頭說：「那東西就跑到那個姓包的身上了。」

聽到這裡，原本連還在幸災樂禍的任凡，也停下了笑容。

因為他知道，類似這樣的情況，絕對不是件好事。

至少就過去的經驗來說是這樣。

4

由於前一晚兩人為了收拾那些大樓的三個鬼魂，所以徹夜未眠，沒辦法立刻動身前往。所以在跟蔡廟公與廖警員約定好時間、地點之後，撚婆與任凡兩人在旅館中稍作休息，在夜晚時分才前往蔡廟公的廟宇。

原本在那東西附到了包警員身上時，廖警員等人一度有考慮要將他移到警局裡面，比較安全，不過因為包警員的狀況，打從一開始被附身就非常暴戾，眾人擔心在移動的過程中嚇到別人，而且到分局去，有很多不方便的地方，因此才會特別情商蔡廟公收留他。

眾人將包警員固定在椅子上，並且用手銬將他銬住之外，還找來粗繩將他五花大綁。

任凡與撚婆在晚上抵達廟宇，蔡廟公與廖警員已經在那邊恭候大駕，迎接兩人的到來。

來了之後，眾人也不廢話寒暄，立刻到後室去看看包警員的狀況。

來到後室，只見一個身材巨大的男子被綑綁在椅子上，他身材高大，遠遠超過任凡的想像，一看到包警員的模樣，讓任凡立刻搖起頭來。

「不行、不行，」任凡皺著眉頭猛搖頭，「這個真的不行。」

一旁的廖師父聽了，立刻哭喪著臉說：「如果連撚婆您們都無法處理，那我還能找誰啊？」

「我沒說我不行處理啊。」撚婆冷冷地說完之後，轉向任凡說：「你在不行什麼？」

「人這麼大隻要加錢，」任凡一臉理所當然，「危險性大增啊。」

「可是……」廖警員跟蔡廟公一臉尷尬，「我們沒有錢啊。」

「你們別聽他胡說，」撚婆白了任凡一眼，「臭小子！你是要把乾媽的名聲弄臭嗎？你一定要害乾媽被大家認為死要錢嗎？」

「不是啊，」任凡一臉無辜，「這是在商言商啊。」

「我這行不算商人。」

「嗯，」任凡摸著下巴點了點頭說，「我是商人，基於商人的立場，我還是覺得要加錢。對！沒錯！這就是我的第一條原則！沒有報酬的工作，絕對不接，一旦我成為黃泉委託人，這一定是我的第一原則。」

「黃泉你個頭人，」撚婆啐道，「快點幫乾媽準備一下。」

蔡廟公為撚婆準備了張桌子，當然連撚婆當作法器的香灰，也幫撚婆準備好了。

只是當撚婆看到那三大袋宛如麵粉袋般的香灰，不禁啞然失笑。

「你是想用香灰把他埋了嗎？」撚婆苦笑道，「我的用量沒有那麼驚人。」

當然這也是因為蔡廟公只聽過傳聞，根本不知道撚婆的用量，才會準備到這種程度。

光是這三袋香灰，幾乎讓蔡廟公聯絡了附近的廟宇、道觀，將他們的香灰一掃而空之後努力而來的結果。

對蔡廟公來說，撚婆願意前來，當然對他來說已經是吃了個強力的定心丸，在那之後，反而有種想要看看傳說中的撚婆好好表演一番的感覺，在那邊一臉期待的模樣。

不過比起蔡廟公，廖警員就沒有半點期待的意思了，現在的他只祈禱自己的同僚，最後能夠順利全身而退。

「別那麼緊張，」任凡安慰著廖警員說，「我們很有經驗的。」

「就算是真的，」撚婆冷冷地說，「你也不應該這樣說。」

任凡聳聳肩，看了看椅子上的包警員，然後嘴角突然浮現出一抹不懷好意的微笑。

「先來試試看。」

任凡舔了舔嘴唇，然後從後面的褲袋拿出了一個東西，讓兩人看了有點傻了。

小鬼終究是小鬼。

這樣的想法同時浮現在廖警員與蔡廟公心中。

只見任凡手上拿出了一個彈弓，然後拿出一顆彈丸，對兩人說：「這是一般的彈丸。」

任凡說完之後，將彈弓夾住，拉弓一鬆手，彈丸準確地打在包警員頭上。

任凡的動作一氣呵成，完全沒有給兩人開口阻止的機會。

「嗚——」

蔡廟公跟一旁的廖警員看到彈丸準確打中了包警員的眉心，都幫包警員喊痛。

不過包警員卻完全沒有反應，一點也看不出痛的感覺。

「你的試驗就是這個嗎？」廖警員一臉不悅，「看他痛不痛？」

「當然不是這樣啦！」任凡一臉不以為然，不過片刻又點了點頭說：「不過也是這樣啦。」

聽到任凡這麼說，廖警員還真想從任凡的後腦勺給他巴下去。

接著任凡又掏出了一個彈丸，然後攤在手上對兩人說：「這次不一樣囉，這個可是符咒搓成的彈丸。」

只見那顆彈丸黃澄澄的，的確一看就知道是一般黃符揉成的彈丸。

任凡說完之後，再度拉起彈弓，然後再度射出，幾乎打在同樣的位置。

這一次一被彈丸打中，包警員立刻發出痛苦的哀嚎。

「啊——」

「看到沒？」任凡一臉得意。

包警員不只明顯感到疼痛，就連額頭都冒出了煙來。

「這就是最好的證明，」任凡得意地笑著說，「這樣還有人會不相信嗎？」

「那個，」廖警員冷冷地說，「小朋友，我們本來就相信，不相信的，是現在被綁在椅子上的包警員。」

「我知道，」任凡揮了揮手說：「我是在教你們，以後遇到這樣的人，要怎麼讓他們了解。」

撚婆聽了白了任凡一眼，不過也不以為意。

「你有沒有罈子之類的罐子？」撚婆問蔡廟公。

兩人帶來的罈子，昨天已經用掉了，因此現在手邊並沒有罈子，只好請廟方提供，以便等等把那東西逼出來了之後，有個東西可以將它封住。

類似驅魔這樣，幫忙處理卡到陰或者是鬼上身的事情，對撚婆與任凡來說，一點都不是什麼難事。

一般來說，跟其他道士或廟公處理的程序差不多，首先會由撚婆開始，試圖將鬼魂逼出來，然後讓任凡將它擊落。這是最簡單的處理模式。

雖然說處理程序差不多，不過光是法力強弱在這個環節就可以看得出端倪與影響，許多道士跟廟公，當然也包括現在在現場的蔡廟公來說，光是逼出來的這個環節，就像一道無法跨越的大牆一樣，無能為力。

而撚婆從出道至今，還沒有遇到逼不出來的，當然有遇過幾個比較棘手，不過最後還是順利將鬼魂逼出來。

只是不管是撚婆還是任凡，對於今晚會遇到的狀況，都還完全沒有半點準備，更沒有辦法想像。

這些鬼魂基本上可以說是幾乎都是敬酒不吃吃罰酒的，沒有讓他們嚐點痛苦，他們幾乎都不太會棄械投降，從這些肉身之中逃出來。

畢竟上身不是件輕鬆的事情，既然對方都已經上身了，當然不可能輕易投降。

在撚婆請蔡廟公幫忙找個罈子，只要蔡廟公拿來合適堪用的罐子，撚婆就可以開始了。

椅子上的包警員還在為任凡的那一發符咒彈丸而痛苦不已哀嚎著，蔡廟公轉身想要到前面去找個罐子或罈子。

任凡還在為自己的神準得意不已，而廖警員則是一臉擔憂地看著自己的同僚。

就在這個情況之下——今晚第一個意想不到的情況就這樣出現了。

原本痛苦掙扎的包警員，突然停下哀嚎，頭一仰、嘴一張，一股黑氣就這樣從他口中冒出來。

所有人看到都頓住了。

這是怎麼回事？

從來不曾見到這種情況？

撚婆還沒出手，就已經把對方給嚇出來了？

想不到對方竟然會這樣就跑出來，讓在場所有人都傻住了。

這恐怕是任凡這輩子見過最弱的鬼魂，至少都會掙扎個幾分鐘，沒見過這種連開場都還沒有，只不過射他一發彈丸就跑出來的鬼魂。

這下搞笑了。

在完全沒有準備的情況之下，那團黑氣立刻朝外面鑽，任凡立刻搭起彈弓，一連射出三發，可是先前傻住的情況之下，加上根本沒將彈丸拿出來，所以當任凡射出的時候，黑氣已經鑽進走廊，朝前面逃去。

現場眾人看到這種情況真的有點愣住了。

「好痛喔——」

一個聲音從眾人身後傳來，轉過頭去，只見到包警員一臉剛回過神的模樣。

「為什麼……要把我綁住呢？這裡是哪裡啊？」包警員愣愣地問，「發生什麼事情了？」

聽到包警員這樣問，撚婆跟任凡才回過神來。

「追！」任凡叫道，立刻衝出去。

撚婆看了一下包警員，然後對也同樣愣住的蔡廟公說：「該死的，接下來的你們會處理嗎？」

「……我不是很有信心。」蔡廟公哭喪著臉回答。

「那就先留著吧，」撚婆急道，「等我們回來。」

撚婆說完之後，也跟著任凡一起追出去。

任凡的速度很快，衝出廟宇的同時，還來得及看到黑影從街尾轉到另外一條路上去。

任凡當然立刻追上去。

「想逃？沒那麼簡單啦。」

任凡的速度很快，轉過街角之後，就看到那黑影逃到一旁大樓車道往地下室去。

任凡當然二話不說也追了進去，還好地下室的停車場外，不是那種鐵捲門，而是那種單純以一根竿子來隔絕外來車輛，不然任凡就會被擋在門外，不得其門而入。

深夜的停車場，有種詭異的寧靜。

雖然沒有看到黑影，但是任凡可以明確地感覺到，黑影就在這裡。

所以任凡不敢大意，拿起了彈弓，並且仔細感受四周的氣息。

對像任凡這樣的人來說，不一定需要靠雙眼來看，也能感受到鬼魂的存在。

突然間一個黑影從左邊的一台車子後面竄出來，任凡知道那並不是自己的對象，所以連轉都沒轉過去看，下一秒，另外一個黑影從另外一邊竄出來，任凡連想都沒想，就直接把彈丸射出去。

彈丸準確地擊中了黑影，果然就是那團從包警官口中逃出來的黑氣。

被符咒彈丸擊中的結果，就是只能癱倒在地上痛苦哀嚎。

「嗚啊——」

這發可不比剛剛在廟裡面打中的那發，首先是這顆彈丸，就是專門拿來攻擊這樣的靈體，威力比剛剛拿來鬧著玩的符咒彈丸，有著天壤之別。而且此刻這團黑氣，少了肉身的一層抵抗，直接被擊中的結果，需要很長一段時間才有可能恢復行動力。

當撚婆將那些鬼魂從肉身中逼出來的時候，任凡就是用這種彈丸來對付那些逃出來的鬼魂。只要一打中，接下來就可以收工了。

因此雖然情況有點出乎自己與撚婆的意料之外，不過整體來說，也只是多了一點波瀾，結果一樣沒有什麼太大的問題。

任凡這麼想著，轉身打算上去叫撚婆，反正那鬼魂會在那裡癱一陣子，不用擔心他會亂跑。

一轉身，任凡就發現不對勁。

在追入停車場，因為有意識到撚婆可能會找不到，所以任凡沒有深入，就在入口附近，反正使用的彈弓是遠距離攻擊，不需要衝進去裡面，也可以攻擊得到。

但是轉過身來的任凡，卻發現自己並不是在停車場入口，甚至沒有看到入口，就好像自己正身處在停車場的正中央。

任凡立刻察覺不對勁。

彷彿在呼應任凡的想法，原本就不是很明亮的停車場，突然燈光一滅，陷入一片黑暗之中。

任凡內心知道不妙，但是他沒有太多的反應，只是架著彈弓，保持警戒。

「所以……」一個聲音從黑暗之中傳入任凡的耳中，「你就是那個叫黃泉委託人的小子嗎？」

這個時候其實任凡根本不算什麼黃泉委託人，至少不是真的打著這個招牌在做生意，只有幾個曾經接過的一些委託，才由阿康一直嚷嚷著這個名號。

因此當這聲音說出這個名號的時候，任凡全身上下都立刻緊繃了起來。

因為上一次聽到這個問題，就是由殺害阿康的武則天口中傳出來的。

雖然黑暗之中的這個聲音是個低沉的男性聲音，但是這句話還是讓任凡渾身熱血沸騰，握著彈弓的手也隱隱傳出因為用力而傳出來的骨頭聲響。

「看樣子，」那聲音接著說，「你還是沒能學乖，對不對啊？」

這話說出口之後，眼前突然一亮，燈光又再度被點亮，而原本應該有個黑影哀嚎的地方，已經不見那團黑影，反而有個男子站在那邊。

男子身穿看起來像是功夫裝般的古裝，臉上有著短小精悍的鬍子，一對炯炯有神的雙眼，凝視著任凡。

5

雖然此刻的任凡，還不是黃泉委託人，就連怨靈獵人的名號，也才剛起步沒多久而已。

不過看到眼前的情況，任凡也大概猜到到底是怎麼回事了。

那團黑影應該只是個餌，用來吸引自己上門，然後在這邊讓自己陷入鬼打牆般的局面，就是為了讓自己跟法力高強的撇婆分開。

至於這麼做的目的是什麼，任凡大概也猜得出來，總之絕對不會是什麼好事就對了。

「你——」

男子開口對任凡說，結果才說出個你字，一道黑影突然從任凡這邊射向自己，打斷了男子的話。

原來任凡大概猜到了男子的意圖之後，知道這種反派登場，肯定會先說三道四，所以抓著彈丸，等男子一開口，就立刻偷襲。

任凡速度很快，也非常出其不意，然而男子的反應速度也很驚人，一側頭就躲過了任凡這一發偷襲的彈丸。

當然任凡這邊也沒就這樣打一發就算了，一連射出了幾發，男子左閃右避的情況之下，最後繞到柱子後面，一發也沒被任凡打中。

「嘖。」任凡咂嘴，想不到對方竟然如此敏捷，自己的偷襲完全沒有打中。

「你是無賴嗎？」男子在柱子後面說，「連話都不給人說，你真的不想知道自己會死在誰的手下嗎？」

「你也不會知道。」任凡舉起彈弓，對準了柱子，只要男子敢探頭或離開柱子的保護範圍，他會立刻射到他叫阿嬤。

「你是真的想找死嗎？」男子冷冷地說，「一定要逼我現在動手了結你嗎？」

「話說現在躲在柱子後面的人，」任凡回嗆，「好像是你喔。」

「是因為你這小人，連話都不好好講！」

「是，我小人，你媽的設下陷阱，把我誘騙到這裡來的傢伙，是個十足的正人君子！」任凡語帶諷刺。

「我沒誘騙你，是你滿腦子只想要打人。打從一開始，就是你們要打人的，不是嗎？」

「他上了別人的身，」任凡冷冷地說，「他才是先動手的傢伙。」

柱子後面的男子，似乎不想要再繼續這樣跟任凡糾纏下去，停頓了一下之後，才緩緩地說：「真的不能好好講講話嗎？你一定要逼我現在動手嗎？你自己考慮清楚，現在動手你會很慘。」

任凡瞇了瞇眼睛，然後放下手上的彈弓。

「出來說啊。」

雖然男子沒有給任凡感覺很強大的威脅，不過任凡知道，那是他刻意隱藏的結果，他的強悍程度恐怕真的在自己想像之上，至少，絕對不是剛剛那個黑影所能比擬的。

因此，現在如果一味地追打，或許真的會像男子說的一樣，自己會很慘。識時務者為俊傑，一直都是任凡不變的座右銘，因此他放下彈弓。

反正偷襲沒有效果了，姑且就聽聽看對方要說什麼吧。

眼看任凡放下了彈弓，男子從柱子裡面走了出來。

男子張開口，正準備講話，一個聲音從任凡的身後傳來。

「妖孽！納命來！」撚婆的聲音從後面傳來。

人還沒出現，一道宛如光束般的香灰箭朝男子射過去，男子又得縮回柱子後面。

任凡身後原本應該是空蕩蕩的停車場，此刻卻突然扭曲了起來，撚婆衝進來的同時，那條原本就應該在身後的通往樓上的走道，也浮現了出來。

「臭小子，沒事吧？」

任凡搖搖頭，然後努了努下巴。

「這妖孽竟然想騙我？當我第一天出來混嗎？」撚婆一臉不屑，「用鬼打牆這招就想騙老娘，哼，還早得很咧。」

「你們母子倆，」男子無奈到了極點，「還真是一個模子刻的，兩人都是二話不說就對人動手動腳。」

「那你就要檢討啦，」任凡笑著說，「為什麼每個人看到你第一件事情就是扁你。」

「跟他廢話那麼多，」撚婆一臉狐疑，「他你朋友啊？」

「不是，」任凡一臉無奈，「是他很堅持一定要先聊聊才動手。」

「哪來的怪咖啊？」

「算了吧，」任凡勸撚婆說，「我已經跟他鬥過嘴了，他就是一定要先聊聊，就先聽聽他怎麼說吧。」

撚婆聽了，也十分不情願地點了點頭。

「喂，」任凡對著柱子後面叫道，「我們都沒動手了，有話還不說，有屁還不——」

「啪！」任凡的「放」字還沒說完，就被撚婆巴了一下後腦。

男子緩緩從柱子後面走出來，確定兩人真的沒有動手之後，點了點頭。

「看到沒？」男子用手比了比自己，一臉傲然地說：「這就叫做修養。不要看到人就想動手動腳。」

任凡跟撚婆聽了不約而同地翻了白眼。

「既然兩位都冷靜下來了，那就先讓我自我介紹一下吧。」

男子停頓了一會，接著臉上浮現出那熟悉的一臉傲然：「我就是狄仁傑。」

兩人聽到狄仁傑這麼說，不約而同臉上都浮現有點驚訝的表情，身子也微微後仰。

看到兩人的反應，狄仁傑的臉上略微帶著一點得意的神情。

「啊？」身體打直的任凡張大了嘴，一臉疑惑地說，「誰啊？乾媽妳認識嗎？」

聽到任凡這麼說，狄仁傑瞪大雙眼一臉難以置信。

不過旋即轉念一想，眼前這傢伙還年輕，年輕人沒讀書不知道自己是誰，好吧，還說得過去。

豈料一旁的撚婆搖搖頭，聳聳肩：「不認識。」

「你們在愚弄我嗎？」狄仁傑臉色鐵青。

「沒，」任凡搖搖頭，「是真心不知道你是誰。」

「算了，」狄仁傑嘆了口氣，「那就這樣吧，等你們來到黃泉界的時候，再好好打聽看看我是誰吧。」

聽到狄仁傑這麼說，任凡立刻握緊彈弓。

「要動手了嗎？」任凡興奮地問。

「……還沒。」狄仁傑冷冷地回。

「這傢伙好龜毛！」任凡用手比著狄仁傑叫道。

「那你到底要怎樣？」撚婆沉著臉說，「要說你也說了，報了個我們沒人知道的名號，還放了狠話。」

「我是要跟你們說，」狄仁傑面無表情地說，「停止這種愚蠢的行為吧。」

「愚蠢的行為？」任凡挑眉。

「就是這樣四處對付鬼魂，」狄仁傑凝視了任凡一眼，「我們都知道你的目的是什麼，停手吧。」

「我的目的是什麼？」任凡裝傻。

「……你們沒必要一定要跟武則天對立。」

一聽到狄仁傑這麼說，任凡的臉立刻沉了下來，撚婆在一旁拍了拍任凡的肩膀，示意要他先別衝動。

「在你們殺了阿康的時候，」任凡低沉地說，「就已經沒有任何轉圜的餘地了。」

「是的，」狄仁傑皺眉點著頭說，「那個小鬼的死是個悲劇，也是個錯誤。不過，我要說的是，別挑起無謂的爭端，讓事情就到此告一段落。只要你們永遠不過問黃泉界的事情，不再像現在這樣抓鬼，讓一切回歸過去那樣。我敢跟你們保證，也不會有任何鬼魂找你們麻煩。」

「你可以這樣保證，」撚婆冷冷地說，「不就是因為你們控制了大部分的鬼魂嗎？」

狄仁傑不置可否。

「你們憑什麼統治那些鬼魂？」任凡也在一旁說，「你們又憑什麼隨便殺害阿康？」

「情況很複雜，」狄仁傑皺著眉頭說，「我們跟你們不一樣，你們只活……幾年？五十年？一百年？我們已經上千年了，像你們這樣的人，我們看過沒有一千也有五百。是，這次武則天是過了些，不過這也是因為類似你們這樣的人，曾經給我們太多不好的回憶了。我們會被困在這座小島，也是因為你們這種人的關係。所以，武則天才會……」

「殺了阿康？教訓我？」任凡瞪著狄仁傑說，「這就是你們的辯解嗎？」

「不是辯解，」狄仁傑說，「是我晚了一步，沒能阻止這一切發生，不過這也是你造成的，不是嗎？是你惹出來的事情，才害我不得不去處理，最後才不在現場的，不是嗎？」

「別廢話了，」撚婆冷冷地說，「你說完沒？」

眼看自己的話，讓兩人更加火大，狄仁傑知道，眼下勢必只有一戰了。

「既然你們是兩個人，」狄仁傑說，「那我也要動用一下武器了。」

狄仁傑將右手一甩，甩出一根棒子，大小差不多就一條手臂粗。

這是狄仁傑第一次跟任凡交手。

狄仁傑率先展開攻勢，向前一仰轉眼就到了撚婆眼前，舉起了棒子朝撚婆揮去。

狄仁傑的速度非常快，不過撚婆與任凡這邊，本來就對付過強大的鬼魂，自然沒有因為這樣就被嚇到。

撚婆向後一躍，同時撒出了香灰，在自己與敵人之間，形成一道障礙。

如果敵人後退，那麼撚婆就會順勢追擊，如果敵人硬闖，就得在不利的情況之下，跟撚婆展開惡鬥。

誰知道狄仁傑瞬間放棄了撚婆那邊，朝撚婆而去的那招，完全是虛晃一招，實際上狄仁傑鎖定的是任凡。

在看到狄仁傑攻擊撚婆的瞬間，任凡第一件事情就是退開，只有拉開兩人之間的距離，才會讓敵人疲於奔命，而兩人之間互相支援的方法，一個是用彈弓，一個是用香灰，因此即便雙方拉開距離，也不影響互相支援。對這一對母子來說，這是最基本的戰法。

一路退開到了其中一根樑柱旁邊，任凡回頭正準備拉起彈弓，幫助撚婆，誰知道一回頭，狄仁傑已經殺到眼前。

狄仁傑將手上的棒子朝任凡猛力一揮，任凡嚇到趕緊縮頭，棒子一棒打在樑柱上。

眼看任凡遭逢危險，撚婆立刻吹出香灰，用香灰逼退了狄仁傑。

死裡逃生的任凡，靠在樑柱上，驚魂未定撫著胸口，突然背部感覺到異狀，任凡轉頭看了一眼，一看差點嚇傻了。

原本被狄仁傑一棒打到的樑柱，看似完全沒事，誰知道突然出現了一道裂縫。

只見牆壁先是龜裂，然後整個一裂，許多宛如沙礫般的粉末，從裂口冒出來。

裡面的水泥，頓時被打成了一堆粉末。

任凡先是一愣，然後理解過來。

「天啊！北斗神拳！這傢伙會北斗神拳！」任凡對撚婆嚷嚷。

「什麼東西啊？」

此刻狄仁傑拉近了與撚婆之間的距離，撚婆用香灰護體，兩人一直在粉塵之中與狄仁傑交手。

雖然撚婆三不五時還是會射出香灰形成的箭，不過狄仁傑看起來都很順利躲過，拉近距離的確對狄仁傑來說，有很大的好處，就是他只要當成是近身戰就可以了。

任凡這輩子沒看過有鬼魂可以在粉塵之中跟撚婆對打，看到也有點心驚了。

「小心他的棒子！」

任凡叫道的同時，拉起了彈弓對準了狄仁傑一連就射出好幾發。

雖然專注在對付撚婆，不過這幾發彈丸，還是被狄仁傑躲過，眼看任凡這邊也發動了攻勢，狄仁傑怕有失，側身一閃，閃進了柱子之中。

擔心狄仁傑突然從柱子偷襲，撚婆也立刻向旁一閃，拉開兩人之間的距離。

雙方暫時暫緩了這場交手。

「你剛剛在嚷嚷什麼啊？」撚婆問任凡。

「他剛剛那根棒子打到柱子，」任凡指著那內部完全粉碎的樑柱說，「然後柱子就跟漫畫裡面一樣，過了一會才死掉，那根棒子就跟北斗神拳一樣，一旦被打到，可能就會死掉。」

「有這種事情？」撚婆也有點驚訝。

「就跟妳說要多看漫畫啊，」任凡趁機唸了撚婆一句，「整天嫌棄漫畫，現在後悔了嗎？」

「好，」撚婆沒好氣地說，「你看過漫畫，那你說要怎麼處理？」

這下就問倒任凡了。

是的，他看過北斗神拳，但是裡面好像沒有告訴自己，要怎麼打倒會北斗神拳的人。

「嗯……」任凡沉吟了一會之後說，「不要被棒子打到。」

「廢話。」撚婆白了任凡一眼。

撚婆摸摸袋子，剩下的香灰並不多，原本以為只是跟著追擊一個落荒而逃的惡靈，誰知道來了個比大魔頭還恐怖的人物。

「在看那些什麼亂七八糟的東西之前，」狄仁傑恨恨地說，「好好熟讀你們的史書吧！」

話剛說完，狄仁傑便從柱子之中衝出來，揮舞著手上的棒子朝兩人攻了過來。

狄仁傑先將任凡逼退，然後開始繼續專注跟撚婆對決，畢竟對狄仁傑來說，撚婆比較年邁，速度比較慢，但是威力卻遠在任凡之上，如果是反過來專注對付任凡，恐怕就算是狄仁傑，也難敵撚婆在一旁的攻擊。

退到一旁的任凡，看著在煙霧之中跟撚婆纏鬥的狄仁傑，那些煙霧本身對狄仁傑來說，有很大的傷害與影響，但是他卻能不顧那些影響，在兩人纏鬥之中，逐漸佔上風。

一旁的任凡想要用彈弓幫撚婆，但是狄仁傑真的很快，力量也真的遠遠超過任凡的想像。

這樣的傢伙，竟然會屈服在武則天之下？

為什麼？

看著這樣的狄仁傑，任凡真的有種難以置信的感覺。

太強了！

如果這樣的狄仁傑，都敗在武則天之下，就算自己加上乾媽，真的可以打倒那個武則天嗎？

會不會也只賠上自己跟乾媽的性命而已？

任凡一時之間，真的有種不知道自己是不是正在犯下更嚴重的錯誤的想法。

「臭小子！」撚婆的怒斥喚醒了任凡，「別在這種時候胡思亂想！現在只剩下你可以打了，老娘快沒香灰了！」

這一怒斥，宛如當頭棒喝打醒了任凡。

對，只剩下我了，如果再胡思亂想的話……

可是雖然回過神來，任凡還是想不到辦法可以對付狄仁傑。

不行了，一定要拿出壓箱寶才行。

任凡這麼想著，並且將手伸入口袋之中，一手掏出了三顆彈丸。

6

任凡最賴以為生的彈弓技巧，實際上是撚婆的師妹，也就是珠婆所傳授的。

當年為了讓年幼的任凡，在無聊的道觀，不至於到處搗亂，影響其他師兄妹，因此有人提議，讓任凡學東西來打發時間。

而任凡所學的東西，就是珠婆的彈弓技巧。

珠婆之所以被尊稱為珠婆，就是因為她的法器是法珠，用彈弓將這些法珠射出去，來對抗那些靈體，因此得名。

雖然珠婆自己因為諧音的關係，非常討厭這個稱號，不過確實也算是靠著彈弓打響了自己的名號。

這些年任凡雖然學會了大部分珠婆的技巧，但是有些技巧太過於艱難，任凡又比較懶散，因此沒有辦法學成。

像是當年吸引任凡選擇學習彈弓的「以珠打珠」的手法，任凡就一直沒能真正學成。

畢竟光是百發百中，就已經讓任凡很受用了，根本不需要用到那高階的技巧。

雖然任凡偷懶，不過珠婆還是盡可能將自己所有的技巧教給任凡。

多年前的一天，在天威道長的道觀之中，珠婆正在傳授新的技巧給任凡。

「預射。」珠婆這麼告訴任凡，「現在要教你的這個技巧，我都叫做預射。」

年幼的任凡瞪大雙眼，看著珠婆。

「去前面，」珠婆比了比中庭對任凡說，「站在那裡，讓我射你。」

「啊？」任凡張大嘴。

「我用軟的啦。」珠婆掐了掐自己手上的彈丸，讓任凡看看真的是軟的彈丸之後，任凡才不甘不願地走到中庭。

「看清楚囉。」珠婆說。

身為任凡的師父，珠婆連瞄都不用瞄，幾乎是手抬起來的同時，彈弓已經射出來了。

只是珠婆沒有用力，因此彈丸飛行得有點慢，任凡看到彈丸朝自己飛來，偏向左邊，因此下意識就朝右邊躲。

想不到，珠婆在射出一發之後，竟然已經射出第二發。

第二發的目標，剛好就是任凡躲的地方，因此這一躲之下，任凡感覺就好像是自己把頭挪過去，對準彈丸自己去被射的一樣。

咚的一聲，彈丸準確地擊中了任凡的額頭。

「靠！硬的！好痛！」任凡摀著自己的額頭哀嚎。

「第一發是軟的啊。」珠婆一臉無辜。

「好詐！」

「還想被射嗎？」珠婆冷冷地問。

任凡一手摀著頭，一手摀著嘴，用力搖搖頭。

這就是珠婆傳授給任凡的高級技巧，預射。

簡單來說，就是在射出彈丸的時候，抓住彈回來的橡皮帶，然後火速射出第二發，至於瞄準的部分，則是故意偏向某一邊，引誘對方朝自己後面射擊的方向躲。

稍微練習一下之後，任凡就放棄了，因為他不認為這世界上有鬼魂那麼會躲。

不過眼下，看到像狄仁傑這樣的對手，光是射射彈丸似乎完全沒辦法起到半點功效。

任凡終於知道，原來真的有基本功沒辦法命中的鬼魂。

不過千金難買早知道，現在也不可能跑去練習，也只能硬著頭皮上了。

既然一發發射，射不中對方，那麼如果是預射的話，可不可以命中呢？

事到如今，也只能試試看了。

任凡一手抓起三顆彈丸。

第一發射出去需要有點偏，目的就是故意要引對方朝反方向逃，這個部分對已經練就一手百發百中的任凡來說，不算太難的部分。

不過第二發就是問題所在了。

除了一開始，必須接住射出之後，彈回來的橡皮帶之外，還得快速到幾近直覺的速度，射出第二發。

而且第二發的準度，還得比第一發準，才有辦法有預射的功效。

這種預射的功力，珠婆可以連續數十發不間斷，每一發都可以為下一發做準備。

就珠婆所稱，一旦她使出預射，沒有任何鬼魂可以躲得過。

可是任凡在練習之下，頂多只能三發，第四發就算射出，也因為已經不準，沒有半點效果。

不過這已經算是任凡目前所有的壓箱寶了，因此深呼吸一口氣，還是決定要放手一搏。

眼看狄仁傑越來越佔上風，任凡知道自己不出手不行了。

對準了狄仁傑之後，立刻擊出第一發，接著第二發、第三發，都順利抓到了橡皮帶之後迅速射出。

這是第一次任凡在實戰的情況之下，順利使出珠婆傳授的預射。

才射出任凡就覺得興奮無比，畢竟這是第一次嘗試就成功。

三發彈丸先後襲向狄仁傑，他順勢躲過第一發之後，也一如任凡所預料的一樣，朝左方閃躲，第二發迎面而來，狄仁傑頓在空中，讓彈丸從眼前飛過去，而第三發也算到了這點，朝著狄仁傑停頓的地方而去，只是狄仁傑的速度真的夠快，有驚無險地也躲掉了第三發。

想不到對方竟然真的一連躲到了三發，浪費了自己人生第一次成功的預射。

雖然沒有命中對方，不過狄仁傑為了閃躲，也給了撚婆稍微喘一口氣的機會。

任凡這邊則是有點洩氣，本來還想說自己能不能用出預射，才是真正的問題，想不到即便成功使出了預射，還是沒能擊中對方。

狄仁傑站穩腳步，對著任凡這邊，挑釁地笑了笑。

任凡一咬牙，拿出了三顆彈丸，再使出一次預射。

剛剛偷襲的情況之下，都沒能命中，現在情況當然更不好，只見狄仁傑完全躲過了三發，其中甚至第三發，任凡還沒出手，狄仁傑已經完全躲開了軌道。

一連幾次都沒能得手，讓任凡很洩氣，狄仁傑這邊冷笑了一聲之後，立刻轉過頭繼續去追擊撚婆。

好不容易喘口氣的撚婆，又再度被狄仁傑纏住。

任凡愣在原地，腦海裡面重複的是剛剛狄仁傑在自己還沒出手的情況之下，就已經躲開的模樣。跟預射一樣，他預先就躲開了。

換句話說，狄仁傑看穿的不是朝他飛過去的彈丸，而是軌道。

——他有辦法看得出軌道。

自己瞄準的時候，軌道已經洩漏了，還沒射出的彈丸，早就已經注定了自己絕對不會命中的命運。

既然這樣的話……

任凡腦海裡面浮現的是，珠婆堪稱最高技巧的一手功夫——以珠打珠。

利用自己射出的彈丸，當作反彈用的牆壁，在空中改變彈丸的軌道。

不過問題是，這個技巧任凡根本還不會，光是能不能命中拋在空中的法珠，自己就有只有一半的機率了，更遑論要計算到軌道。

看著四周，地下停車場有一根根的樑柱。

飛在空中移動的珠子打不中，那麼樑柱的話……

就在任凡這麼想的同時，撚婆與狄仁傑那邊有了勝負。

撚婆倒地，狄仁傑舉起了棒子。

不管了，怎麼都得賭一把！

看準了狄仁傑的手，任凡瞄準了樑柱，一發射過去。

狄仁傑這邊早就注意到任凡出手，不過光是軌道就讓狄仁傑知道，這一發不可能命中自己，因此他對準了撚婆的頭，準備一棒打下去。

嚓的一聲，射出的彈丸擦到了樑柱，改變了軌道，下一秒鐘啪的一聲，正中狄仁傑拿著棒子的手。正要揮下去，突然手被彈丸擊中的狄仁傑，手臂立刻受到創傷，向旁邊一甩，棒子也掉了。

「乾媽！現在！」任凡叫道。

看到有機可乘的撚婆，即便倒在地上，仍然雙手一掐指，對準了狄仁傑一次就彈出三發香灰箭。

狄仁傑被打中手之後，立刻向後退，撚婆的三發香灰箭，被躲掉了兩發之後，第三發無論如何也躲不過的情況之下，狄仁傑伸出另外一隻手，抓向香灰箭，犧牲一隻手來擋住撚婆的這發攻擊。

撚婆還想攻擊，可惜已經沒有香灰，而空中瀰漫的灰霧也不夠濃厚，發不出香灰箭。

狄仁傑這邊也很慘，被任凡打中的那手低垂，一時之間看起來似乎沒辦法使用，而犧牲阻擋撚婆香灰箭的那手更慘，整隻手臂都被香灰箭給吞沒，從手肘以下全部都被撕裂消失。

「哈哈哈哈！」重創的狄仁傑仰起頭來豪邁地笑著，「還不錯，今天就到這裡吧。給你們一個忠告，回去好好查清楚我是誰，然後別再做類似這些事情了。不然，我們下一次交手，我就不會手下留情了。」

狄仁傑說完之後，緩緩地消失在兩人眼前。

來去都像一陣風的狄仁傑，在確定消失之後，撚婆才大大地喘了口氣，也算是鬆了一口氣。

畢竟剛剛的情況，狄仁傑雖然失去了雙手，但是如果要硬上，說不定輸的會是他們母子倆。因此他願意就此打住，也算是謝天謝地。

撚婆轉過頭看著任凡，任凡低著頭看著自己的手與彈弓。

「臭小子，你是怎樣？」

「我終於體會到賭俠電影裡面那種感覺了。」

「什麼感覺？」撚婆挑眉。

「我出道這麼多年，還真沒讓師父丟臉過。」任凡高舉雙手狂笑，「哈哈哈哈！」

「等你不需要借牆壁，」撚婆沒好氣地說，「而是直接以珠打珠，再來得意吧！」

「不會有那麼一天的，」任凡很有自信地說，「不管，我現在就要得意，哈哈哈哈。」

就這樣，任凡與狄仁傑的第一次交手，以平手坐收。

雖然沒能抓住那個黑靈，還差點被狄仁傑打倒，不過總算也算達成了任務，包警員恢復了意識，也算是有驚無險地解決了這次的事件。

這是發生在任凡與撚婆出發準備前往打倒武則天之旅的第一年，所發生的事情。

這是任凡第一次跟狄仁傑交手，後來在任凡離開台灣前往歐洲前，連同這次在內，兩人一共交手四次、聯手兩次。

然而關於自己跟狄仁傑之間，所存在的那種亦敵亦友的關係，恐怕才是任凡真正意想不到的事情。

後記

大家好，我是龍雲，非常高興在這邊與大家見面。

這已經是我第三次，為黃泉委託人寫後記了。

由於搬家加上一些其他不可預期的因素，我這邊保有的黃泉委託人電子檔搞丟了。

因為要重出的關係，所以我只能一個字、一個字，重新輸入到電腦之中。

這也給我一次機會，重新看看多年前自己筆下的任凡。

由於最近也同時在寫關於任凡的新故事，兩者有了很多比較的機會。

不可思議的事情是，雖然小說的內容與劇情，很多都忘光光了，不過當時的生活與情況，卻意外地記得一清二楚，甚至是當時所使用的電腦、住的地方，以及生活的一些點滴，都隨著小說浮現出來。

我相信不只有這本小說，其他自己寫過的小說，一定也都有著對當時生活的回憶，感覺真的就好像跟著小說一起成長與生活一樣。

曾經有讀者跟我說，他從國中一路看到大學，這還真是我想都沒有想到過的事情。

很慶幸自己可以跟著各位一起成長，也非常感謝各位讀者的支持，我也才能走到今天。

在我寫這篇後記的同時，任凡也邁開了全新的腳步。也希望新的小說，同樣可以伴隨你們度過一段時光。

謝謝大家的支持，希望你們會喜歡這本小說。

龍雲

作者　龍雲
封面繪圖　啻異
總編輯　莊宜勳
主編　鍾靈
責任編輯　黃郁潔
美術設計　三石設計

出版者　春天出版國際文化有限公司
地址　台北市信義區信義路四段458號3樓
電話　02-7718-0898
傳真　02-7718-2388
E-mail　story@bookspring.com.tw
網址　http://www.bookspring.com.tw
部落格　http://blog.pixnet.net/bookspring
郵政帳號　19705538
戶名　春天出版國際文化有限公司
法律顧問　蕭顯忠律師事務所
出版日期　二〇一六年八月初版
定價　229元

總經銷　楨德圖書事業有限公司
地址　新北市新店區寶興路45巷6弄6號5樓
電話　02-8919-3186
傳真　02-8914-5524

龍雲作品 10

黃泉委託人：紅靈

國家圖書館出版品預行編目資料

黃泉委託人，紅靈 ／ 龍雲 著. — 初版. —
臺北市：春天出版國際，2016. 08
面；　公分. —（龍雲作品；10）
ISBN 978-986-5607-59-3（平裝）
857.7　105013501

ISBN 978-986-5607-59-3
Printed in Taiwan